未来世界·森林　　AI 图像生成 | 朱朝晖

DUKU

读库

2403

主编　张立宪

新星出版社　NEW STAR PRESS

特约编辑　杨　雪
装帧设计　艾　莉
图片编辑　黎　亮
助理美编　崔　玥

特约审校：吴晨光｜黄英｜马国兴｜朱秀亮｜刘亚｜潘艳

目录

1 幸福的积分 ················ 王健飞
一个不断加速的世界中,如何在个体层面找到一个可执行的、幸福的、不被内卷的人生框架。

102 夏鼐:塑造中国考古学 ················ 郭静超
"夏鼐的领导,让中国考古学成为一个可信赖的学科。"

152 狱中人 ················ 赵斐
通过河南省考成为一名监狱警察,不完全是偶然,我想进入高墙完成我的观察。

216 看懂《沙丘》 ················ 小西
《沙丘》掺杂了很多深层的西方历史、哲学、宗教甚至科学要素,没有好的解读,很难看明白。

259 仿像的光晕 ················ 董舒
"光晕"消失之处,就是人工智能的天下。

290 "觉醒"是非常罕见的 ················ 克韩
在一个事实已经无关紧要的世界里。

311 "袁大头"诞生记 ················ 杨津涛
"准备库中成大隐,更从何处觅袁头。"

幸福的积分

王健飞

一个不断加速的世界中,如何在个体层面找到一个可执行的、幸福的、不被内卷的人生框架。

你还剩多少时间追求幸福?

嘀嗒,嘀嗒,嘀嗒,我在奔向死亡。

每一个生命,在它降临到这个世界上的那个瞬间,就获得了一个不可改写的终局——死亡。人类自然不会例外,你我也不例外。2021年,中国人均预期寿命提高到七十八点二岁,随着生活条件的改善,医疗技术的进步,这个数字还在不断地向更大的数字扩张。所以对于现在正处于二十岁、三十岁乃至四十岁,又身处忌讳死亡的亚洲文化中的中国青年来说,几乎从不考虑自己的生命还剩下多少。

然而,如何认识死亡,意味着如何看待生活。唯有越早意识到死亡的必然性,才能让有限的生命更有意义。

以现代中国人的典型社会时钟为例,一个人的一生,大致可以如此划分：三岁以前的婴儿期在家中度过，三岁到六岁在幼儿园度过一个天真烂漫的童年，六岁到十二岁在小学学习，十二岁到十五岁在初中学习，十五岁到十八岁在为高考而奋斗，十八岁到二十二岁就读于大学，如果"上进"一些，那么从二十二岁到二十四五岁则在读研究生。

接下来，进入从二十四五岁到六十五岁的工作阶段，大约是四十年。

如果将人生的最后五年预估为"病榻期"，将出生到幼儿园"毕业"的前六年，当作个体记忆缺失的"无知期"，再将小学到高中的十二年作为成为现代人的"必修课"，那么这个工作阶段大约是五十五年。

这意味着对于大多数的现代人来说，人生中体力最好、精力最旺盛、头脑最明晰的那段年华，正好就是现代社会要求我们上班工作的那段时间。

也许你现在正在上班的路上，或者上班的间隙。也许，你精心计算过这份工作给你带来的收入，也许正盘算着在几年后找到或晋升到一个收入更高的职位。也许，你还计算着今年、明年、后年的预期收入，将能为你带来怎样的生活改善。也许，是一间新房，一场旅行，一张绿卡，或者是爱情的结晶。但几乎很少有人计算过，现在从事的工作以及为维持这份工作所付出的准备，占据了人生的百分之多少。

时间就是金钱，反过来说金钱就是时间。

这份工作为你带来了多少收入，这些收入能购买你想象中的幸福吗？你是否计算过，你有多少时间能拿来享受这些买来的幸福？如果你工作的唯一目标，是有朝一日不再工作，那么这个"有朝一日"是多久？你为了这个"有朝一日"又要付出多久？你是否真的从有限生命的角度考虑过，你当下的工作以及以工作为中心设计的人生布局是否值得？

我之前撰写的三篇年度叙事《互联网是人类历史的一段弯路吗？》（见《读库2005》）、《垄断的困境》（见《读库2105》）和《互联网与中国后现代性呓语》（见《读库2204》），背后有一个共同的问题。这个问题非常俗气，是一个无数成功学、职场教育、心理学和励志书籍都探讨过的话题——我的工作和为此付出的人生是否真的有意义？

这是一个非常无聊的问题，也是一个非常有趣的问题。说它无聊，是因为这样的话题十分容易落入职场教育和成功学的范畴。而在这两个领域里，几乎所有可行的、有建设性的方案都已被遍历，任何新文字都是旧理论的翻版。但另一方面，它也是个有趣的话题，在当下这个"见证历史"的时代，越来越多的人事实上需要一个新的框架来进行人生设计，而这个框架和之前的任何框架都可能完全不同。

这种需求来自两个方向的张力：其一，随着中国改革开放四十年经济高速发展，此刻所抵达的这个"中转站"状态，为大众尤其是新一代青年提供了非常好的物质基础，从西方的社会发展来看，这种物质基础刚好是新自由主义、消费主义和后现代性思潮的温床；其二，目前这个暂时富裕的中转站状态，又远不及老牌资本主义国家在建立结构性跨国剥削后那般稳固，从社会整体到个体命运，仍然能够感受到"外部威胁"和"内生问题"的存在。在国家层面，这种外部威胁是地缘政治紧张。在个人层面，这种内生问题则是经济衰退与随时可能出现的黑天鹅事件。在这种两股力量所形成的张力下，个体很容易产生强烈的认知失调——心理学上，人因为进行与自己的思想、价值或自我概念相悖的行为而产生的心理压力或焦虑。

比如，大量青年进入"躺而不平，平而不躺"的状态，便是一种认知失调。这两年，在短视频平台上雨后春笋般涌现出许多非主流生活方式的博主，有在不同网吧之间辗转打零工的网吧难民，有用短视频记录自己拾荒生活的流浪博主，有通过不断旅居评测不同城市躺平舒适度的城市评测员。这些看似"躺平"的博主，实际上做着比上班更辛苦的工作，在放弃了主流生活之后，他们为弥补财务上的缺失所付出的劳动力，往往比他们之前上班的时候更多。但奇怪的是，他们是真的快乐。

而另一方面，我也围观了大厂青年的精神内耗，他们要么在互联网行业，要么在金融、地产或相关行业。过去两年，这些行业的增速不再，裁员频发。没被裁员的人，即使仍然享受着相对较高的生活水平，但每日过得惶惶不可终日。

不妨想象，整个社会就像一条逃离贫困的高速公路。过去，所有人坐在不同的车上，沿着路的一个方向飞驰。因为大家的起点在一个非常糟糕的地方，那个地方吃不饱饭，穿不暖衣，看不到电影，听不了演唱会，买不到奶茶，没有自来水、煤气和网络，甚至连电都供应不上。每个从那个起点上车的人，尽管上的车速度不一，有的人先富有的人后富，但都会认为车的方向有且只有一个，那就是遥远的地平线，一个"物质极大丰富"的乌托邦。但从那个始发站出发后越来越远，路边的风景开始变得诱人，有些人认为是时候下车了，因为路边的一片油菜花，比人人买得起豪宅更重要；有些人则仍然跟着车走，因为前方可能有院子里带一片油菜花的豪宅。下车的人和仍在车上的人，互相构成了彼此对理想生活的想象。这本身是无可厚非的，但如果大部分人都在因为这种想象中的理想生活而感到痛苦，那这就不是一个理想的状态。

我在《互联网与中国后现代性呓语》中写过，自工业革命以来，时间的暴政主宰了现代社会。一个不断加速的世界中，如何在个体层面找到一个可执行的、幸福的、不被内卷的人生框架，是这次写作的主题。

我也曾在很长一段时间陷入这种痛苦之中，这种痛苦甚至构成了我撰写前面三篇文章的动力。但在这之后，我已经摆脱了这种状态。而这篇文章，则是下一个阶段的开始。

不再是解释，而是一种行动框架。

幸福的定义

在高维度的生物看来，人是一条生活在时空中的蠕虫。起于时间长河中的一点，以恒定的速度在时间维度上永远向前蠕动，在空间里上蹿下跳，左躲右闪。每个人一生所能经历的，只是无限时空中自己所爬过的那一条窄窄通道。

在谈及幸福、人生、工作这些越来越具体的事情之前，我们要先建立一套度量衡。在这个度量衡里，最重要的不是金钱，不是成就，甚至不是爱情亲情友情，以及人生本身，而是时间。

时间是限制我们获得任何东西的唯一障碍，一个早夭的天才无法获得世界的赞誉，一个永生的奴隶却总有一天会成为全世界的奴隶主。任何其他阻碍你的事情，几乎都可以被时间替换。但在现代社会，有太多事情让我们忘记了这一点，比如工作的时候，总会想着拿到更多的钱，却不把失去的时间计入其中；而消费的时候（尤其是购买那些效率工具），又会计算因此节省了多少时间，从而忘记我们是以多少时间来换取这些金钱。这就好像走进一间大型超市，货架上有着琳琅满目的商品，但令人困惑的是每个商品都采用其原产地的货币标注了价格。我们可怜的大脑，着实不善于应付这样的场景，因此往往是到了收银台才知道自己究竟花费了多少钱，是亏了还是赚了。

为此，本文将建立一个新的度量衡——将你人生中的一切，以你现在的时薪反算成时间作为价签。

我在2022年创作的短篇小说《你的价格》中，曾实验性地使用了这个度量衡。直接用小说里的例子来说明它的用法：

小李的月薪是税前近六万，公司执行996制度，换算下来时薪是173.61元。一顿1880元的法餐，对于这个薪资的小李来说，算是偶尔开荤并不过分。但这顿饭摄入的额外热量，还要让小李在健身房多运动一个小时。如果吃这顿饭本身还用了小李两小时的时间，那么最终如果将这顿饭换算成时间，它的价格是小李的十四个小时。

把所有的度量衡都改为时间，生活中的许多事情价格就突然高了起来。比如，小李以为一顿饭付出的是1880元的现金，但考虑吃饭本身的时间以及吃过之后去健身房消耗热量的时间，实际上他付出的是十四个小时在公司的"牢狱时间"。这个时候，小李还会觉得"自己辛苦工作，值得这样偶尔奖励的一餐"吗？

因为实际上，他还有另一种选择，就是不用辛苦工作，也不需要奖励自己这样一顿放纵餐。

在小说里，小李选择了离开大城市和996的互联网行业，去追逐小县城的闲适。原因是如果以他在互联网公司的薪水计算，他在路边看一小时夕阳的价格是173.61元。而正是由于这个时薪的工作要求加班，他已经好久没有站在路边去欣赏夕阳了。他突然意识到，自己喜欢夕阳，但高薪的工作让他"买不起"夕阳了——他自己太值钱了，以至于无法浪费时间去做那些自己想做的事情。

当他降低了自己的时薪，放弃了那些原本就不应该在意的生活，而去追逐每一次黄昏，那么黄昏对于小李的价格反而下降了。

这便是"时间就是金钱，金钱也是时间"的双向运用，本文将依照这个度量衡，展开大部分讨论。

建立了最重要的度量衡之后，接下来可以讨论一下幸福。

幸福是一个贯穿人类哲学史的命题，但它似乎又不只是一个哲学命题，而是切实影响着每个人每天的生活。

尽管有些不可思议，但在近现代，幸福在学术界的话语权一直被掌握在心理学的范畴，如果你还没有意识到问题所在，那么可以重温一下心理学的定义：一门研究人类与动物心理现象、意识与行为的科学。也就是说，尽管在现代社会中，世俗大众对幸福有着种种外在的想象，比如很有钱，很有权力，很有性缘，有很美满的家庭等等，但幸福却是一个与外在条件关联不大、藏于我们皮肤之下的东西。客观上来讲，财富、婚姻、友谊、事业、居住环境、健康，都会影响一个人的幸福度，但我们还是能在世界上最贫穷的贫民窟里，在无药可救的安宁病房里，在孤独终老的人身上找到幸福的光辉。

外在条件对幸福程度的影响似乎是概率相关的，而不是因果性的。对个体而言，是否能够幸福的决定性因素深埋于人的内心之中——重要的不是世界，而是我们的潜意识如何解读这个世界。

1996年，美国心理学家马丁·塞利格曼创立"积极心理学"，开启了心理学历史上首次对人类积极情绪的大规模研究。说来也怪，自弗洛伊德以来的心理学，几乎一直在围绕着不幸做文章，焦虑、抑郁、沮丧、应激、歇斯底里、性成瘾、自杀冲动等等，但在积极心理学被创建之前，很少有心理学家在"如何才能获得幸福"这件事上进行系统性的研究。积极心理学被提出的时候，它是个全然新生的旁支，但短短不到三十年过去，积极心理学已几乎成为此刻欧美心理学最热门的领域之一。

到现在为止，我们有了本文对幸福的定义——幸福是一种以快乐、满足或满足感为特征的主观体验状态。

当一个人不需要思考幸福是什么的时候，他就是幸福的；当一个人整天思考幸福是什么的时候，大概率就是不幸的。

幸福受客观因素的影响，但并不全然可以被客观衡量，因为对于不同的人来说，相同的境遇有着完全不同的主观体验。

你可能难以接受将幸福定义为一种主观体验——我的梦想是有钱，我的幸福是做一个有钱人，我希望我能财务自由，只有这样我才能幸福。只有达到某种客观状态，我才能获得幸福，因而幸福怎么可能是一种主观体验呢？

拥有这样观点的人，过去一段时间在社会上，尤其是中青年群体中，几乎已经占据主流。不妨顺着这个幸福观，来推理一下其中的幻觉性在哪里。

财务自由本身是一个被建构出来的概念，实际上在经济层面上没有清晰的定义，财务自由可以指一百万，一千万，一个亿，也可以指十个亿。既然如此，不妨暂且假定财务自由的标准为：在消费层面（不包括投资）有无限的资金，可以购买任何个人所需求的商品与服务。

这个时候，人会去做什么？

理论上来讲，每个在千篇一律的现代化职场中被压抑的人，渴望的都是财务自由后释放足够的个性与天性。但奇怪的是，当我问及身边人对财务自由后生活的想象时，他们要么回答"从来没想过"，要么会描述两种非常单调、枯燥、由社会建构出来的标准幸福图景：一、在一线大城市郊区，一个依山傍水的地方，有一个独立设计师打造的大别墅，和自己的爱人在一起，养了一只狗和两只猫，有两个淘气的孩子，一日三餐吃有机食物；二、我要环游世界，酒池肉林，享受这世界上最好的美食，我的衣服、鞋和包要塞满一个七十平米的步入式衣帽间，奢侈品品牌会在我的家中开特卖会，那些尊贵的客户只有资格挑我剩下的。

但你无论是看《与卡戴珊同行》《璀璨帝国》等美国的富豪真人秀，还是看看现实中国内富二代的生活，或者有机会与自己交际圈里能达到这一等级的"富人"聊一聊，都会发现，没有一个财务自由的人，真正在过这两种如监狱般刻板的幸福生活。

因为,这样的生活只有两个字可以概括,就是"无聊"。

没有财务自由的人之所以难以想象财务自由之后的生活,并非经济水平受限无法想象自己未曾获得的东西,更大的因素是,人们(包括一部分已经财务自由的人)从未认真思考过自己想要什么。

渴望财务自由的穷人,对财务自由的幻想来自另一部分财务自由的富人在过自己想过的生活。富人并不是因为做这些事一定能获得快乐,而是因为他刚好做这件事快乐,而他又很有钱。因此,这种复制由他人定义的幸福图景的方式,只会让人陷入一种困惑。

这在改革开放初期的富人阶层中尤为突出,因为某些机缘巧合而暴富的中小企业家的典型形象,便是硬要将一副酒肉塞满的臃肿身体塞进一套完全不合身的西装里,再把稀疏的头发打得油光锃亮。你问他为何如此穿搭,他会告诉你,因为港商就这样。但吃海鲜吃到痛风,喝酒喝到肝硬化,身体臃肿还要穿充满拘束感西服的生活,从"身体"的角度来看幸福吗?显然不。但幸福终局幻觉并不总是一件坏事,在人人吃不饱穿不暖的时代,人们总需要一些幻觉,才能给自己带来活下去以及继续努力完成一定生活条件积累的动力。

当生活普遍到达一定水平之上,幸福终局幻觉就会带来它的负面效应:我们会认为自己当下所拥有的一切都不是自己想要的，因为想要的幸福生活永远在地平线的尽头。

用最简单的生活场景来解释这个，就是在没有衣服穿、需要打补丁的年代，生活无论如何算不上幸福，但在当下这个时代，需要去追求让每个人买得起各种品牌服装吗？真的每个人都喜欢这些品牌吗？认为自己喜欢始祖鸟和Miu Miu却买不起的人，究竟是"一见钟情"，还是被这些公司的营销费用入侵了自己的喜好呢？如果真到了每个人都买得起这些品牌的程度，是不是会有所谓"更好"其实更贵的"幸福生活"出现，让你继续"不幸福"。

我并不反对消费。在商品社会，我们的一切生活都是"消费"来的，甚至适度地向"消费主义"妥协，有助于你发现新的生活。但消费终究不能替代生活本身，你不能永远将消费主义营造的"幸福终局幻觉"当成是自己追求的生活目标，否则，这会让你已经消费的部分失去意义。

将幸福视为一个过程时，我似乎更容易获得幸福。

不妨借用一下"幸福终局"的思考方式来进行说明。

假设你的目标是在三十五岁时过上财务自由的生活，尽管我们讨论了"财务自由图景"可能是难以描述并且是虚假的，但没有关系，可以先暂时忽略达成之后的图景，先来想象一下图景达成之前的人生。将人生的OKR定在三十五岁财务自由的时候，往往会有一个清晰的数字目标，这个目标甚至因人而异，对小镇青年来说可能是几百万，对城市青年来说可能是几千万甚至过亿。这个数字目标是多少并不重要，因为实际根本不需要实现它，需要的是通过这个数字目标反向规划你从现在到这个目标之间的行动路径，这可能包括去一个高速增长的行业上班（比如互联网或金融），从事一个极具钱途的副业，结交更多上流社会的朋友，节省开支等等。

这个时候会发现，大多数路径在执行的过程中毫无快乐可言。无论是去内卷，还是为了钱做副业，又或者是为结交上流社会而出入根本不习惯的场合，这些事情本身都不会给我们带来快乐。但它却实打实地消耗了我们的时间——从毕业到三十五岁。

如果将人的幸福画成一个函数图像的话，它在图表中更像是一块面积（积分），而不是高度。我们一生的幸福总量，并非此时此刻所在的点，而是整条线段下方所覆盖的面

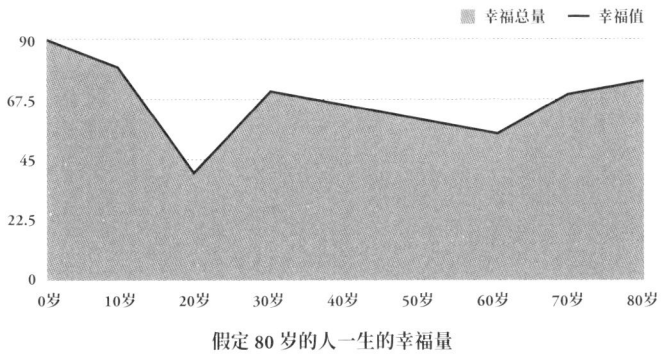

假定 80 岁的人一生的幸福量

积。在许多语境中,讨论"是否幸福"时,总是会对着那条幸福值线进行比较:在十岁时,我的幸福值是70,而现在却只有40,因此我是不幸的。但这种说法,实际忽略了自己十岁时已获得的幸福感受。

幸福是一个过程,这意味着你应当以自己曾经度过怎样的人生的加总(面积)来衡量人生的幸福度,而不能以此时此刻自己的幸福值作为人生幸福的量度,否则,除了那些一直在走上坡路,并最后在无痛的梦乡中拥抱死亡的人之外,实在想不出什么样的人生还能被称为幸福。

理解了这一点,将面临另一个问题:如何将自己的幸福面积最大化。

如果你还有一定的几何知识,应该记得这样一个定律:在一个欧几里得平面里,周长相等的情况下,图形越接近圆形,面积越大。正方形大于长方形,长方形大于三角形。由

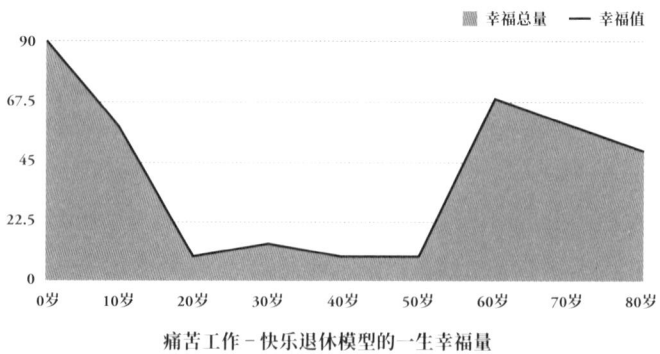

痛苦工作 - 快乐退休模型的一生幸福量

于一个人的人生不可能在函数图上表现为圆形，因此面临的其实是一个横轴与纵轴的平衡问题，我们应当尽可能地让其图形保持在可被分割为正方形或长方形的范围内，减少三角形。从大多数人的主观体验来说，稳步上升的人生和小步下滑的人生（可被分割为多个长方形），都不一定会有很强烈的不幸感，而大起大落的人生（三角形）却总是不尽如人意。

以长周期（五到十年）去追求幸福是不现实的，因为即便你能够达成目标，也无法用未来的快乐填补今日的痛苦。与其追寻一个幸福的结果，不如追寻一个幸福的过程：我用十年做了一件并没有很好结果的事情，但在这十年间的每一天我都十分快乐。

这听起来似乎是一种自暴自弃的做法，但实际并非如此，因为快乐地工作正是成就伟大不凡的重要因素。

无论是在中国古训还是外国谚语里，总能听到教导年轻人要吃苦的说法，而在那些真实的励志鸡汤故事中，也总是能听到各类伟人、天才、商业大亨讲述他们早年作为愣头青时的艰苦经历。但很多人没有注意到的是，这类故事中的"艰苦"，往往是作者或者世人所定义的艰苦，而并非当事人自身所认可的艰苦。也许某个名人在撰写自己的回忆录时会想到，他曾经在吃不上饭的情况下坚持在某个地方做学徒，这对于已经在写回忆录的现在的他来说，是一件艰苦的事情，但对于曾经那个年轻的他来说，则并不一定十分痛苦，甚至有可能是一种快乐。

因此，以过程为导向建构幸福观，并非要及时行乐，而是寻找能够赋予自身意义感和幸福感的工作，哪怕这种工作本身是十分艰苦、具有挑战性的，甚至不会导向传统意义的良好结果。许多慈善或公益性质的工作都带有这种属性，比如去偏远地区支教、扶贫，从物质生活条件上是艰苦的，从物质财富结果上看是可以忽略不计的，但在整个支教或扶贫的过程中，人们所获得的道德愉悦感是恒久的，这种愉悦感甚至可以持续到工作结束后的许多年。这便是一种典型的"幸福过程"的实现方法，当然投身公益事业并非实现"幸福过程"的唯一路径。

"幸福过程"是一种思考方式，有的时候甚至可以在不对生活和工作做出任何改变的情况下，将"幸福结果"修改为"幸福过程"。

在此之前，需要先花一点时间来解释，对于大多数人来说，如何构建一个"幸福过程"。

建构了幸福人生图样（横轴、纵轴）和计算方法（积分计算）之后，我们来讨论一下"幸福值"，也就是，如何理解在每个时间节点上，是否真的幸福。

还需要讨论另一个问题，就是究竟怎样的快乐，才算是快乐？

在成长的过程中，我们被反复告知，快乐是有高低之分的。比如说，暴饮暴食、没有爱情的性爱、看短视频，被认为是低级的感官刺激；阅读、欣赏艺术、获得成就、与他人建立长期关系等，被认为是高级的幸福。还有一些则夹在中间，比如外出旅游，去餐厅就餐，参加体育运动等。但所谓的高级和低级本身，就是人为定义的。放在明清时期，《西游记》就是市井说书人的闲书，根本无法与诗词歌赋这样的高级娱乐相比较，和"经典名著"这样的定位显然大相径庭。

纵然不应该否认不同的媒介给人带来的感官刺激和内容深浅确实存在天然差异，但高级和低级是一个过于社会建构的划分方法，它会影响我们对快乐的获取及对幸福的判断。

每个人由于天赋、性格、成长环境和学识的不同，对于快乐的获得机制是有很大差异的。有的人可以从奶头乐中获得快乐，持续地获得快乐，并且完全没有负罪感，那么这样的人如果再有一定程度的经济基础，就可以非常低成本地度过快乐一生，正所谓"一时放纵一时爽，一直放纵一直爽"。但是作为本文读者的你，显然很难达到这样的境界。

绝大部分人能够接受的延迟满足带来的快乐，其实没有自己想象的那么多，也没有自己想象的能够坚持的延迟那么久。在我的观察中，大部分难以获得快乐的人，往往不是无法欣赏高阶快乐，而恰恰是无法从低阶娱乐中获得快乐。

一个人如果读了赫伯特·马尔库塞的《单向度的人》，又读了齐格蒙特·鲍曼的《工作、消费主义和新穷人》，就很容易陷入一种我称之为"消费虚无主义"的精神困境之中。消费虚无主义者一边批判发达工业社会通过创造伪需求使现代人总是为自己并不需要的东西买单，但另一方面又因不能承认大部分斥之为"消费主义过剩商品"的东西确实能为自己带来快乐，而产生心理失调，十分痛苦。他们认为一切消费都是无意义的，被操纵的，但又无法从消费以外获得快乐，因为在商品经济高度发达的当下，几乎任何快乐都或多或少地带有消费色彩。即便是那些在过去被认为代表着精神娱乐、高尚娱乐的项目，也是消费的一部分，比如冥想（瑜伽垫买不买）、绘画（iPad买不买）、唱歌（麦克风买不买）、写作（键盘买不买），就算你喜欢的是冬日午后的和煦阳光，也得买件保暖好的衣服才能日日享受。

当一个正常的人类需求被某家公司、某个新产品满足时，消费虚无主义者会跳出来说："你看，你们又落入了资本的陷阱，你以前根本没有这样的需求，是因为他们发明了这样的商品，你才觉得你需要这件商品。"这种思维方式是对消费主义的矫枉过正，会显而易见地阻碍人们获得快乐——你在获得快乐的同时，因认知失调而产生负罪感。

抛弃不同娱乐三六九等的道德分野，除了会让你更快乐之外，不会有任何损失。

这里不得不提到许多人都不知道的延迟满足泡沫破灭。二十世纪六十年代，美国斯坦福大学心理学教授沃尔特·米歇尔做了一个至今仍被不断复述的实验：让一些孩子在一个单调的小房间里，看着一块棉花糖。实验者告诉孩子，如果在他回来之前，棉花糖没有被吃掉，就可以额外获得一块棉花糖。一些孩子很快放弃，而另外一些孩子成功等到了第二块糖。根据跟踪调查发现，那些成功抵御住立刻吃掉糖欲望的孩子，在之后的成绩、就业、处理人际关系上，都比另外那些孩子要优秀。

但这个实验，在2018年的另一篇论文中几乎被推翻。纽约大学的研究者泰勒·沃茨、加州大学的格雷格·邓肯和全浩南，将原始的延迟满足实验样本扩大到了十倍（九百人），使孩子的人口学特征更加多样化（包含不同种族），并对孩子原本的家庭环境做出了变量控制。最终的结果发现，拥有延迟满足能力的群体比没有这一能力的群体，只增加了百分之十的成功概率，远低于推导出延迟满足能力的那份研究。其中的一种猜测是，原始研究中延迟满足能力与成就之间并非因果性，而是相关性。那些家境好的孩子，在小时候更容易抵制一颗糖的诱惑，而他们长大后更容易成功，也是因为他们家境好，而不是因为他们懂得延迟满足。

如果你曾是一个信奉延迟满足的人，在读到这段之后可能会有一种强烈的幻灭感，但如果你真的能从延迟满足中获得满足，就会觉得这个新研究结果对你的生活没什么影响。

所以，没有所谓的低质量快乐与低质量幸福，人生的幸福，是一生中每个时刻幸福度的积分，而幸福度是一种只与"当下"有关的主观体验。

这意味着，如果你当下是快乐的，并且这种快乐不伤害别人，也不会显著让你的未来变得不快乐，它就是一种良性及时行乐。而所有对良性及时行乐的道德批判，都是对你幸福的戕害。

在很多关于远离低质量娱乐，劝说人们应当自律、延迟满足类的进步教鸡汤里，都会试图描述这样一种场景：上班劳累了一周，本应当去学习一下、见见朋友、搞搞副业或做一些高质量的娱乐，但不知不觉中却躺在床上刷了两整天的抖音或打了几十盘王者，到了周日的晚上才恍然大悟，懊悔不已。接下来，进步教鸡汤会针对这个场景提出一些改进措施，帮助你放弃抖音和王者这种低质量娱乐，追寻一些"高质量娱乐"或"延迟满足"。

但我们已经知道了，幸福和快乐的最重要量度其实是时间，因此你也许一眼就可以看出延迟满足理论的缺陷——我在所谓的低质量娱乐中度过了一个愉快的周末，仅在周末结束的时候有一些懊悔；而在延迟满足模式下，度过的可能是一个忙碌但并不愉快的周末，而这种忙碌究竟在何时带给我何种快乐，是完全无法预测的。

"低质量娱乐"给我带来了两天的幸福，"对低质量娱乐的反思"带给了我两小时的抑郁。这意味着，我需要解决的恰恰不是"低质量娱乐"，而是"低质量娱乐有害"这种使我周日晚上感到愧疚的社会建构。

一个人如果能一辈子沉迷于奶头乐的快乐之中，恰恰证明他充分享受了现代化给他带来的幸福。而那些不能从奶头乐中获得快乐，或时常对奶头乐进行反思的人，才是不够幸运的，他们必须为获得与他人实际上同等的快乐付出更多。

但仍有一些"及时行乐"是不能被接受的，比如酗酒（不是小酌）、滥交甚至是吸毒。因为它显然不满足良性及时行乐的范畴——它要么会伤害别人，要么会让你的寿命显著变短，最终导致人生的幸福积分面积减小。

回到面积模型会发现，我们在每个时刻面临两种选择：过度纵欲与延迟满足。那种会导致未来幸福度明显下降的过度纵欲，就像是在"借贷"，将未来的幸福借到现在来使用；而延迟满足则像是在"投资理财"，将今天的幸福留到明天收获，以期待更多的利息。投资理财表面看上去是良性的行为，但所有的理财产品下面都写着"理财有风险，投资需谨慎"。如果你是一个在理财时都追求保本的人，那就更不应该将自己此刻的幸福感无限度地投入追求明天的幸福之中。

同样的道理其实不止在娱乐层面，职业选择上也是如此：有的人能够接受延迟满足，那么他们就可以做一些科研工作，坚持十年如一日地研究某一项自己感兴趣的领域，并且在获得成功之后享受巨大的荣誉；有的人很难接受苦心研究十年，希望自己的工作内容半年内便能投入市场，就会选择去互联网公司做产品研发；还有的人更着急，希望自己的产出周期是以周为单位的，快速产出，快速得到成果或者反馈，这样的人最适合的工作其实是自媒体。

很显然，不同的工作生命周期天然不同，当然没必要认为哪一个更高级，哪一个更低级，而是要找适合自己的工作。对于一个人来说，最重要的事情不是去做"正确"的事情，而是做适合的事情，也就是找到适合自己延迟满足感节奏的工作内容。况且市场也不会因为某一项工作更正确，就给予劳动者更高的报酬。

如此看来，就更没必要刻意追求所谓的"正确"。

2004年，一位名叫麦子的网友写过一篇稿子，叫《我奋斗了十八年才和你坐在一起喝咖啡》，讲述一个农家子弟奋斗了十八年，才与城市居民的孩子过上同样生活的故事。文章本身的基本逻辑放到今日仍然适用，对于不同家境的孩子以及拥有不同户口的孩子来说，以同一"最终目标"反推其所需的投入，仍然是有巨大差异的——有的人一生都在去罗马的路上，而另一些人生在罗马。

在与朋友的交流中，我往往会获得一个典型的反馈：我没有你有钱，所以我不能像你这样活得洒脱。但这一逻辑成立的前提是仍以"最终目标"为最终目标。如果以更通俗的话来说明，即这篇文章的内容虽无问题，但存在一个从标题就出现的错误基础假设——"喝咖啡是幸福的"。

喝三十元一杯的星巴克算是幸福吗？对很多人来说可能确实如此，甚至不仅如此，在真正的咖啡爱好者眼中，星巴克的咖啡只是无功无过的普通连锁咖啡。即便是口粮咖啡，也有更好的Seesaw和Grid选择，而真正想要品味咖啡的独特魅力，需要自行购买那些动辄上百甚至上千一斤的稀有产地咖啡豆，自己研磨冲泡，更别提上海那些独立品牌上千元一杯的限定。这么看来，享受咖啡确实与物质财富挂钩，没有一定的物质基础，就不可能充分享受咖啡的魅力。

但是等等，这回答了"喝咖啡是幸福的"这件事吗？似乎没有。

因为咖啡爱好者也不是先天就爱喝咖啡的。相信绝大多数人在学生甚至更小的儿童时代，无意中第一次喝到咖啡的反应都是：竟然有人为了喝这个东西付费？

咖啡的幸福感有一定的生理基础，它的愉悦感主要来自人的神经系统对咖啡因的反应，次要愉悦感来自不同咖啡豆风味上的差异，这种差异出自不同生产地区的咖啡豆经不同制作工艺带来的上千种化合物（烃类、醇类、醛类、酮类、羧酸类、酯类、吡嗪类、吡咯类、吡啶类、呋喃类、呋喃酮类、酚类）随机组合所产生的三十六大类香气。然而，在咖啡三十六味谱中的柠檬香味，其实与柠檬的真正味道相差甚远，它是指与其他咖啡相比的一种活泼、明快的酸味，但本质仍然是咖啡的酸味而非柠檬的酸味，构成咖啡的这种柠檬香味也与构成柠檬酸的化合物完全不同。

享受咖啡带来的乐趣和享受奶茶带来的乐趣是显然不同的，前者一般被认为更高级，更高级的原因是它不直接刺激你的多巴胺，并且具有一定的门槛。这种门槛是习得性的，它的习得过程不只是你要掌握描述各类咖啡风味的话语体系以及这套话语体系与化合物、产地、个体味觉之间的关系。即,如何将一种与柠檬八竿子打不着的香气,强行与柠檬挂钩。还有另一个门槛,即"使用三十六味谱"和"SCAA杯测标准来品评咖啡"这两件事本身是高级的,而你对其感到认同。

如果你觉得其中的逻辑有点绕,那么我不妨去除表象(咖啡)来重新描述一遍:

A代表一种快乐,这种快乐不管婴孩和老人,无论教育、年龄、背景,都在初次尝试的时候就能体验到,无需任何外部教导,这便是奶茶所代表的快乐,它由纯粹的多巴胺驱动。

B代表另一种快乐,这种快乐需要专家的指导,社会的建构,人与人之间的比较,消费主义的包装,你才能够从中感受到快乐,这便是咖啡所代表的快乐,它在某种程度上是"社会关系的快乐"。

一个小镇青年之所以向往坐在北京CBD的星巴克里,打开一个苹果笔记本电脑,望着窗外的车水马龙,是因为他被星巴克的广告、影视作品、短视频、社交媒体、城市中的亲戚所影响。而实际这种场景中的城市青年,向往的却是小镇青年晚上六点就下班、根本不需要喝咖啡续命。

此时,小镇青年所向往的是B型快乐,城市青年所向往的反倒是A型快乐。

习得性快乐有利有弊，其中一个重大问题是，我们大多数情况下习得的，都是自己无法拥有或暂时无法拥有的快乐。

习得性快乐能够帮助我们获得原本并不容易获得的快乐，但在现代社会下更多的是被动习得。因为生活和工作的压力，在毕业以后往往难以保持或挖掘新的兴趣爱好。相反，在社交场合与消费主义的驱动下，习得了许多暂时无法拥有的快乐，因而这种习得性快乐，变成了驱动我们为之不断付费的习得性不快乐。比如咖啡就是其中一例，同理的还有奢侈品服装、箱包，红酒，高尔夫球，美甲，看展览等。

物质财富是影响人幸福的因素吗？

显然是，因为如果你处于经济绝对拮据的状态下，有许多可以获得快乐和幸福的方法，是你无法使用的。

在温饱线之上，物质财富还是影响你理解本文并使用本文的方法寻找幸福的因素吗？

显然不是了，因为在本文的定义中，幸福是一种关乎内在的、针对世界的评判方法和行事方法。

我们需要学会的是让城市青年在星巴克里加班的时候，感受到能喝得起星巴克的幸福，而不是抱怨自己在加班；让困在县城里的小镇青年，感受到能准点下班的幸福，而不是抱怨自己赚不到更多的钱。

这里可能会有人质疑，这不是自我洗脑吗？其实在某种程度上是的，因为在当下的社会，如果不自己给自己洗脑，不反复强化自身的价值锚定，你就会被消费主义或工作主义洗脑。

因此，我们至少需要一种自我洗脑来抵御外部的洗脑，来维持自身的平静。

即，一种正向的、对我们有利的习得性快乐。

当下是改变最好的时间点

2020年新冠疫情暴发以后，不确定性成为唯一的确定。即便是疫情与防控已在2022年底成为历史中的一页，但所有人都能意识到，无论是从宏观叙事还是个体生涯来看，"回到过去"或者说回到2020年以前的模式，已经成为一种不可能的事情。在这种不确定性的影响下，许多人原本的生活被打破，并至今没有建立起新的模式。一种悬浮的状态弥漫在整个社会之中，给许多人带来了迷茫与畏惧。

但这种不确定的状态，其实恰好是打破线性化刻板人生的一个契机。

在过去，我们人生的典型模板过于稳定，以至于绝大多数人都遵循这一典型模板来构建属于自己的幸福生活。对出生于改革开放后的一、二线城市的中国青年来说，这个典型模板大体包括：

- 拼命求学到至少本科；
- 加入金融或科技互联网等高增长行业；
- 在GDP前十的城市（上海、北京、深圳、广州、重庆、苏州、成都、杭州、南京和武汉）购买一套住宅；
- 在三十到三十五岁之间结婚并生子；
- 每年一到两次的境外旅行或过上同等购买力的"中产生活"……

然而，当可以用一套标准来形容上亿人的幸福时，你就知道它大概率是假的。

这是一种"终局思维"，而这种终局，来自新中产阶级之间彼此认同带来的幻觉。为什么要购买这些品牌的车子？为什么要让孩子上这样的学校？为什么要这样配置保险，订购私立医院的会员卡？为什么要过这样的生活？绝大多数人并不真的从中产生活幻象中感到快乐，要么他们财力不够，只能幻想自己过上这样的生活会很幸福；要么他们已经足够成功，顺利踏入这个模板，却只是因为"身边的人都这么做"而"自己也这么做"，从未真正从这些昂贵的生活方式中获得乐趣。

实际上，这种确定性的幸福模板在我们至今仍在怀念的确定时代里，曾被很多青年诟病为"社会时钟"或"社会规训"，它反而是由那些过不上这样生活的人构建出来的。因为真正满足这个模板的大厂青年，每天都在被KPI、OKR、房贷和孩子的学费裹挟前行，一刻都不敢停留下来，在某种程度上，甚至连出境旅游和去崇礼滑雪都成了一种任务。

而自疫情以来社会的变化，让这种虚假但确定性的幸福模板彻底成为泡影。与之相对的，迎来的是可能性的时代。

如果你曾经读过任何一本改革开放后的经济史，就会意识到重建实际上是一种机会。

舆论场上，一方面我们看到无数年轻人在怀念二十世纪九十年代"倒腾服装"就能赚钱的遍地黄金时代，但这些怀念九十年代的年轻人可能并不清楚在那个年代的许多地区，"倒腾服装"不仅可能破产，还有可能坐牢。另一方面，抱怨当下没有机会的时候，我们看 2020 年开始，直播赛道的火热，线下零售进入万店连锁时代，跨境电商首次实现了品牌出海而非制品出海等造富机会，都在短短四年里涌现。某种程度上，这些都是在拥有确定性的时代无法想象的宏观机会。

回到微观，确定性的幸福对应的是强大的社会规训。

幸福模板在过去发挥的并非真正的保障作用，即便你按照模板里的所有事情都做了，仍然有可能因为考学失利、跳槽失败、行业局部危机、理财失败等原因而最终没有获得模板里的幸福。换句话说，在过去，人们像磨盘边的动物一样追求着前方的胡萝卜——总有一些人会得到胡萝卜，但重点在于让所有人都相信朝着一个方向走，会有胡萝卜。胡萝卜更像是一种终极想象，谁吃到胡萝卜并不重要，重要的是，只要有一根胡萝卜，便可让无数人对此趋之若鹜。

但现在，那根胡萝卜彻底消失，经历短暂的慌张之后，我们可能发现，远在磨盘之外，有更广阔的世界在等着。

在反对各种形式的规训、建构或社会时钟时，我们总会强调个体对群体的无力，但又忽略一种群体性行为之所以要使用规训、建构或社会时钟等软约束来限制个人，恰恰是因为其自身无力到无法形成刚性规则，否则它的表现形式应当是暴力、法律、合同或至少规章。

事实上，目前大多数社会规训的无力，正是因为它们与某些刚性规则有直接冲突，最典型的是996和《劳动法》。企业要实际执行一个996的职场制度，必须设计一整套基于企业文化和职场氛围的机制，让员工自愿放弃休闲时间来加班，其中一个重要的方法是，使员工之间形成恶性竞争，也就是所谓的"内卷"。但之所以如此麻烦，而不是简单地将996明文写进公司章程或劳动合同中，是因为它要敢这么写，就相当于通过劳动官司白给员工送钱——如果在996的风波后关注过相关的劳动仲裁和起诉案例，就会发现，几乎所有关于996的仲裁和起诉，劳动者一方都会受到法律的支持。

《劳动法》也许曾经是txt，但在当下它确实是exe，而致使大多数员工认为自己无力反抗的，实际上是企业和劳动市场上的一系列社会建构。

规训的作用界面是我们的精神，而不是身体，它使人们自以为别无选择，无力反抗，以至于干脆闭上眼睛不去眺望隧道外的世界，不去尝试做出不同的选择，尽管实际上我们有的可选、能够做到。

但也有一种反例：家庭规训。

前两年，"原生家庭""与原生家庭和解"是中文互联网上年轻人最热捧的一个内容方向。"原生家庭"这个工具在心理学领域非常复古，是精神分析流派的后继者，在某种程度上否定了自1940年以后的心理学发展，直接把人们带回到精神分析流派的石器时代，也就是弗洛伊德时代。

且不论原生家庭是否真的造成了我们的一切困扰，单说与原生家庭的切割到底难不难。

大多数与原生家庭切割的故事里，讲述都在围绕各种应然的要素展开，但缺少一个实然的关键点：遗产继承所带来的经济要素。

在现代社会，对于成年人来说，有一整套机制保护其个人人生的自由。从实然的角度上来说，事实上不需要与原生家庭"切割"，因为本就不被视为一个整体。而其中唯一真正需要切割的是经济支持与遗产，这一部分受到《宪法》《民法典》《老年人权益保障法》《未成年人保护法》等法律中相关法条的约定，形成了一套基本以"抚养—赡养—继承"为核心的经济契约机制。

子女为报答父母养育之恩的"经济账"，在法律上可以通过"赡养费"来完成其义务，除此之外的情感账如果算不清，便无须再算。毕竟如果原生家庭环境不佳，则意味着父母实际上未能履行《未成年人保护法》第十六条第二款所规定的心理和情感的保护，因此你也不必为没能满足《老年人权益保障法》中第十四条所规定的为老人提供精神慰藉而自责。

尽管两部法律都强调了家长对子女的情感支持、子女对父母的情感慰藉，但法务实践中几乎无法计算情感账。

许多子女无法与原生家庭割舍的真正原因，是在法律的实然规定之外，还期待一套应然的经济契约。一般来说，是指父母、亲戚的人脉关系以及最重要的遗产继承。这在城市中产阶级中青年中尤甚，由于经济增长和社会巨变，如今二十到四十岁的青壮年与其父母之间存在较大的认知差异，但同时在经济上，可能又是一种逆转的情况——父母的财力远大于子女。具体来说，一个年轻人之所以能在日常的求学、工作和为人处世中保持着"新自由主义"的模式，恰恰是由于其父母通过坚守"保守主义"价值观所积累下的家族财富。

由于财产继承并非实然而是应然，即本质上是一种情感的交换，因此当子女不顾情面与原生家庭切割时，可能会使自己处于财产继承的不利地位。此时，一个应然的经济契约就出现了，一部分经济能力足以独立的青壮年之所以仍然深陷原生家庭，实际上是由于他们想不付出任何情感支出（接受规训），还觊觎父母的财产。

这种情况下,就不应当批判规训,而是将自己付出的情感成本和所获得的财产收益当作纯粹的经济契约,这样至少能够让你在精神上好受一些。

如果你能仔细剖析所有作用在自己身上的规训,究竟是真正的仅作用在精神层面的规训,还是实际存在一种经济上的契约,就能分辨出究竟该如何剪断缠绕在自己身上的枷锁。

长期以来,躺平、摆烂和丧文化,常常与脱离社会时钟的现象混为一谈,因为在一些显著的行为特征上,它们确实有相似性。比如我们很容易把一个没有在上班,或者一个辞去高薪、离开996职场的人形容为"躺平"或"摆烂"。但仔细一想,这是一件很诡谲的事,一个人,不过是离开了996的职场,仍然在纳税,仍然在劳动,在赡养父母养育小孩,却被称为"躺平",这件事情本身难道不值得反思吗?在任何一个国家,这样的人都是中坚力量。

社会宏观层面之所以这样做,更多是因为这些人试图消灭这个社会给他们的Deadline,这会让更多人意识到:很多人生任务原本是没有Deadline的。

设定三十五岁前必须成为管理层,或为孩子准备北京海淀或西城的优质学区房——这些目标本身是美好的,旨在改善我们的生活,然而,一旦设置了截止期限,美好的目标便开始显得压力山大,成为所谓"社会时钟"带来的负担。

在中国的社会语境中，"躺平"更多地意味着摆脱这种社会时钟的束缚，而不仅仅是字面上的躺下不动。但实际上，脱离社会时钟，只是我们探索新型生活方式和寻找天职的第一步。我们最终的目标是从不愉悦的工作中解放出来，寻找到适合自己的职业与生活方式。这甚至不是对996职场的指责，因为在生活中确实能看到很多人，无论贫富都在享受996甚至是超过996强度的工作生活。

不过值得一说的是，孩子的成长往往具有时效性，比如七岁之前必须开始读小学，所以很多人会选择不要小孩，来逃离社会时钟带来的规训。

然而，这种规训并非完全不可逃脱。比如作为一个生于九十年代的北京人，我其实完全不能理解当下北京教育的内卷，因为在许多老北京家长看来，为孩子的学区购买房子、举家搬迁、告别曾经的邻居，是完全不可理解的——孩子的成长自有天命，家长的生活不能被孩子完全左右。直到我上初高中的2003年到2008年，北京二环内的学校还偶有"学生打老师"的现象出现（不是反过来），究其原因，是许多老北京家长都不相信"教育改变命运"，能上大学最好，上不了大学也是孩子自己不行，和"我"（家长）没啥关系。而这些家庭也并不是像许多人想象的那样家财万贯，在上世纪九十年代到本世纪第一个十年里，二环里的大部分北京人都住在老破小和平房大杂院里，没产权，拆迁也分不到什么钱。然而，这些家长的态度依然是：上不了大学就上不了，大不了职高毕业去当售货员和服务员。这也是北京服务业服务态度差的原因之一。

换句话说,许多新北京人在近些年觉得被卷到崩溃的那个子女教育的"轨道",在大部分老北京人眼里从来就不曾存在。

很多时候,我们给自己设定了错误的目标以及与目标对应的时间节点,而且更让人痛苦的事情在于在该时钟的规训之下,大部分人只会在完成目标的一瞬间感到开心,剩下的时间又会陷入无尽的痛苦,因为后面还有无穷无尽的节点在等着。

需要澄清的是,尽管大多数人都对工作感到痛苦和厌倦,但这很有可能不是工作的问题,当然也不是我们的问题。只是在错误的机制下,错误地选择了不适合自己的职业与生活方式。甚至可以进一步说,当你在忍受某份工作的痛苦时,实际上占据了另一个人的位置,因为也许你的工作对另一个人来说反而是求之不得,甚至愿意为其奋斗终生的天职。

真正的"什么也不做",每日躺着的退休生活,对于中青年人来说实际上是极其无聊的,正如鲍曼在其1998年出版的书《工作、消费主义和新穷人》中谈到的:当温饱不再成为问题,失业的最大痛苦不再是饥寒,而是无聊。

毕竟当前人类社会仍不支持大部分人口不上班,那样会让所有人一起饿死,所以当彻底的躺平只是少部分人的选择时，那么他将会逐渐失去自己与整个社会的连接。用更通俗的话说：当你彻底不工作后，甚至连一起打游戏、出去玩的朋友都找不到。因而纯粹的退休式躺平，只是过于疲劳的中青年在痛苦中臆想出的"幸福终局"之一，与上文描述的财务自由图景有同样的欺骗性，却不具备实践价值。对于实在因工作压力而身心崩溃的人来说，三到六个月的退休式躺平适合作为人生中的一场休憩，但目标是为了更好地"出发"，去踏上接下来的旅途。

如无意外的话，找到"天职"（适合自己的工作），仍是大部分人人生旅途中的主要选择。因为仅仅从结交新的朋友、建立社交关系以及不与社会脱节的角度，工作也是一种成本最低的方式。

社会价值和自我价值的真正统一，如何能被称为躺平或摆烂呢？

随着经济下行，"三十五岁危机"或早发性的中年危机，愈发成为社会上议论的焦点。

2021年，在那个烂尾楼还没有频发的年份，我举了一个互联网人中年危机的典型场景，即为什么互联网人会对三十五岁失业有巨大的恐慌。

其一，中国互联网行业，是过去二十年里全球所有国家所有行业里最指数成长的行业之一，能够进入这个行业的人无论赚到了多少钱，本身就是极为"幸运"的。

其二，许多在这个行业里的人，将这种幸运误以为是能力，并且将这种运势的继续保持作为担保，进行了高额的杠杆性人生决策。更具体来说，就是错误地认为自己的薪资足以负担起一个更大的房子，一个比中产更奢侈一些的生活方式和子女的教育方式。然而，买房、贷款买房、高额贷款买房，是三件完全不同的事情。一些在深圳年入百万的互联网员工，三十岁左右贷款千万买下一套不错的住宅，我们可以预计他们到三十五岁的时候必然会迎来空前的中年危机。

如果你不是这样的人，没有陷入这样的视野，可能会更容易发现问题所在：公司能为你支付年薪百万多久？市场上年薪百万的岗位有多少？整个行业存在多少能支付年薪百万的公司？在你没有获得年薪百万时，你视野里那个年薪百万的人现在是变成年薪千万还是降薪了？你所在的岗位在十年前薪资大约是多少？十年前那些年薪百万的岗位现在薪资大约多少？把这些问题一一罗列的时候，会发现一个年薪百万（哪怕是到手百万）的人，也根本不应该购买价值千万的房产。因为作为个体人类，其年收入一旦超过某个数字，这个收入的稳定性就与其个人能力完全无关。

我提到的是稳定性与个人能力完全无关，而不是可获得性与个人能力完全无关。这里的区别在于，个人能力强的人在哪里、在何时都会闪光，一个天才工程师、一个天才运营、一个天才分析师，即便在最坏的环境下也能取得远超于别人的工作机会，甚至有可能获得更高的一次性收入。但当宏观经济——或者不提宏观，仅从中观的行业角度，整体发展速度变慢，超额利润减少的时候，就不可能再为一个这样的个人支付稳定的超高薪水或利润分红了。这种情况下，企业可能更倾向以外部顾问的形式获得智力资源。聘请外部专家，以其交付的成果来支付一次性报酬，这对企业来说能节省更多开支。例如，过去企业需要年薪一百二十万雇用的专家，如今通过每年两次短期咨询的方式合作，支付二十万元咨询费。对专家个人来说，其收入不一定会下降，因为作为顾问，他可以同时向多个企业提供服务，但稳定性将显著下降——然而，房贷或其他周期性大额支出，却是"稳定存在"的。

更何况，进入2023年，这种不稳定性不仅仅来自疫后的经济周期，我们还见证了局部战争的多点爆发、通用人工智能的突飞猛进、国家之间的相互制裁。每一种因素对个体命运的影响都可能无限大，因此与其在这个动荡的时代把杠杆拉满，试图做一个定点，不如成为不确定性时代中探索新生活方式与工作方式的一员。

回到当下，这样的判断也同样适用于那些工资万元但想买百万房产的普通打工人：在一个唯一确定是不确定的时代，绝对不要把自己的未来预支到当前的生活。

这并不意味着你没有好未来，而是因为你不知道在还款期限来临之前，自己的好未来是否会来临。

狗屁工作

讲如何快乐地工作，或如何衡量一份工作是否快乐之前，需要先做一点铺垫，来解释一下当下的工作是如何让我们痛苦的。

关于这个话题，已经有人出了一本书。人类学家大卫·格雷伯于2018年出版的 *Bullshit Jobs: A Theory*（中译本《毫无意义的工作》）里，包含了大量采访的案例，说明什么样的工作会让我们痛苦。但这本书对狗屁工作以及狗屁工作对我们生活侵害的理论抽象不足，读完之后很有可能会陷入一种情绪之中——"嘿，他说得太对了！"然而，情绪之后却无法进行下一步行动——我要因此离职吗？我的下一份工作还是狗屁工作，怎么办？如果现在无法逃走，我如何才能摆脱工作的地狱？

原本，这些话题应当由大卫·格雷伯自己来回答，但遗憾的是，这位勇敢向现代职场发出呐喊的勇士，已于2020年9月2日因急性胰腺炎与世长辞。也就是说，实际上中文读者在2022年9月读到《毫无意义的工作》时，它的作者已经离世两年了。

既然如此，那我就斗胆在接下来的两节，延续大卫·格雷伯的"工作"，来讨论一下如何让你的工作不那么狗屁。

仍然要从什么样的工作给我们带来痛苦开始说起。

所有为了钱的工作，都是痛苦的——这看似是一句正确的废话。

在《互联网与中国后现代性呓语》中，我描述过一个现代化的困境，即无关分配制度，许多现代化工作本身就会使劳动异化：如果你能像瑞士的表匠一样完全自主地制作一块手表，除了出售这块表所带来的金钱回报之外，你还享有创造这块表本身的一种快乐，这种快乐几乎是刻在智人种族基因中的某种情绪反应；但如果你只是某品牌手表流水线上的一个工人，你的工作只是将手表中某个零件在进入下一个工序前把齿轮摆正，将不会获得除收入之外的任何快乐，在这种情况下，你工作的唯一目标，是不工作。

在许多饱受工作折磨的年轻人看来，自己工作的唯一目标就是赚足够多的钱，能够更早地实现彻底地不工作——躺平。这，就是工作的第一个谬误。

然而，随着延迟退休政策在宏观层面上被提上日程，这种可能性越来越低。而对许多背上房贷，生儿育女，有着家庭压力，"躺平梦"破碎的中年人来说，则陷入了另一种交换之中——赚更多的钱，购买更幸福的生活。这两种思维方式本质上是一种，都是将出卖劳动力与时间的工作，视为获取幸福生活的一种代价，而非幸福生活本身。

这里我们不讨论工作是否能带来幸福，仅就"以工作为代价来换取幸福生活"的思考方式而论，也是一个不切实际的想法。

首先，宏观层面上，我们已知以人类社会目前的生产力，不足以让所有人都进入"舒适躺平"的状态。这意味着，如果有一种通行的、可被批量复制的，让个体不再工作的方法出现，各国政府都将对这种模式进行封杀。这是人类集体文明延续的需求，几乎无须证明。

提前退休，始终是极其能干或极度幸运的少数人才能抵达的状态。

如果大部分人突然发现自己拥有提前退休的资金积累能力，那么大概率意味着在接下来的几年里，要么货币大幅贬值发生剧烈通胀，要么一种消耗大量资金的"必需品"出现在人们的生活中（比如房产）。总之，退休制度本质是一种人的报废计划，对于没有进入报废阶段的人来说，是不允许其过早进入报废状态的，不然社会就无法正常运转下去。

其次，个人层面上，支付时间去工作获得金钱这种媒介，再将金钱转化为幸福生活，并非一个单向度的计算过程。在这个方程式中，并不总是付出越多的时间，获得越多的金钱，就越能收获幸福。还记得"金钱也是时间"的交换公式吗？如果将自己的时间，以时薪来进行标价，就会发现你永远无法买得起自己想要的幸福。因为当你开始从工作（出卖劳动力）中收获更多的收入，这也意味着在你停止工作去享受生活的那段时光里，所有的东西都变得更贵了。这就像说比尔·盖茨不愿意弯腰捡一百美元的笑话一样，当你去巴厘岛度假的时候，不只要支付去巴厘岛度假的金钱，实际上还失去了作为一个高净值人士在度假这段时间可能赚到更多钱的"机会成本"。这就是许多有钱大佬从不休息的真正原因。

但对普通人来说，恰恰正是因为如此，才不应该那么努力赚钱，因为即便你将所有的生命都投入到赚钱中，所赚回的钱可能也买不回失去的幸福。

通过幸福积分图我们可以更好地理解，一个人可能会因为在六十五岁退休前的每个时间点都太过拼命工作，而导致六十五岁前的整个幸福量（面积）极低，而在六十五岁后剩余的人生，也不足以通过挥霍财富带来的高幸福值来弥补自己一生的幸福总量。更有可能的是，前半生在工作上的过度投入，即便是带来了对应的财富积累，也给身体健康、人际关系和个人志趣方面带来了诸多的负面影响，反而积累了更多让后半生并不幸福的因素。

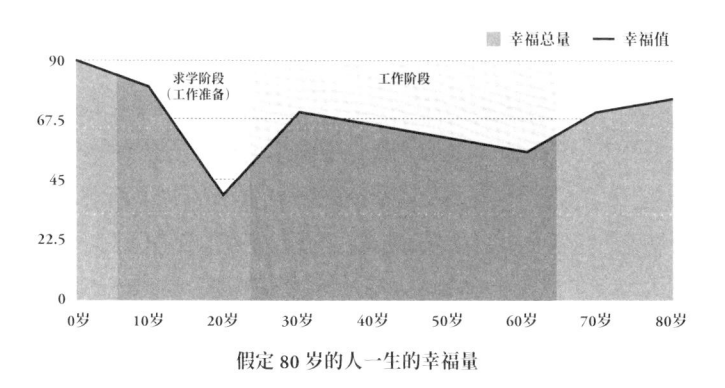

假定80岁的人一生的幸福量

如果将当代中国人大致的社会时钟放入这张图里，我们会发现另一个问题：对于大多数人来说，幸福与工作和学习极为相关，当我们上完所有该上的学和班，一生就基本结束了。

"上了高中就好了""上了大学就好了""找到工作就好了""升职加薪就好了"，这些试图让人捱过人生某些痛苦阶段，而在未来获得幸福的话语，具有极大的欺骗性。因为在复杂多变的现代社会，没有任何事情能够保证获得好的效果。实际情况是，在捱过当下痛苦的过程中，个体的有限寿命也在消耗，没有人能保证当下付出的痛苦时光，能在何时以何等幸福量回报回来。

当然，不可忽视的是，"读书改变命运"与"勤劳改变命运"的传统正向价值观，在一定的语境下仍然是正确的：如果一个人的人生起点非常低，比如出生在某个近年来刚刚脱贫但仍然十分窘困的地方，他还是需要非常努力地读书，非常勤奋地工作，才有可能获得幸福的一生，因为其幸福值的起点比其他许多人要低很多。如果不这么做，那么他一生的幸福曲线都会在一个低位上平缓地划过。

但在二十一世纪，这类话语的可适用范围正在缩小。随着温饱问题的大体解决以及廉价快餐娱乐方式（主要归功于互联网）的大规模出现，相当一部分人的快乐，是不需要通过大量的金钱来实现的。一个人如果就是不喜欢高雅文化，就是喜欢打手机游戏、刷短视频、看网剧、吃麦当劳，那么努力工作与不努力工作,对他生活的幸福度没有什么影响。对于这种人来说,你劝他多看看书,逛逛艺术展,听听音乐,反而是在用一种消费主义的方式去异化他的本性。

幸福是一个平衡性问题,它并不是一个线性函数,而更像一个线性函数通过积分所得的面积。在这个平衡性问题中,有两件事是对我们一生的幸福总量十分重要的,一个是工作,另一个是学习(工作准备)。

这意味着,你至少不应该把钱作为衡量工作的第一位,而是把快乐本身放在衡量工作的第一位。

过往职场对工作的选择中,排名第一位的要么是钱,要么是钱途,往后排的可能是工作的困难程度、距离家的远近、工作环境是否优越等等,"兴趣"似乎很少出现在中国人择业的首选项里。然而,想明白自己一生最好的时光必将投入在工作中时,你就会明白:如果想要让整个人生的大部分时段快乐起来,就不可能去做一份痛苦的工作,来换取剩下的快乐时光。

有的人说,自己的快乐只来源于躺平。不否认可能确实存在这样的人,但大部分人还是能从目前这个世界上几十万种岗位中,找到那么一两个自己真正喜欢做的事情。

工作的第二个谬误是:事业越"成功"越幸福。

每每在一家大型公司中观察我的同事,就愈发认为线性职业路径带来的痛苦,很大程度上是基于客观规律而非抽象的"资本剥削"——因为我眼睁睁地看着那些最初因喜爱自己的工作而进入公司的同事,最终因制度性问题而变得对自己的工作痛恨有加。

这里的制度性问题,与通常理解的惩罚机制相反,恰恰是晋升与奖励机制。

现代社会的大多数企业仍在遵循科层制(官僚制)的管理,即员工的上面有组长,组长的上面有总监,总监的上面有经理,经理的上面有总裁,总裁的上面有首席执行官、创始人等。尽管科层制在中文语境下往往带有贬义色彩,但它确实大大提升了企业及其他现代组织的运作效率。由于现代化大生产的一大特点是"分工",科层制使得分工从扁平变得立体,以实现更大规模的协作。

在建立分层系统的过程中,一个在前现代社会看起来不可能完成的任务被逐级拆解,每个层级的工作人员负责不同的任务。此外,科层制还让分工的考核与管理变得更为可行,管理者不再需要面面俱到地检查所有人不同形式的工作产出,仅需考核比自己低一级的管理人员,而低一级的管理人员再根据自己所专攻的方向去考核下面的人。如此一来,每个人只需要管好和做好自己手头的那些事情,就能使得组织整体实现任何个人都实现不了的功绩。批判科层制之前,我们必须充分承认科层制在整个现代化中起到的积极作用。科层制是当代生产力下实现现代化和社会运转的必要条件,即便是现在,在大公司和政府等大型组织中取消科层制也只是一个美好的设想，几乎不可能实现。

但科层制对个体的职业生涯来说有一个问题——大多数处于科层制中的人，最终会搁浅在"不能胜任"的位置上。

这并非危言耸听，管理学中有一个概念叫作"彼得原理"，专门用来论述科层制的弊端。

概括来讲，假设一家企业中有ABCDE五个层级，A为首席执行官，E为基层员工。一个人在职业生涯的早期，往往以E级进入企业。随着他在职场中个人的成长，将很快晋升到D级。在D岗位上做了几年，他晋升到C级。这时，他可能已经从初入职场的小毛孩，变成了独当一面的企业精英。他的个人成长开始放缓，但由于能力模型刚好与C的职级匹配，开始大放异彩。如果顺利，他将在此时为企业和自身都积累了大量的声誉与财富。

这种情况不会持续太久，由于不断地取得成就，在晋升制度的安排下，他必定在一段时间后从C晋升到B。然而事实上，不得不承认，对一些人来说，可能穷极一生也无法在能力上配得上B这个职级。

从下属的视角去看这种"不能胜任"的时候，我们总是认为这似乎对个人是一件好事——他虽然外行指导内行，干不了那么大事，但公司给了那么多钱呀。这不开心吗？

实际情况是，不开心。

因为之前已经分析过什么是真正的幸福了，财富与权力只是其中一部分影响因素，而非全部。一个人长期处于"德不配位"的状态时，他的状况必然是糟糕的。

首先，他会失去来自创造的快乐。由于实际上没有能力做好B这一层级的工作，因此他将不会从工作中获得创造价值的感觉，觉得自己"屡战屡败"。为重拾创造价值的感觉，他有可能会主动寻求去做自己曾经拿手的更下一级的C级工作。这就是为什么大型组织中总有"领导"喜欢折腾战术、指导业务，甚至"亲自打仗"，而忽略自己真正该做的事情，因为他实际上既没有真正的做"领导"的能力，也没能从做"领导"中获得快乐。

其次，当基层员工成长为中层管理或高层管理时，他会开始内化企业压力为个人压力。

对于绝大部分基层员工来说，企业的生死与好坏，几乎与个人命运毫无关系。因为跳槽，或因为企业倒闭被迫跳槽，对个人而言无非再投几次简历、再面试几次的事情，最不济就是失业一段时间。但对于手握一定期权、股权，或以其他方式分享了企业超额利润的中高层来说，会无形中将企业的生存压力内化为自身的人生压力——"如果公司倒闭了，我就再也找不到这样的工作了"。对那些利用超额利润作为抵押物使用财务杠杆的人来说，更是如此。

这也很好理解，如果因为在三十岁取得百万年薪而贷款购买了千万级别的房产，那你最好祈祷给你发百万年薪的公司经营良好、连年增长，不要在自己四十岁之前降薪、裁员。

第三，长期处于"不能胜任"状态的人，会失去独特价值,处于深度焦虑之中。

由于当下激烈的市场竞争,除了企业的创始人之外,很少有人能在一家企业待一辈子。一个优秀的C级员工被晋升为一个差劲的B级员工时,绩效考核和末位淘汰会带来极大的精神压力,而这些压力在他作为C级优秀员工时是没有的,因为他的能力恰与C级匹配,在C这一级别,他有十足的个人竞争力,确信企业无法找到合适的人替换自己。

以上这些,都是科层制给工作带来的问题。

工作的第三个谬误是:我现在的工作似乎还不错。

有的时候,我们会陷入一种假想的舒适圈中:我的工作虽然很烂,但同事还不错;我的工作虽然工资不高,却是我擅长的事情;工作虽然让我不开心,但我的工资很高……但在我看来,所有让你无法从工作本身获得快乐的工作,都不是好工作。

而为掩盖这种工作本身的不快乐,企业,尤其是大型企业,会用各种人力资源福利和企业文化来营造虚假的舒适感。

什么是工作本身带来的快乐?不妨问问自己这些问题:在做报表的时候你感觉快乐吗?在送快递的时候你感觉快乐吗?在与甲乙丙丁方开会的时候你感觉快乐吗?也就是说,当你处于工作的主体过程时,是否能进入心流状态、获得成就和喜悦,如果可以,那么恭喜你;如果不是……但你又觉得"公司挺舒服不想离开",那么就可能陷入了习得性舒适里。

什么是习得性舒适?其实再简单不过了:免费的班车,免费的早午餐,免费的健身房,免费的下午茶零食,免费的咖啡,甚至是免费的高性能工作电脑和额外的带薪休假,还有公司附近的房租补贴。简单来说,这些东西与你实际做的工作无关,仅仅是因为公司需要把你关在公司加班,才会像动物园一样给出丰容式福利。

之所以称这种情况为习得性舒适,是借用了"习得性无助"的概念。而习得性舒适确实会造成一种习得性无助。

习得性无助这一心理学现象,在二十世纪六十年代末和七十年代初通过实验进行了确认。其中最出名的是一个关于"虐狗"的实验。

将狗分为两组,A组被随机施加电击,B组在一定程度上可以通过规则来回避电击,之后将两组狗放在同一种牢笼,这个牢笼分为两边,中间通过一道低矮的障碍物来隔开,笼子的一边通电,另一边不通电。B组狗很快发现了电击可以回避,于是跳到没有通电的另一边,而A组狗根本没有尝试躲避电击,停留在了笼子有电击的一边。

这与许多人的经历何等相似,他们几乎在生活中的每时每刻、每个场景,向每个遇到的人抱怨自己的工作有多糟糕,却从来不曾尝试过离开当前工作或行业,甚至没有试图了解离开当下工作生活模式的可能性是什么。

阻碍人们开启第二曲线,或偏离主线的一个重要原因,正是传统社会建构的人生主线,以及大企业的动物园丰容所营造的"舒适圈"。

我们以为自己所在的区域就是我们所能达到的最舒适的点,但实际上可能正如实验中的狗一般,沿着规训出来的惯性,停留在了自己最不舒服的地方。

我们都曾在网上见到过一个关于互联网大厂的段子:某互联网公司规定每天下午五点半下班,但六点半会有通往全市的班车,八点有高级的免费晚餐,九点半以后可以免费打车回家。尽管公司并没有强制加班,但一套组合拳下来,每天晚上九点半下班成为员工们的常态。

尽管这个段子不一定是真的,但它实际上解释了我们是如何陷入自以为的舒适圈:如果压根不喜欢这个工作,你就不应该为一顿晚餐工作到晚上八点,而如果你没有工作到八点,就不会因为贪图免费打车而工作到九点半。

很多人仅仅因为公司的免费咖啡与健身房而不愿意离开公司,而事实上他在加入一家企业之前从没有喝咖啡和健身的习惯,离开以后也没有——动物园丰容式的福利,表面上是福利,但实际上是围墙。通过一些实际上你本不想要的东西,构建了一个你主观上认为的舒适圈,从而让你忽略甚至否定了舒适圈之外可能更为舒适的可能性。

由于管理主义的盛行,如今的职场充满了这样的舒适圈。一方面,现代企业管理制度的唯一目的是帮助企业更高效和正确地运转，从而获得更多的收入与利润，但另一方面，它又无法否定企业员工作为人类，是无法按照机器那样无错运转的，因此孕育了极具欺骗性的企业文化和员工关怀两个分支。

在之前的企业社会责任和现在的ESG中，都建议将员工不只视为雇员，而是当作企业的利益相关方之一来看待。这看似很有道理，但它忽略了本质问题。如果员工工作的目的始终是不再工作从而离开企业，那么员工关怀将变得毫无意义，还不如把那些用于员工关怀的钱转化成更高的薪资，帮助员工尽快离开。

因而在公司里提供健身房、下午茶、免费的早午晚餐、按摩等，都没有解决员工做的事情本身枯燥无聊这一根本性因素。甚至可以说，这些额外的被称为"福利"的东西，恰恰营造出了一个虚假的舒适圈，让你勉强得以忍受，并继续从事一份自己本身不感兴趣的工作。

列举了以上三种阻碍我们在工作中获得快乐的谬误，然而工作对我们最大的影响，其实是在工作之外，也就是以工作为核心的生活方式，让我们的生活也陷入了不快乐的旋涡之中。

工作，尤其是在大公司的工作，讲究的是让一大群高智商的人像工蜂一样协同起来，为让一大群聪明人能够在一起工作，大公司会打造各种各样的企业文化与以工具理性为基础的职场氛围。要说工作对生活最严重的戕害，绝对不仅仅是工作时间的占用，而是对认知的改造。

这种改造是深入骨髓的。在现代企业中，大多会有一个用数据作为结果说话的体系，这个体系一般来说会通过科层制，将整个公司的财报（或非上市公司的关键业务指标），拆解为每个员工每个月度需要完成的OKR或KPI。这种思路在工作中没有问题，毕竟在企业内大家都是工蜂，用最高效的思路去协作本身是无可厚非的。企业本身就是一个效率机器，为降低决策成本，一定程度上用计划与威权来代替市场行为。但很多人会把这个体系带到生活中，这就是极其有害的。

这主要体现在两个方向上：对结果的衡量方法过于单一，甚至倾向于对所有问题都用单一指标进行衡量；过于重视结果而非过程。

用摄影和旅游来举例说明，这两个方向是如何异化我们的生活的。

苏珊·桑塔格曾经在《论摄影》里面有过这么一句话："人们患上了摄影强迫症：把经验本身变成一种观看方式。"这句话怎么理解？放到三十年前，如果去旅游，能拍照固然很好，但不能拍照好像也没有什么问题。在那个时候，去旅游而没有拍照，不会有人质疑你是不是根本没去。事实上那时候去一次旅行，也可能只留下一两张照片。但现在就不一样了，对于城市的精致白领来说，去一趟环球影城，如果不买上一个魔杖，穿上霍格沃兹的校服并且喝上一杯黄油啤酒，那就等于白去了。仅仅做这些事情当然是不够的，最重要的事情是这些都需要拍照并且发朋友圈。如果去了环球影城没拍照，别等别人质疑，自己就先开始了："这次环球影城算是白去了！"以至于飞猪上直接推出了"环球影城跟拍服务"，而这种服务一定是高度标准化套路化的。"去环球影城游玩"，这个本来应该是很个性化、很多样化的事情，现在变成了一种可以标准化甚至商品化的过程，这就是"工作思维"对于生活戕害的最真实写照。

在这种思维模式下，旅游变成了一种以"拍照发社交网络"为核心结果的打卡过程。

"打卡"这个词是非常贴切的。打卡就是做一天和尚撞一天钟，过去刷一下卡，一瞬间的事情，证明自己来过，这就是典型的应付工作的行为。但是，由于工作思维对我们的戕害太深，所以会不自觉地用应付工作的思维来应付生活，至于游玩的过程开不开心，其实很多人是没有那么在乎的。我们迫切需要有"可衡量"的结果，来描述自己做的每一件事情，并且希望这些结果是可以被尽可能多的人认可的，比如朋友圈的点赞数量。

不仅仅是旅游，生活中的方方面面都有这个趋势。Keep就是利用这种心理的典范，最近推出了一大堆五颜六色又好看的奖牌。在这之前，Keep又是出运动装备，又是搞健身数据，其实都是专注在健身本身，所以反响一直很一般，而奖牌这个动作很快就带动了这个应用的活跃程度。看看小红书上五万八千赞的笔记吧,这样一块奖牌的价格是三十九元,收集奖牌多的人有近一百块,这三千九百元砸下去,才能在朋友圈发一张让人震撼的照片。但是,跑步不是所谓激发内啡肽的"高级快乐"吗?在为了追逐Keep奖牌数量而跑步的过程中,还能达到村上春树那种"不需要和任何人交谈,不必听任何人说话,只需眺望周围的风光,凝视自己便可"的宝贵时刻吗?

有人说这是社交网络造的孽,社交网络才是罪魁祸首,但其实大家都只是遵循苏珊·桑塔格的预言罢了。

没有微信、微博、抖音,也有即刻、小红书、Instagram来完成这个任务。小红书的异军突起恰恰证明了这一点,在朋友圈小范围地晒,已经无法满足大家的欲望了,必须在公开场所晒,比谁更精致,比谁更懂生活。尽管生活本不需要懂,我们每个人都应该天然地会生活。

这种现象最糟糕的点在于,外化生活的快乐,会破坏体验过程的机会,破坏生活的快乐本身。这会让地球上数十万种花钱和不花钱的快乐,简化为"购买"和"分享"两个行为,并且不可持续。这甚至让快乐变得与消费无关,你可以享受咖啡、享受烘焙、享受fine dining、享受旅游、享受潜水,它们各自有各自的快乐,但如果你购买或消费这些,只是为了发朋友圈,那么实际上你只获得了一种快乐,就是朋友圈的快乐。因此，甚至出现了"拼下午茶"的现象。

然而，朋友圈就那么几个人，大家点赞的数量有上限，最后会不可避免地开始追求"买更好的工具晒""想办法经历更特殊的事迹"这样讨好式的行为，因为重复原来的动作已经无法在朋友圈引来点赞，无法满足自己对于"点赞数"这个生活的KPI的追求，这些动作不能让自己产生多巴胺了，只能升级。这时，目标导向会为我们带来另一个生活中有毒的思维方式：增长成瘾。

工作可以有结果，但是生活是没有尽头的，用自己给自己定KPI的方式生活，最后就会陷入"需要花钱体验更新奇的事情"这样的循环之中。

我们陷入了一种怪圈，作为劳动者，在公司996去卷，然后作为消费者，下班去花钱购买别人996卷出来的商品与服务，而这些商品与服务无论是否能为人们带来快乐，作为消费者的自己都不再在意，因为既无时间也无兴趣体验快乐的过程，而只希望能够有一个快乐的结果。于是在短暂的感官刺激与社交虚荣之后，就又要继续去996赚更多钱，以再次购买由他人血汗制造出的虚假快乐。陷入这种消费陷阱的精致白领，其实和喜欢充钱玩"是兄弟就来砍我"页游的煤老板没什么本质区别，只不过前者的陷阱更加隐蔽。

这种消费陷阱并不一定由消费主义建构起来，很多时候反而是被我们的工作思维异化的结果，因为它更像是现代企业对增长的依赖在个体人生上的投影。我将这种状态称为

"增长成瘾",是一种与酒精成瘾、烟草成瘾非常相似的精神障碍状态。

对于现代企业来说,不增长就几乎意味着遭遇生存危机,这也许是正确的。但人生自古以来就并不是这样,不管大环境如何改变,除极少数的幸运儿之外,人的一生几乎不可能永远都在上升。尽管我们反复强调幸福要来源于过程,但这个过程不能依赖于永远的上升,因为人的生活是由无数个当下构成的,而当下是由无数个早餐、午餐、晚餐、通勤、睡眠、夕阳、晚风、细雨、欢聚、离别、小酌与释放等细节构成。人生的美好体验来自这些当下的细节本身,而不是将它们与其他细节(他人,或未来与过去)相比较。

患上"增长成瘾",就像一个从小爱吃麦当劳的人,因为有钱吃得起Omakase,就从此再也不去吃麦当劳,而不断寻求更贵的日式料理和昂贵的奇珍美味。可想而知,他永远不可能得到最初吃麦当劳的那种快乐,因为只有在吃麦当劳的时候,他的快乐才是来自味蕾。他吃后面那些东西时的快乐也许是真实的,但来源却是与过去的自己比较而带来的优越感。这种快乐就像成瘾品给人带来的快乐,除非剂量越来越大,否则无法维持。

事实也是如此。许多人都会在工作之后的一段时间里,遇到自己可能是此生最舒适的生活方式,但由于陷入增长成瘾,而逐渐错过了自己最舒适的那种生活方式。只有极少数人能在财富增长之后,仍忠于并尊重自己的身体,与自身贫穷时期的爱好相处，比如巴菲特和特朗普。

如果还不能理解上面这段话的含义，不妨看看《小王子》这本风靡了全世界的书籍是怎么论述这件事情的。

> 这些大人们就爱数目字。
>
> 当你对大人们讲起你的一个新朋友时，他们从来不向你提出实质性的问题。他们从来不讲："他说话声音如何呢？他喜爱什么样的游戏啊？他是否收集蝴蝶标本呀？"
>
> 他们却问你："他多大年纪呀？弟兄几个呀？体重多少呀？他父亲挣多少钱呀？"他们以为这样才算了解朋友。
>
> 如果你对大人们说："我看到一幢用玫瑰色的砖盖成的漂亮的房子，它的窗户上有天竺葵，屋顶上还有鸽子……"他们怎么也想象不出这种房子有多么好。
>
> 必须对他们说："我看见了一幢价值十万法郎的房子。"那么他们就惊叫道："多么漂亮的房子啊！"

寻找幸福

至此，我们理解了工作是如何让我们陷入不幸之中的，同时理解了"不工作"其实也是一种会让人陷入不幸的误区，因为对于大多数人来说，如果将"不工作"设定为一个中年或中老年的人生目标，那么就会让自己的前半生陷入"为钱工作"的误区中。

对于大多数不需任何工作的富二代来说，在现代社会中完全不工作，也不是一种快乐的生活方式。这甚至派生出了常见的富二代想要为自己喜欢的事情创业，从而导致家族返贫的现象。从这个现象引发出的一个值得注意的点是：似乎有那么一种工作状态，是可以让我们在工作的同时获得快乐的（就像富二代为了自己的兴趣而创业那样）。

那么，对于普通阶层的人来说，如何找到这样的工作状态，似乎就成了获取幸福的一种必要手段与技巧。

在欧洲资本主义萌芽时期，新教教派曾大力推广一个名为"天职"的神学观念。这个概念由宗教改革家马丁·路德发展，指每个人无论从事什么样的世俗职业，无论其社会地位如何，都是受到上帝召唤，有其神圣意义。这一观念与天主教原本教义中对"天职"的解释大相径庭，在原本的解释中，只有神职类工作才是"天职"——受到上帝感召的工作，而马丁·路德通过将"天职"世俗化，为世俗职业注入宗教的灵性，从而使得每一种职业都具备了神学上的灵光。某种意义上，这种重新解释甚至超越了资本主义，达到了共产主义的道德水准——"革命不分先来后到，工作不分高低贵贱"，这是我们至今仍在追求而没能达到的状态。

在真正的资本主义务实工作伦理尚未形成之前，"天职"观念鼓励了"懒惰"的农民向"勤奋"的手工业者、工人转变。资本主义工作伦理诞生之后，追求效率和金钱至上的方向逐渐取代了"天职论"，同时也否定了"天职论"中潜在的平等精神。

这里我想重新请出"天职论"，但并不是从宗教角度（灵性），也不是从实用主义角度（金钱），而是从快乐的角度。

总的来说，如果想要在必然与工作一同度过的一生里获得最大快乐，那么就必须找到一份能为你生产快乐（而不是金钱）的工作，而由于性格、基因、后天培养等诸多因素，这世界上的每一种职业，都有可能是一部分人的天职。

尽管每个人的天职不尽相同，但我可以先给出三个基本的筛选标准：天职是一个你能从中找到快乐的工作；天职是一个你能获取一定收入的工作；天职可能不是一份朝九晚五的工作，但它应当是一份占据一日至少四分之一时间（六小时起）的工作。

逐条解释一下为什么是这三点。

首先，鉴于大多数人会在他们年龄的黄金时期投入工作，认为通过工作换取不工作时的幸福生活是不切实际的，因此我们必须寻找一份本身就能带来快乐的工作。对不同的人而言，这份工作可能意味着截然不同的事物，而不是以钱或工作量这种简单维度来衡量。

如果将幸福当成一个水池，快乐的工作是在赚钱的同时往水池中注水,而痛苦的工作则是在赚钱的同时从水池中抽水,那么后者在工作结束后,还要用赚来的钱额外购买更多的水注入水池,是得不偿失的。

最后,天职应当不是一份从绝对量上来说"特别轻松"的工作,或者说天职应当可以消耗掉你一定的清醒时间。很多人不能理解这个逻辑是什么,这实际上是由于当我们从事天职时,是在娱乐而不是工作,而且相比其他所有的娱乐方式,这种娱乐的价格是负数,你会因为这种娱乐而从社会获得现金报酬,而不是相反,所以你的每日工作时长,在保障休息与健康的情况下,应当越长越好。

纯粹的躺平固然快乐,但对于大多数财力不那么雄厚的人来说,纯粹躺平后由于大量空闲时间的出现,会更容易被消费主义建构为"有缺陷的消费者"。用人话来说,尽管你可以通过在出租屋里吃粗茶淡饭、每天玩免费游戏和刷短视频度日,但由于看了更多的广告而深感自身的无能,从而无法像其他优秀的同龄人那样享受商品社会的即时快乐——手冲、Omakase、滑雪、出境旅游等。找到一份快乐的工作,意味着你可以从工作中感受到创造的快乐,这很大程度上能抵御消费不足所带来的"有缺陷的消费者"心态,从而避免落入齐格蒙特·鲍曼所定义的"新穷人"定义之中。

除此之外,在从事天职的过程中,还可以满足社会对个人的经济要求与道德要求。因为仍在工作产出价值,这意味着你从经济上和舆论上都不会被贬斥为"社会的寄生虫"。

从长期来看，一份满足以上三个条件的天职，既能够满足你的精神需求，也能让你有足够的收入来满足其他物质上的需求。

从事这样一份幸福的工作，是找到幸福生活的关键任务，甚至是唯一任务。对于大多数既不特别贫困（如需要治疗亲属无医保疾病）也不特别富有的当代年轻人来说，工作本身是否快乐，应该是求职第一位甚至唯一的条件。所有传统职业观，包括收入、发展空间、体面程度等，都应为工作本身快乐与否让步。

唯一的问题是，我们想做的与自己擅长做的可能并不一致。

在某些情况下，"是否擅长"都应当为"是否快乐"让步，正如一个打台球很烂的人，只要能从打台球中感受到快乐，就会继续打台球一样。工作也是如此。

我曾在抖音里刷到过一个博主的视频，这个视频以图片日记的形式展示了博主从十九岁到二十七岁在星巴克工作的一路历程。视频配以非常欢快的音乐和活泼的文字，视频中的每张照片，博主和他在星巴克的同事们也都十分开心。在这条视频下，当时被点赞最高的一条评论是"这么低的工资干这么多年真的是狠人"，第二条是"我以为最后升了一个主管啥的，结果还是店员"，第三则是"怎么会有人做一份工作做七年的啊[哭脸]"，其他的评论也大都如此。但只有一条评论与我想表达的观点类似，他是这么说的："为什么都在说工资呢？只有我看出他是真的很热爱他的工作吗？我觉得这才是难能可贵的！我觉得我活到了现在这个年纪，有时候真的好迷茫，好无助，不知道自己到底喜欢干什么，从来都没有一样自己喜欢的工作！"

之所以举这个例子，是因为我很少在互联网上看到两种就业观念如此直接地对撞在一起。在这个时刻，我们能更清晰地看到前者在认知上的谬误——如果干一份工作本身就非常快乐，那么为什么要为获得更多的钱（用于购买快乐的道具）或换到"更好"的工作而放弃现在的快乐呢？

2003年的时候，一个"北大状元卖猪肉"的新闻在互联网上引发争议。

作为一个在八十年代末北京大学毕业的大学生来说，陆步轩的职业生涯可谓极为坎坷。在媒体关注到他"落难卖猪肉"之前，他先后在体制内做过几乎无法糊口的闲职，还尝试去经过几次商，但最终以失败告终。走投无路之下，他执意接了父亲的班，开了一个档口开始卖猪肉。正是这种强烈的反差，让当时的媒体炒翻了天。

但从现在的角度来看，如果一个北大毕业生，甚至是硕士生，能从卖猪肉中找到快乐，那从他个人角度来看，这就是一份"天职"。而整个社会前期在他身上"浪费"的教育资源，不应让其个人负责或买单，那是教育系统本身的问题。在高等教育（算上二本与三本）日渐普及的今日，如何让人们在完成教育之前就找到自己感兴趣的职业，并为之匹配恰当的教育资源,是教育系统需要改进的地方。

陆步轩后来的故事十分传奇。首先是他的猪肉档口越来越好,在当地变得小有名气,但因为一次意外陷入舆论纷争后,他重新进入体制当上了公务员,还参与了两部年鉴和一部地方志的编纂。到2008年,在另一位同学的鼓动下,他开了一家"屠夫学校",专门教人养猪、杀猪、卖猪。到2016年,他彻底离开了曾经求而不得的体制内工作,作为合伙人加入了同学创立的"壹号土猪"。对于他来说,究竟是体制内的文史工作,还是养猪产业是"天职",如今看来已经不言而喻了。

知识确实改变了陆步轩的命运,却不是以他最初以为的那个路径。

然而,如果陆步轩没有在猪肉行业做出一家上市公司,他从卖猪肉中获得的满足感就是虚假的吗?当然不是,因为从事天职,并不意味着你要在天职上特别擅长,或获得巨大的成就。

曾经有一个喜欢弹钢琴的朋友问我,自己已经三十岁了,如果转行去弹钢琴,是不是太晚了?虽然他喜欢弹钢琴,但天赋也不好,在这个领域发挥不了优势怎么办?这便是以某种"静态图景"为终极目标去选择天职的不合理之处。之所以想要离开现有的职业路径去弹钢琴,是因为他认为弹钢琴能给自己带来快乐。这很好,他知道自己想要什么,并且认识到现在的线性职业路径无法满足自己想要的。

但是，在追求弹钢琴这件事情的时候，他却习惯性地将线性职业规划套了上去，因而平白带来了烦恼。

他喜爱的是弹钢琴，并不是穿着燕尾服登台表演，更不是在众多聚光灯和镁光灯下参加国际比赛和接受媒体采访。换句话说，"快乐地弹钢琴"这份工作，和以"著名钢琴家"为终点的职业路径，可以不必重合。如果他真的成为钢琴家，有可能会发现，自己其实根本不习惯在那么多听众的面前弹钢琴，因为这会失去在蓝调酒吧或独自弹钢琴时那种闲适与自由的感觉。

因此，以钢琴家为终局的这条线性职业路径，从最一开始就背离了他转行去弹钢琴的初衷。他的初衷是能快乐地弹钢琴，如果能为此获得一些报酬，那就相当于是在玩一个本身会不断给你钱的游戏，即便在这个游戏里刷不上"天梯榜的第一名"，那又有什么关系呢？

理解了什么是天职之后，你可能会重新审视自己的工作，甚至开始打开招聘网站准备跳槽。但我打赌，只要在招聘网站里逛上不超过三十分钟，你就会忘记天职的定义，开始重新落入传统就业观的陷阱。

因此，我们还要着重强调一下：什么不是你的天职。

最典型的不是天职的工作，就是我们世俗意义上追求的理想工作：钱多，事少，离家近。

"钱多事少离家近"或许是传统求职观念中的"终极"，

如果以传统的求职观念来看,除非你想成为下一个马云或是乔布斯,否则"钱多事少离家近"已经是最优选,但这仍不能被称为天职,因为天职与好工作的区别是我们是否能从工作本身获得快乐,而不是衡量一个工作是否耽误我们去追求别的快乐。从事一份"钱多事少离家近"的工作,意味着我们有更多的金钱和闲暇时光来处理工作以外的事情。在大多数情况下,会认为因此能有更多机会去追求别的快乐,但这同样意味着,你的快乐源泉来自"逃离工作"而非"投入工作"。

在中国的工作环境下,即便是"事少",也基本意味着你要在每周五天、每天至少八小时,在一个没什么乐趣的房子里坐着,然后被迫找一些被动性娱乐(如刷微博)来消耗自己的出勤时间。这个过程可能是"不痛苦",但长此以往也很难说是"快乐"。你仍然需要在工作以外的时间来寻找快乐,陷入"工作是为了不工作"的谬误。更不要说这种"钱多事少离家近"的工作往往还有额外的附带条件,比如你有可能需要依靠裙带关系才能保住这份工作,这意味着你要与一些可能自己不那么喜欢的人打交道,付出额外的社交成本。或者这种"钱多事少离家近"是一种不稳定的工作,在可预见的未来是不可持续的,这种不稳定的危机会一直在你心中播撒焦虑的种子。

从某个角度讲,"钱多事少离家近"是类似于财务自由一样的幸福"终局图景",更像大多数人在认识到自己可能永远无法实现那个虚无缥缈的财务自由后，退而求其次所描绘出的一种静态理想生活。但遗憾的是，我们知道这种静态的理想生活无论是终极版，还是妥协版，实际上都是虚假的。

想象一下，一个对支教感到快乐的人，他所从事的工作就是"钱多事少离家近"的完全反面。他的天职可能钱不多，可能事不少，甚至很劳累，离家也不近，但在从事天职的时候他是快乐的，因而他就不会在意钱少、事多、离家远。对他来说，支教可能就像一趟旅行，没有人会嫌弃旅行赚得少、麻烦多，还要出远门吧？

从这一点上来说，寻找天职会是一个相对漫长且需要多重历练的过程，在亲身体验或深入了解某一个工作之前，你几乎很难从招聘网站上的职位描述和岗位要求里找到自己的天职。

幸运的是，我们正处在"不确定的时代"，线性的职业规划本身已经变成一件可笑的事情，频繁地尝试不同的工作，已经成为并且必然在未来成为更多人的必选项。在这种情况下，不妨将"大环境变坏"视作一种借助外力打破沉没成本的方法，由此更好地降低自己找到天职的门槛。

除了广泛地尝试不同的职业之外，也有几种职业能够帮助你迅速了解其他领域，这三个职业分别是：一级市场投资、商业媒体和商业咨询。

许多人认为这三种职业有良好的职业回报，但在当前的大环境下，它们的前景并不稳定。尽管如此，这三种职业仍是我对应届生的首选推荐，因为它们都需要广泛地与不同领域中的人打交道，你更有可能站在一个职位上对不同行业和不同职业产生深刻的理解。尽管应届生现在进入这三种职业，已经几乎不可能在线性职业路径上有较高的预期，但作为跳板，它的价值似乎比以往更突出了。

即便不考虑找到"天职"，仅以传统的"钱途"来考虑，还有什么人能比投行实习生、商业媒体记者和商业咨询公司里的"表妹"更早接触到下一轮风口公司的信息呢？

我想没有了。

从现在开始频繁尝试或体验不同的职业，对于普通人来说，寻找到自己的"天职"也并非一件容易的事情。但在开始尝试之前，仍然有一个思维方式需要扭转：面向对象工作。

近些年，无论是打开小红书、脉脉，还是各职场类知识付费，经常会看到一些从未在任何专业领域取得成就的人力资源专业人士，教你如何规划职场生涯。

这个现象非常奇怪，人力资源是一个非常偏向资方的职位，也是大多数人在职场中最忌惮或不愿打交道的公司内部职能部门，甚至在一些特定的如裁员和行业收缩等场景下，他们是完全站在普通打工人对立面的人，他们能教你什么呢？他们所能教你的一切职场技能，无论是"求职应聘""升职加薪"还是"裁员保命",本质上都是将企业方对劳动者的诉求转化成可以对你的思维起作用的话语,让你自我规训罢了。

一旦决定了要打破那些令自己不适的社会规训,那么他们所讲的大部分都是没有意义的。

用互联网行业从业者,尤其是产品经理或者IT工程师等研发岗位的话语体系来说,这些HR专家能告诉你的是"面向对象编程",也就是将自己物化,舍弃作为人"无用"的部分,封包成一个极具性价比的模块,嵌入到大系统之中。而你在寻找或从事天职的时候,要做的与此完全相反,需要的正是"面向过程编程"。

什么是面向过程?什么是面向对象?

面向过程编程,像是开车,你第一步要转钥匙,第二步要挂挡,第三步要踩油门,车便行驶了起来。整个代码是先行的,后一步的代码依靠前一步代码的结果来执行。

面向对象编程,像是造车,你不可能说先造个轮子,再造发动机,而是从开始把车分为一堆部件,这家企业造轮子,那家企业造发动机,最后把上百个这样的零部件整合在一起,组装成一辆车。

早期受限于硬件和底层操作系统的设计,计算机行业几乎全是面向过程编程。比如大家所熟知的打孔带编程,"一条程序"顺序执行,前一步压后一步,没法面向对象。而面向对象编程的出现与发展,在计算机这个领域,极大促进了软件的爆发。因为当一个需求极为复杂的程序可以被拆解为无数个简单模块时，企业便可以组织更多的程序员背靠背地协作开发，也可以更好地定位和修复Bug，对不同模块进行独立优化，以实现整体效率的不断提升。

企业管理也是同样的思路，鉴于现代企业的本质是通过分工协作实现单人无法实现的伟业，那么站在企业的角度，必然是以"面向对象"的方法挑选人才——我这辆车现在需要四个轮子，就找四个轮子，这四个轮子只要在车底快快地转就行，不要管我这辆车会路过怎样的风景。

在过去很长一段时间里，所有关于职场和人生的规划，总是带有这种面向对象的思维。它们要你专注打造专业能力，只有这样你才能够成为一个可以随时离开A企业，加入B企业的独立职业人。

然而，一个个体人类，即便是一个职场精英，也很难将自己当成一个纯粹的模块，在不同的企业之间丝滑地无缝切换。因为职业对现代人来说，生产的不只是劳动成果，还有劳动关系以及依附其上的社会关系。至少现在，我们还不是在和一群机器人做同事，我们会有喜欢或不喜欢的同事。我们会因为自己的工作获得额外的声誉奖励或批评，你的亲戚会因为你是大厂员工或流水线工人而对你产生不同的评价。我们会遇到不同类型的客户，其中一些可能在合作结束后就直接拉黑，而另一些则可能从商务伙伴演变为朋友甚至成为终身伴侣。

尽管从企业或者说从社会生产的角度，我们将所有人依照其职业技能分成了上千种职业，每一个企业在招同一个岗位时，也都参考相同的专业维度，但实际上，从事同一种职业的每个人，在同一个岗位中的表现和获得的劳动成果之外的反馈是完全不同的。对个体而言，应将人生幸福当作一个过程而不是结果来管理，那么当我们去规划人生过程中占比最大的职业时，也应当将职业当成一个过程去管理。

当你将职业当作过程而不是对象去管理的时候，需要更加关注一份工作本身是否会给自己带来快乐。这当然包括那些之前我称为"丰容福利"的部分，但你不应当将这些内容当作自己的主要考虑因素。坐在高大上玻璃盒子办公室的人体工学椅上，但每天做枯燥无聊的工作，并不会比在人潮汹涌的地铁里刷抖音更快乐。

除了工作过程本身必须快乐之外，这一过程产生的"社会关系"也必须让你感到舒适。因为人是一种社会性动物，如果一份工作本身虽然很快乐，但每个月让你结下一个仇人，那么你也要考虑自己是否能活着离开这个企业（开玩笑），毕竟在人才高速流动的当下，人际关系持续的时间往往比个人与公司的劳资关系长远得多，无论是朋友还是仇人。

这并不是说你要为此去巴结上司，去和不喜欢的同事搞好关系，要油嘴滑舌地成为职场中的和事佬。恰恰相反，在决定是否继续从事一个工作时，你要将所有这些因素，而不只是钱或其他物质回馈考虑在内。举两个极端的例子来说明：一个从小受到中国传统思维及文化熏陶，已形成较为保守儒家思想的人，是否因为擅长、有能力且高薪，就去酒吧做脱衣舞者？反过来说，一个从小受西式教育，虽有一技之长，但并无家国梦想的人，是否要为钱途而考公务员，加入他实际上厌恶至极的"体制"？抛开政治立场不谈，如果这两个人真的这么做了，那么都会过上地狱一般的生活，前者每日都会在自我道德谴责中无法自处，后者则要整日生活在欺瞒与露馅的恐惧之中。

你需要抛弃以"对象"为核心的工作思维，用以"过程"为核心的工作方式，重新思考这些可能曾经遇到过的问题：这个项目是为了年末的年终奖更高吗？这三个月的加班是为了能够获得晋升吗？这整段工作是为了能在下一份工作时更好抬价吗？下一份工作有了更多的钱，就能不加班了吗？换到第几份工作，有了多少钱才能不加班呢？加班本身快乐吗？

你会发现，自己的答案可能和上一次做出的选择完全不同了。

在寻找天职的过程中，大部分人会遇到一个不可避免的问题：去从事一份自己想做而不一定擅长的工作，是否能够接受收入的降低。

如果你已经理解了我们描述的"幸福是一个平衡性问题（积分）"，就会意识到这个问题本身是不成立的，因为如果你的幸福生活根本不需要那么多钱，那么通过牺牲更多的时间或精力去换取钱就是不值得的。然而当下大部分的年轻人根本不知道什么样的生活是专属于自己的幸福，他们只有一个关于幸福终局的幻想，所以也就无从计算这个幸福幻想所需要付出的成本——毕竟，这个幸福幻想本身以"财务自由"（无限多的钱）为前提。

因此，找到自己人生幸福来源的方法之一，是算账。

大多数在过去四十年高速发展期成长起来的中青年人，是从没有过任何Gap经历的。这意味着，你根本就不知道自己纯粹的生活（也就是所谓的躺平），究竟需要多少钱。

多数情况下，人们为工作本身付出的钱，往往比生活要多很多。

发现这一点，是在我离开某家互联网公司后，半休半创业的一年里，计算了自己获得快乐生活的最低成本，以及此前几年各项开销为自己带来的快乐，其中有几个惊人的事实是值得参考的：

首先，在上班时，我每个月的饮料与冰品的支出能占到八百元左右。其中可以细分为咖啡和奶茶、雪糕两类，这两类消费主要发生的场景，分别是每日中午的提神和下午在面对痛苦工作时的多巴胺奖励。简单来说，如果能够午睡，或者不需要面对那些让自己痛苦的任务，这两项支出就都是不必要的。这两项支出还增加了隐性的成本，因为习惯性用奶茶和雪糕来抚平心灵的创伤，我不得不额外购买抗糖类的护肤品和碳水阻断类的保健品，尽管如此，体检时依然会亮红灯，还抵消了我在健身房的努力。

其次，为工作购买的数码产品的成本，大约会占到每月六百元左右。尽管公司配备了电脑，但配置相对较为落后，并且我也不想在每日的通勤中携带笔记本电脑进一步加强疲劳感。一台新的、几乎只用来办公的Macbook Pro以一万七千元购入，按三十六个月计算为每月四百七十二元，除此之外还有一些额外的零碎工具，如录音笔、麦克风等，这些都是如果不工作就不需要支出的费用。

除此之外，未能及时报销的应酬，为缓解压力而冲动消费的商品，为出席特定场合而购买的服装等等，都构成了"我本身并不乐在其中，但工作逼我如此"的消费。

总体而言，在不工作的情况下，我获得快乐生活的成本比上班时少四分之三。而由于不用上班，快乐程度已经远高于上班状态。在Gap的那段时间，我在北京每月的月均消费是两千五百元（不含房租），排除数码设备的更新，日常生活则在两千元左右。如果不在北京，这个数字将有可能进一步降低。

很多人可能并不相信这个数字，尤其是来北漂的大厂员工们，就像他们如果每天都在出租屋和工位之间两点一线，就永远不会知道对于老北京来说真正的仓储市场不是山姆，而是京郊的十几个农贸大集。一毕业就来到北上广深等超一线城市打拼的年轻人，可能会误认为这些城市并没有乡土的一面，也因此从需求到物价认知均已被限制在国际化都市的范围之内，认为每月没有万儿八千的生活费必然是难以为继的。

忙碌的城市居民很少有人注意到，地理位置和时间对终端消费品的影响。

在望京或西北旺（网易、百度、腾讯北京、新浪总部那个十字路口）工作的朋友，不太可能意识到，如果不在那里工作，他们的生活成本其实会大幅下降至"不需要在这些大厂工作的水平"。因为如果你每天早上要去赶晨会，晚上要九点下班，仅剩的周末又要睡懒觉、做家务和社交，就根本不可能有时间去逛社区平价菜店，而只能从盒马买食材，最终的结果是，自己做饭的价格甚至和点外卖差不了多少。

也正因为如此，降薪、裁员、失业的压力才会让他们不能自已。

你的日常开销中，究竟有多少是用于满足自己的生活资料，而又有多少是"因为在上班"支出的隐性生产成本？是需要被重新计算的，这些成本需要被排除在理想生活的成本之外。

近年来，起源于美国的FIRE运动，时不时在中国的社交媒体上成为热门话题。这一运动号召人们量入为出，财务独立，通过吃利息的方式实现几乎完全躺平的生活。在中文社交媒体上，提及FIRE时，大家往往更关注"怎么理财才能实现每年吃利息的躺平生活"，但对"躺平生活"本身所能带来的幸福感，以及躺平生活实际所需要的金额数字关注较少。实际上在FIRE运动中，除了大众认知较多的Fat FIRE（储蓄充裕，纯吃利息也能很好生活）和Lean FIRE（储蓄有限，但压低生活水平以适应利息）之外，还有辞去传统工作以原子化工作继续赚钱的Barista FIRE和继续为兴趣而追随某项事业的Coast FIRE。

从个人角度上讲，我最认可的是Coast FIRE，因为这意味着你可以自主选择一个能给个人带来快乐的工作，而这项工作仍在创造社会价值，而不是像Fat FIRE和Lean FIRE那样在社会道德上有瑕疵，并会导致你产生鲍曼所描述的"失业的无聊"。

其实，无论你是否参与FIRE运动，如果想获得幸福，都应该对自己在一段时间内的支出进行幸福度投入产出比的核算。

正如为工作所支出的成本一样，如果我为从事一份高现金回报但痛苦的工作而付出额外的补偿（甜食、数码产品、公司附近租房），那么实际上自己得到的是一份痛苦且低现金回报工作。

你买的衣服、箱包、食物、饮料、数码产品、表、车、房子，你去的餐厅、美发店、美甲店、按摩店、健身房、酒庄、滑雪场，究竟是自己想要的，还是被逼迫的或者被灌输的？只有搞清楚这一点，才能知道你真正想要的生活是什么样的，这样的生活要多少钱。

这不是一个容易计算的数字,但值得投入一两个月的周末时间把它算清楚。

在经济周期还行的时候,经常有人会提关于"副业""收入的第二曲线"等概念,甚至拿刘慈欣写《三体》作为一个正面案例来论述。互联网圈子里,也有很多人提出了职业规划应该按照"ABZ"的思路进行,A 就是主业,B 就是和主业有一定相关性的副业,Z 就是良好的存款。媒体人在论述 ABZ 思路的优势时,会额外强调一点就是,B 计划可以帮助人获得更稳定的职业生命周期。

诚然,我们不否认有一些人就是能够通过 ABZ 计划获得良好的收益,但是作为普通人,必须意识到两个问题:副业与主业的成本复用、竞争。

先说第一点,以非常常见的"程序员写技术博客"和"产品经理写公众号"作为副业的例子。对于一个程序员来说,写一篇优秀的技术类稿件的成本几何?直接用美团这样的一线大厂的技术博客来看,美团的官网技术博客 2023 年一共更新了三十一篇文章,这对于一个研发人员过万的公司来说,其实并不算多,也从侧面说明,优秀的、具有专业深度的文章不是那么好写的,这里面有选题的问题,也有实践成本的问题,就不展开论述。我们将规模收束到一个人,要真的写出"言之有物"的东西,需要多大的工作量才能撑得起来?

一个程序员亲身参与的项目数量非常有限,因此仅凭自己经历的项目来撰写文章,其产出会相当低,不足以满足副业的基本要求。然而,将自己未经历的项目经验也写入文章,显然是在法律边缘冒险尝试。当然还有一个选择就是灌水,写职场管理,写一些日常心得,但这很容易导致掉粉。目前观察下来,比较成功的独立公众号的作者都会全职运营公众号,同时接一些咨询项目,通过短平快的咨询给自己不断提供新的选题和案例。

大家不妨关注一下那些个人维护的技术博客或者公众号,看看选题、更新频率和文章长度这三个指标,就会发现持续创作本身就是一个巨大的困难。

竞争,是另外一个重要的考量因素。

当然有公众号作者是想更新的时候才更新一发,也收获了不少读者朋友的喜爱,但必须意识到,这不具备可复制性:主理人自带流量;实际上有一段全职创作的经历;多人创作和选题会;竞争不够激烈。如果在现在这个时间点,从头做一个号,并且完全不考虑自带流量引流的情况,难度无疑会比当初大得多,因为竞争更激烈了。

人人都很焦虑,人人都在学Python或做自媒体以期度过中年危机,这本身就是很不正常的。程序员都在焦虑裁员,你把编程当副业,凭什么能赚钱?媒体行业二八法则要比其他领域严重得多,你兼职码字,拿什么和人家主业拼?更何况大部分人对自己本职工作的投入根本没达到"边际效用递减"的程度,这个时候开始一段"副业"的尝试,又怎么可能成功？凭什么拿自己的副业去挑战别人的主业呢？

如此简单分析，就可以得知一个结论：大部分人的副业，如果以"商业模型"的视角看待，是不成立的，既没有足够的精力投入实现对飞轮的推动从而形成效应，时机上也面临激烈的竞争，况且副业能不能形成对主业的反哺都是一个未知数。微信的张小龙曾经在饭否说过："警惕那些文章写得很好的产品经理，因为他们肯定没有时间花在产品上。"

如果以狭隘的金钱视角来看待，那么副业本身毫无意义，哪怕是通过副业获得人脉，相较主业也会显得浅尝辄止，公司内有那么多大牛不去结识，每次接触客户的机会不好好准备，反而总想着通过副业或者社交媒体获得人脉，是事倍功半的行为。

但对于许多人来说，副业可能是第一个完全属于他们自己的劳动，也就是马克思"劳动者完全拥有主体性"的意义上的劳动——你决定做什么副业，你决定怎么做副业，你决定副业的结果如何分配，你完全收获副业所产生的人际关系。你不再是某一个环节、一个螺丝钉，而同时是决策者、管理者与劳动者。

在从事副业的过程中，你将有很大概率体会到课本上描述的那种"劳动的快乐"，而不是被谁压榨的疲惫。一方面，这可以让你体验自己想做的事情的全流程，另一方面可以让你校验自己是否真的喜欢这件事情。

也许有人会说,我对兴趣不想搞得这么累。没关系,说明你对这个事情不够喜欢,换一个即可,总有一个兴趣是能让自己陷入心流的。况且兴趣就是兴趣,真的不想做了随时放下,想到的时候再拿起来,这个时候往往能够获得双倍的快乐——兴趣本身带来的快乐和重拾兴趣的快乐。

很多暂时没有勇气脱离令自己生厌的主业的人,都尝试过很多副业。比如在这个信息全面过剩的时代,几乎所有头脑灵活的人,都是做过自媒体的,要么开个公众号,要么开个抖音号,既不会写文章也不会拍视频的,现在还可以尝试靠简单的图文做做小红书。

但这些尝试大部分从结果上来说都是失败的,而对于这些尝试过并且从结果上失败的人来说,也许应该重新审视自己的副业与兴趣之间的关系,因为对于长时间在现代企业中浸淫的人来说,即便是自以为喜欢的副业,也有可能陷入所谓的"狗屁工作"中。

比如,你可能在小红书上看到穿搭博主的生活很有趣,于是决定做一个穿搭博主,但在此之前你从未了解过做一个穿搭博主究竟要过怎样的生活,你看到的只是穿搭博主一条短短的视频中穿着时尚的衣服,在敞亮的场景里风光靓丽,实际上背后是几个小时的化妆,一个下午的换装,不停地重复摆出相同的动作……

在短视频还没那么发达、大众主要以图文社交网络认识世界的年代，中产阶级的几大创业梦想是书店、咖啡馆、花店和蛋糕房，但后来我们都知道，每一个都是中产返贫的快速通道，而且过程也一点都不快乐，道理很简单——中产想开书店，是希望能坐在书店里感受惬意的午后，但对于真正经营一家书店的人来说，书只是写上字的砖头。书店经营者每天的工作就是卸货、上架、理库存、理货架、收拾吧台，真正的书店店员跟在工地搬砖的小工没大区别，唯一的差异是砖的价格贵了一些，但同样会让他患上腰椎间盘突出。

当下，短视频看似抹平了信息差，但实际上将更多类似独立书店或独立咖啡馆这种"包装出来的美好人生"送到了中产的面前，让他们误以为自己喜欢这样的生活。

在短视频里花上两个小时，你就像《瞬息全宇宙》中的女儿一样，仿佛可以体验任何一种可能性，任何一种人生，但同时，这种无限可能性仅存在于你不向任何一种人生迈出一步的基础之上，就像《瞬息全宇宙》中杨紫琼饰演的妈妈——之所以被选为对抗 BOSS，是因为她是所有平行宇宙中最无能的那个，因此才拥有成为任何"更好的自己"的潜力。

短视频和社交网络让年轻人看到了无数种人生的可能，但这种可能是结果而非过程，而这种对不同人生的展示方式，反而成为一种限制年轻人探索世界的舒适圈。

你看到有人成为美妆博主，有人成为音乐博主，有人成为舞蹈博主，有人成为搞笑博主，但即便是你进入这些自己所羡慕的博主主页向下翻到开头，也很少有博主保留他们早期的失败作品。

短视频展示了即使在起点很低的情况下，也有可能过上让人羡慕的生活，正如许多博主所体现的那样。然而，短视频往往没有展示这些博主是如何实现这一目标的。同样，短视频也未展示出有多少处境相同的博主即便全力以赴仍未能过上令人羡慕的生活，有些甚至比以前更差。

这种仅展示结果、不展示过程的无限可能，让人们更容易失去对过程的耐心：为什么我做号七天还没火？为什么我学唱歌三个月还学不会？为什么我彻夜编出来的段子没人觉得好笑？而实际上，这种不火、不会、不好笑，才是过程中的常态。

许多因为一项才艺而在社交媒体上爆火的博主，并不是"坚持"了某一件事，而是他本身就喜欢某件事，之后恰巧因此火了。如果你本身就热爱表达，就不会因为写的东西没人看而停止写作；如果你本身就热爱唱歌，就不会因为报了一个三千九百九十九元的声乐速成班却没啥进展而恼火；如果你本身就热爱喜剧，就不会因为写的段子没被人认可而放弃。

"我这么努力，却依然没有这么成功，一定是这个系统有问题。"尽管对当下的大多数个体来说，系统并不公平也缺乏仁慈，但这句话的真正漏洞在于它的第一句"我这么努力"，许多在同样系统条件下的成功者其实并不努力，或者说同样的行为你做就是在努力，而他做则不是。

然而，比起不公平的工作环境，我近年来发现，很多人在经过线性的教育之后，没有被培养出任何有可能成为立业之本的志趣。我经常询问见到的人，如果不考虑是否能够胜任，薪资也不成问题的情况下，你最想从事什么样的职业。而得到的回答，往往是"找一份现在相同的职位，但工资更多"。而在回答这个问题之前的三十分钟里，他可能刚刚对我吐槽了自己工作上所有不顺心的事情，看起来绝不会对这个岗位感到有趣。

在我们的职业教育下，有且仅有的唯一维度是"擅长度"而非"兴趣度"。这直接导致大部分人都将困在令自己感到痛苦的岗位上度过一生，而更讽刺的是，我们还在羡慕其他被困在类似情境里面的人，并抱怨"他们抢了我想做的事"。

因此，当你要寻找天职，或者在使用副业寻找天职的时候，一定要记住：工作，首先应当为了乐趣。

实操：离开苦役

如果你目前正在一份并不满意的工作里，并且暂时也不想主动离开，但同时又想在未来对天职和幸福人生探索实践，那么你首先要做的，是摆脱线性人生，尤其是线性职业规划中对自己思维的一些桎梏与约束。

本文特意设计了这样一个章节，通过一些有用的方法来帮助那些始终无法摆脱规训的人迈出实践的第一步。它将介绍五个具体的思维小方法，来帮你摆脱可能的职场PUA。

为方便你的理解和开箱即用，首先从完全不需要练习的小方法开始，逃离职场PUA的五种思维——

一、跳出隧道视野

适用环境：你所在的职场上都是工作狂或内卷者，营造出一种每天除了工作就是工作的氛围，并以此为荣，不加班或少加班在你的职场中是一种"另类"，受人侧目甚至鄙视。

核心思考：用怜悯替代抱怨，你要对同事及领导报以怜悯之心，因为人生只剩下工作的人，才会在工作上倾其所有。你能够正常下班，是因为你找到了生活的其他部分，而他们没有。这一点与"彼得原理"有关，大部分这样的人都是正搁浅在他们不配位的高职位上，错过了自己的最佳职业位置。

首先，你需要在高效完成分内工作的情况下，明确拒绝自己认为的不合理、低效工作与加班，以及与同事之间的被迫应酬。

但这仍然不够，为打破内卷的氛围，你必须彻底地使营造内卷氛围的人感到无趣甚至羞愧：在朋友圈多晒自己出去玩的照片，与司外朋友的社交活动，将司外生活的精彩带入职场氛围。并且，这些社交内容的发布要选择好时机，最好是在同事发完毒鸡汤之后，比如在某些同事发布邀功式的朋友圈"一抬头已经十一点半了，又是披星戴月为公司奋斗的一天"之后，立刻晒出你和朋友在酒吧的合影、辅导孩子写作业的照片、一场脱口秀的观后感等等。你要充分展示出工作绝非人生的全部，甚至连收入都不只来自工作，而这样的人生才是值得追求的、满足的、快乐的，而每天只会在公司加班到深夜发朋友圈让老板看的人生，不仅悲哀而且失败。

让乐于营造内卷氛围的人感到自取其辱。

二、架空奖励机制

适用环境：你的公司没有明确的规章制度要求加班，但整体上或实质上形成了每日超过十小时的工作常态，并且公司的晋升、奖金均与这种工作状态强相关。

核心思考：如果996所带来的额外收入（即奖金）不能让你在可预见的时间节点永久摆脱996状态（比如你拥有公司大量期权，公司上市后你可能离开），那么则应主动拒绝奖金，从而实现立刻摆脱996状态，并主动展示这种思考结果。

如果是奖金让你从朝九晚五变成了996，那么需要重新计算自己的时薪，并思考为多出来的"奖金"部分牺牲掉的生活和休闲时间是否有意义。如果思考结果是否定的，那么你应当主动拒绝奖金。

很多人都抹不开面子来拒绝加班,这是因为"拿人手短",但如果你主动拒绝一部分奖励,就可以逆转这种形势。想象一下,当主管看到你每天卡点走、找你谈话的时候,你要先发制人地说:"我今年不要年终奖,我不缺这部分钱。"

这个时候你再继续说,你只想完成分内的工作,他的一切反驳都是无力的。对于仍旧喋喋不休的,可以反问他天天这么加班是不是很缺钱,需不需要帮助。

三、拒绝个体命运与公司挂钩

适用环境:公司给你的钱真的很多,并且这些钱来自公司所在行业中的超额利润,公司说:"是公司成就了你,而不是你成就了公司,因此你要时时刻刻为公司考虑。"

核心思考:公司不是你的,公司不是你的,公司不是你的。

现代职场人似乎缺乏一种最基本的观念:资本主义社会与奴隶制社会相比,最大的进步是给奴隶自由选择奴隶主的权利,因此你可以不顾奴隶主的死活。但在职场PUA的过程中,将员工的个体命运与公司命运强挂钩。其中典型的体现是,将公司层面的竞争落到员工个体层面的竞争上。

检测你的职场是否存在这种PUA的方法很简单:扪心自问是否对竞争对手的公司或员工感到"愤怒"或"仇恨"。比如我见到很多腾讯员工都对字节跳动的员工抱有这样莫名的情感，字节跳动的员工对腾讯的员工也是如此。但这种情感完全是公司PUA的结果，因为作为一个人来说，你不应对公司有超出工作及工作激情（从事天职时）之外的任何情感，除非这个公司属于你。

警惕任何"公司造就了你""公司是家""公司好了你们才会好，公司死了你们都完蛋"的说法。为了能将这条砸实，本条需要与"架空奖励机制"联合使用，对受限股票单位（RSU）与股票期权（Stock Option）型激励做到先行拒绝。

对于普通员工来说，这两种激励的本质就是现金，只是这种现金带有一种说服人与公司利益一致的魔力，让你认为似乎自己成为公司的股东，是公司的拥有者之一，但实际上这种幻觉不仅有害，而且有时还会让你人财两空（比如公司股价大规模下跌或上市失败）。因此，在谈薪时就拒绝RSU、SO，尽可能地多要现金，在要不到更多现金的情况下，宁可不要股权与期权——一个五十万现金的年包，比一个五十万现金+五十万期权的年包对个人来说要好很多，因为接受前者的情况下，你跳槽时的心理门槛会无限低，由此节省的沉没成本不知道比一年几十万的期权高多少。

四、现在吃苦，并不意味着以后"享福"

适用环境：你进入了一个比较吃资历的行业，因此要承担最重的工作、最低的薪水，还总是被领导或老板教导"年轻人就要多锻炼锻炼""只有现在多干，以后才能少干"。

核心思考：在该行业确实存在较长成长周期的情况下，该行业更高阶的职位，是否真的是你想要的？如果不是，那么此刻的吃苦则毫无必要，因为所谓的成长对你来说也是多余的，只是在浪费你寻找真正天职的时间。

"职业生涯的早期，多吃一些苦，多学习一些，能对未来有好处"，这在某种程度上是正确的，但前提是，你确实希望在当前行业上有所建树。如果认为仅仅通过在某一领域深耕五到十年，就能实现"钱多事少离家近"状态，那么你实际上是在试图通过职业成长来逃避工作，而不是为了更好、更愉快地工作。这种做法意味着，你的职业成长实际上是一种高风险的投资，甚至可能是一种资源的转移。

十年后因技能熟练而获得高薪水或低工作时间的你，也并不会从工作中感受到快乐，因为，做无聊的事情并不会因为更娴熟就不无聊。而那时的高薪水和低工作时间，也不过是通过压榨十年的你来获得的，你没有因为自己的成长在十年后收获任何额外东西。

除非你正在从事自己的天职，并且十分乐意在这一领域有所成长（而不是因为觉得成长可以获得更多闲暇时间和金钱），否则，你应该尊重当下的自己，放弃所谓的成长空间，将更多的时间精力留给横向探索，而非在自己不喜欢的领域纵深发展。

五、行业不好，是不是真的找不到下一份工作了？

适用环境：近期受宏观政策影响，或行业天然周期导致公司和个人业绩整体下滑，公司PUA严重，吃准了不敢离职，或离职后找不到下一份工作。

核心思考：行业不行不是你不行，你并非必须选择这个行业，也并非要一直从事这份工作。

你需要对自身能力、公司业务水平、行业趋势有明确的认知，并学会向上"甩锅"。尤其是在面对周期性的行业下行时，如果自己愿意，可以在你可承受的范围内选择与公司"共命运"，接受一定程度的薪酬下降，但切忌将这种下滑归咎于个人。尤其对于销售型岗位来说，需要注意判断行业下行与个人努力程度之间的临界点。我认识的几个销售朋友，有做保险的，还有做房地产的，他们会选择在行业寒冬刚一来临的时候就主动离职Gap，因为在一个行业寒冬里，个体要拼命抵抗趋势，除了让自己身心俱疲之外没有任何好处，甚至有可能会让你花更多的钱，比如许多房企和保险企业都会要求销售人员发动自己的亲朋好友购买产品，这真是既赔了钱，又输了人际关系。

很多人担心在行业寒冬中辞职，会不好找工作。当然，在行业收缩期一定不好找工作，但当你的目标就是为了在时间上错过周期的谷底，那根本就不应该在寒冬结束前回到原工作岗位。

有能力的人，甚至可以试着选择两个周期错位的行业，间断性规划自己的职业。毕竟，与其费力不赚钱还要被PUA，不如花时间去休整一下。

等待行业进入下一次"连背调都不做就入职"的上行周期，再回来继续工作。

十几年前，正在北京一所三流大学上学的我，获得了一次去北大百周年纪念讲堂听讲座的机会。

我已经完全忘记了那次讲座的主题是什么，唯一印象深刻并且永远不会忘记的是，在提问环节一个博士生的提问。当拿到话筒的时候，那个博士生开始讲述自己的求学经历，包括如何从一个小镇出生，努力考上了一所不错的本科，再到后来放弃娱乐生活选择考研，再到放弃知名企业的Offer抓住了直博的名额……时间已过五分钟，他仍未提到想要问嘉宾的问题，主持人试图打断他，但他的情绪却随着自己的讲述越来越激动几近哭腔。到最后，他的问题在情绪的驱使下变得支离破碎，但所有人都明白他要问一个什么问题：三十五岁仍未博士毕业的他，一事无成，错过了求职最佳年龄，也错过了本世纪初中国经济发展的黄金十年，接下来的路应该怎么走？他最初的选择是不是错的？是不是应当在本科毕业后就放弃继续求学？

这其实是一个经典的"读书无用论"问题，在北大这样一个场合，在一个上千人的活动中，嘉宾自然不能给出"错误"的回答。然而，在现实中，随着线性人生愈发没有保障，"读书无用论"确实正在重新成为一个值得讨论的问题。同时，这也与本文最后想回答的问题相关：潇洒自由的人生，是否是大城市、中产家庭孩子、少数族群的特权？

先说结论：当然不是。

我们分三个"线性人生"最典型的约束条件：房子、工作与孩子教育，来分别讨论。

房子，应当被视为一种资产，还是一种现金流？这很大程度上取决于你拥有的房产数量。

在中国实行商品房试点后，这四十余年的大部分时间里，房地产不断飙升的价格，让大部分中国人潜意识中认为房产是一项资产，但撇开七十年产权不谈，对于大部分仅有一套或包含子女在内最多两套房的"小房东"来说，房产更像是一种现金流而非资产。

2023年2月，某私募基金经理路演的视频在社交媒体上炸了锅。因为他说：在上海，一个一千万资产（总资产）的家庭，其实是一个穷人家庭。一时间，社交媒体上分为两派，一派嘲笑金融行业的人"不食人间烟火""朱门酒肉臭"，另一派则讽刺上海沪爷和北京京爷真是上等人，脱离劳苦大众。

北京上海人均千万资产当然是个玩笑，但也可以给我们一些启发，因为如果将房产视作资产的一部分，那么这两座城市许多"资产大几百万"的家庭，都只能一家老小蜗居在不到五十平的房间里，也就是在房地产市场上被称为"老破小"的房子。至今记得我在二十五岁之前，与父母一起生活了近二十年的那套北京二环里的房子——它是建成于1992

年的红砖楼的底层，燃气到1997年才通，没有物业，没有停车，没有绿化，楼梯陡峭且肮脏，楼道的灯几乎都不亮，刷满了黑色红色的牛皮癣广告。在它后面2000年建成的一个小区，直到2008年才进行燃气改造，通了燃气。世纪初开始，这几栋楼的下水管道几乎每年都会堵塞，大粪会顺着管道反上二层、三层，我家自然是波及范围。每隔两三年，就要经历一次家中被粪水淹没、全楼停水、管道大修的灾难。

如若不是真"穷得没钱"，谁愿意在这样的房子里住呢？但即便是在这样的日子里，我家的资产总值按金融统计口径，也是"千万元"级。

每一个新北京人看不上眼的"老破小"里，都有着一个老北京家庭半个世纪的人生，他们中的许多人，时至今日还是住在"价格不菲"的"老破小"里。

而真正让大家羡慕的，在2023年曾引发拜金舆论的"万柳少爷"，家里大概率不是老北京人，而是赚了大钱的北漂，因为老北京大部分人也买不起万柳书院这么贵的房，而能在2015年一次拿出上千万资产的老北京人，也看不上万柳书院的地段——都到四环了，即便是为孩子上学，当时的三环里也有更好的选择。

回到我家的"老破小"上，卖出它的时候，价格接近七百万，但我家并没有因此"富裕"，后来我家陆续又换了几次房，新房虽大，可位置换面积，距离市中心越来越远。在那套"老破小"被卖出后，我偶尔还会路过那里，房间里的灯光从未再次亮起。显然，之所以有人愿意购买，是因为它从一个生活必需品变成了纯粹的投资品，再没有人生活在里面。到2020年，那套房子涨价到了九百万左右，依然没有人愿意住在里面。

如果将我家房子的案例套用本文的框架，你会发现，在北京"拥有千万豪宅"可能是一个幸福终局的幻觉，而买下豪宅则意味着这个幻觉的破灭。

这涉及中国人对房产的两种估值模型：生活必需品与投资品。两者之间往往有着不可调和的矛盾，但在购房者中，这两种估值或认知模型则往往同时发挥作用。

经历了将近三十年的基建大投入后，从全国来看，"刚需房"非常不缺。《互联网与中国后现代性呓语》中讲过，鹤岗，或类似鹤岗，有高铁、有六通、房价极低的县城、地级市或乡镇，在中国大地上遍地都是。经历了疫情之后，其中有些地区的房价可以用"雪崩"来形容，甚至拖累了区域经济。对于真正将房子作为"生活必需品"的人来说，购房并居住在这些地方，是一次难得的历史机遇。因为仅就使用价值来说，这些房子并不比一线城市的差——在内蒙古、四川西部一些经济边缘地区出差的时候，那里金碧辉煌的空置高档小区总是令我感到惊叹，什么大堂式入口、酒店式管家、园林式绿化、小区内会所，都是寸土寸金的一线城市难以想象的，而往往价格只有一线城市的二十分之一。

当然，更划算的是在这些地方租房，因为这些边远地区的人口长期呈现减少的趋势，一千元往往就能租下高档小区中一个一百三十平的大平层。你也不用担心房东涨价或赶你走，因为那里的小区空置率极高，如果真的因为无法续租而搬家，你甚至不用请搬家公司，而可以直接租下你家楼道对面的空置房。

如果将房子视为生活必需品（仅有一套自住房），那么房屋本质上是一种现金流，持有房产意味着你每月的现金流会更宽裕一些。但有时也不尽然，毕竟现在没有多少人能够全款买房，房贷与房租在现金流层面的意义是相同的，甚至有房贷的人还没有租房的人自由。

如果将房子视为投资品，那么在经历过疫情、楼市崩盘、断贷潮、人口总量下降等客观事实之后，你需要重新冷静、理性地分析一下，房子是否仍然是一个值得投资的大宗商品。

2023年，"广厦千万间，寒士俱欢颜"不仅实现了，甚至应当是过剩实现了。然而现实并非如此，因为人们仍然扎堆在房子不够的地方（超一线城市），对房子卖不出去的二、三、四线城市视若无睹。难道住在北京三环里的"老破小"，要比住在二、三线城市一百五十平的大平层里舒服么？显然不是，而是人们的"幸福终局幻觉"在作祟。

我提到这个逻辑的时候，人们往往会提出另一个问题："我的工作，让我必须住在北上广深，怎么办？"

这本身就是一个十分狡猾的说法，因为它欺骗性地将生活与工作摆在了同等重要的地位上。

如果仔细观察，Work Life Balance的策源地与策源人群，刚好是那些最卷、最没生活的人群，比如硅谷，比如城市中产。他们甚至想象不出不工作的生活，因此将work放在了life前面，仿佛work是什么不得了、不可忽略的事情。

但生活才是一切，工作只是工作。

如果有可能，每个人都应该只生活不工作，或者至少像"三和大神"那样赚够今天想要生活的钱，今天就只生活。这样，工作将不再是工作，而是你生活的一部分，也就不存在工作与生活之间的平衡，因为你的快乐生活，就是你的工作。

"我的工作，让我必须在北京租房，这怎么办？"这个问题本身的逻辑陷阱是，它是一种在工作与生活对立的前提下，以工作为中心的生活方式设问。如果不是向后回答这个问题，而是向前追问这个问题的来源，你就会发现其中的矛盾点：

- 为什么要在北京工作？→钱
- 要这么多钱是为什么？→要在北京买房
- 为什么要在北京买房？→因为要在北京工作
- 你在北京的工作够在北京买房吗？→不够

这个问题很容易陷入一系列循环论证，许多人困在这个循环论证中无法自拔。

如果真的要为自己留在北京找一种理由，那应当是北京的名胜古迹,北京的艺术展览,北京的文艺演出,北京的特色美食(如果你还没绝望的话),否则你就应当离开北京,因为你留在北京不是在享受一种北京生活,而是在忍受一种北京折磨。

然而,如果你真的是因为喜欢北京的某种生活元素而非热爱北京的一家公司,那么也许有许多其他方法来实现。比如日常工作生活在廊坊、天津、雄安、承德,仅在周末来北京享受生活(反向跨城通勤)。毕竟,对于大多数打工人来说,即便是在北京工作,周一到周五也没有时间和精力享受生活,甚至有可能因为996工作制连周末也没有时间,而廊坊到北京的高铁只需要二十三分钟,你从廊坊出发到北京城区的大部分核心景点,比从北京的清河(北京互联网大厂员工聚集地)出发所需时间还要短。

而现实情况是,这些环京地区的房价都在疯狂下跌,可见并没有什么人真的喜欢北京生活,大家只是喜欢(或被困在)北京工作罢了。

这种情况并不局限于北京,也可以拓展到其他一线城市,比如上海、广州和深圳。

简单来说,如果工作不是为了某种特定的生活,甚至影响了自己享受某种特定生活,你就应该完全否定工作在你生活中的地位。

这时候,也许你又有了下一个问题:"可我是为了孩子呀!"

互联网上有一种针对北京人的刻板印象：四百多分上大学。

作为一个北京人，我不得不说，这种刻板印象是对的。早在我高考的2009年，北京的本科（三本）录取分数线低至惊人的432分。

但不要着急开始嘲讽，接下来我要讲一些只有北京人了解的后续情况。以2008年为例，北京参加高考的是十一万八千人，其中光北京联合大学就录取了一万五千人，超过十分之一。那么，联合大学是一个什么样的学校呢？我们可以直接抄百度百科的浓缩校史："学校前身是1978年北京市依靠清华大学、北京大学、中国人民大学、北京师范大学等创办的三十六所大学分校。1985年，北京联合大学成立。1987年，北京市卫生职工学院中医部并入北京联合大学中医药学院。2001年，市教委同意北京联合大学化学工程学校和北京市化学工业集团职工大学划转给北京联合大学，北京市第一师范学校并入北京联合大学。2008年，北京市化工学校、北京市医药技术学校、北京市医药器械学校并入北京联合大学。"简单来说，就是一个在1978年合并安置各校不想要的学科为基础，不断吞并前教育系统时代的职校、技校，勉强组成的本科大学。

北京联合大学再加上"京城四大染缸"——实际是六所——被本地人认为是大技校的市属高校，保守估计，有一半的北京考生都是在这些不入流院校中获得了本科文凭——

这还是二本，北京还有当年全国最丰富的三本资源，所谓的"交钱就能上"。

所有这些不入流学校，拉低了北京的本科线，让北京人实现了"四百分上大学"。

那么这些北京人后续怎么样了呢？如果你是真的北京本地人就知道，北京联合大学和几所市属高校的毕业对口岗位就是各大餐厅的领班、商场售货员和咖啡师，以及其他"招不起外地人的服务业岗位"，毕业平均月薪不到四千元。2023年全国应届生抱怨毕业只能去端盘子的最难版本，北京人早在2013年甚至更早就体验过了。

因此，学区房在老北京人眼里，是一个诡异的概念——如果花几百万，只是为了让自己的孩子未来能去端盘子，我是不是脑子进水了？

尽管学区制度1987年就开始在北京试点，但就我个人的观察，学区房的概念直到2010年前都不算火热，甚至并不是影响北京房地产市场的主流因素。互联网上能搜到的关于北京学区房的最早的一则新闻（WebArchive）是2008年，它强调了"学区"这一概念，在当时萎靡不振的房地产市场中产生了逆势火爆的状态。

在老北京的家长圈层里，很少有人真正"鸡娃"。毕竟北京作为三千多年的六朝古都，一直存在一套中央人才选拔机制，无论是古时的科举，还是新中国的高考，又或者是就业市场林立的央企与私企总部，它们都有能力从全国各省各地吸收优秀人才，并非真的为北京本地人绿灯大开。

2023年的双一流毕业生不想去送快递，2013年的北京大学生也不想去端盘子，但谁又能有办法呢？

从某种程度上来说，北京的教育领先了全国十年——北京人十年前就尝到了大学扩招的苦果。

然而，良好的教育既不是一个人迈向成功的前提条件，也不是必要条件，它仅仅是在人成功的路上增加了一点点概率。即便在经济直线上升的年代，造富机制也从未将教育、勤劳、聪明、勇敢、善良等道德意义上的优良行为建立起清晰的因果关系。优良行为与财富之间的关系比起因果关系，更像是概率相关关系。在上升年代，一个人是否能致富，就像购买一张彩票一样不可预测，而勤劳、聪明、勇敢、善良等优良品格更像是购买彩票所付出的价格，你只有做到了这些，才更有机会赢得个人财富，但并非做到了这些就一定能获得财富，也不是你没做到这一切，财富就必定与你无缘。

通过自身努力学习获得成功的八零后和九零后一代，往往存在一种对教育与成功之间关系的"迷信"。他们自身是通过努力学习而获得成功的，因此陷入了幸存者偏差——我是如此这般从县城走向北上广的，我的孩子便也只能通过这条路走向更高的成就。实际上只要回想一下在小学、初中、高中甚至大学，那些和他们付出相同努力甚至成绩也同样优异的老同学，是否都如他自己一般成功，再去扫描一下那些曾经的差生、捣蛋分子如今是否都过着非人的生活，就能得出相反的结论。

追逐学区房和精英教育的卷王家长，是否真的计算过，他们的孩子需要达到什么样的薪资水平，以及维持多长时间那样的薪资水平，才能收回你在孩子身上投资的上千万财力？以当下人类社会的状态，真的在几十年后存在这样的行业与职位吗？

将购买学区房、补习班和国际学校的钱，用来给孩子报（真正的）兴趣班，或者带他去旅游，不也是一种并不亏钱的投入吗？难道更好的学区真的比得上更丰富的生活吗？从大房子换到狭小的学区房，真的能让童年成长更健康吗？如果一个家长不相信更普世的价值，不相信陪伴、多元化的体验给孩子的成长带来的益处，而是极端迷信学区房，这难道不是一种偷懒吗？

退一步说，那些投在孩子身上的资源，恰恰是卷王家长小时候所没有的。如若这些资源是成功的必需品，那么当年没有这些必需品的诸位家长又是如何走向成功的呢？

只要上网的时间足够长，你一定看过那个"人生不是马拉松"的日本广告。

这个广告在互联网上的舆论有过许多次微妙的变化，从最初的"羡慕"，到后来一段时间的"嘲讽"，再到最近这个广告语被"滥用"，其实反映了中国的现代化进程。

现代化不足的时候，我们会认为这种价值观代表了发达社会的自信。在现代化过程中,我们会认为如果单一发展模式的斜率可以永远增长,那么这种价值观是可笑的——如果跑下去就能获得奖牌,为什么人生不是马拉松?当现代化基本完成后,我们才会理解这种价值观其实是从第二种心态中的回调。倒不是因为人生不是马拉松了,而是因为发展的跑道抵达了尽头。

那则日本广告的发布时间是2014年,正值"安倍经济学"开始生效,日本逐渐走出失落三十年的心态,但又没找到新的增长点。你应该能察觉这个状况与三年后的中国多么相似。

从前现代社会进入现代社会,人们经历了一次原子化的过程,在这个过程中,宗族、血脉、传统社会关系等曾被视为无比坚固的东西一一瓦解。这让当时的许多人产生了眩晕,因为在此之前,许多人一生中的衣食住行、婚丧嫁娶、功名利禄甚至生老病死,都严丝合缝地被嵌入一个名为家族的庞然大物之中。前现代社会中那些从不需要思考的人生问题,从被工业化大机器绞碎的封建家族血水里浮出。

然而,时至今日,应当没有人真的再怀念那种封建家庭式的人生了。即便是从未体验过的年轻人,也能从诸多文艺作品中感受到那种完全无须选择也不能选择的人生究竟是怎样的压抑。

封建的人生之路是一条固定的,没有岔路但撒满玻璃碴的路,你走在上面无须担心迷路,也无须担心岔路,因为人生的大部分日子在出生的那一刻就已经决定了,尽管它沾满鲜血,却令人"安心"。告别封建时代后,我们踏上的是现代社会的人生之路,它让我们仿佛踏入了一座大城市,柏油马路四通八达,一个又一个十字路口给予了每个人很多种选择,有时其中甚至会有西直门立交桥这种令人困惑的时刻,让我们焦虑、彷徨和迷惘。

但实际上,只要仍走在柏油马路上,你所有的选择,都是别人预设好的轨道。十字路口只是徒增了选择困难,让我们止步不前。这就是为什么人生规划类书籍和相关内容从纸质书时代火到了短视频时代,因为看似有许多条路,但我们都在试图通过各种导航地图来抵达同一个终点。

现在,我们又来到了一次时代交替的时间点,从现代社会进入后现代社会。

这是一个从前现代社会找回失散的文明遗珠的时代,一个你可以从柏油马路上走下去也不会曝尸荒野(但确实可能受冻挨饿)的时代,一个在现代社会的生产力大发展的前提下,可以找回某些属于人作为一种动物本身生活方式的时代——前提与目标缺一不可。

人生不是马拉松,其前提是:旷野不再危险,至少不再致命。

你仍应该在力所能及的范围内求学、求知、求职,只是不应当再把坐在现代化提供的快速公交里作为一生的目标,而是把它作为短暂的,找到属于自己旷野的工具。

你要首先找到并验证自己真正的目的地，而不是对着车站牌随意选择一个从未去过的站点，然后将自己的一生耗在车上。

你要学会随时观察车窗外的景色，因为有时候会路过自己此前从未发现的，而事实上最适合自己的地方。

你还要学会屏蔽噪声，公路上的每趟巴士都有无数个站点，如果你没到站，没必要因为所有人都下车了，就质疑自己是不是也要在这里下车。

最后，当车辆抛锚的时候，不要留恋，勇于享受徒步前行。

抛锚的永远不是你的人生。

（汐笺对本文亦有贡献。）

夏鼐：塑造中国考古学

郭静超

"夏鼐的领导，让中国考古学成为一个可信赖的学科。"

1980年，夏鼐在中国社会科学院考古研究所庭院。

中国考古学界有一人，他出生时，国家正经历千年未有之大变局，他的童年洗礼于五四运动，青年时经历日本侵华、国共内战，之后目睹了国家重构，经历了政治动荡，晚年迎来改革开放。而他本人，在国内和西方高等学府接受顶级教育，拥有博古通今、学贯中西的精深学问，执掌中国考古学至少二十年。

夏鼐，以学霸之能力、嗜书之本色、求真之态度、君子之品性，完成了时代交给他的使命。

有人评价他为人低调，名声不如贡献大；有人认为他的出现是中国考古学的幸运。夏鼐个性鲜明，有人爱他、敬他，也有人怕他，甚至怨他。

以下是他的故事。

"念书成了瘾"

十九世纪末的浙江温州有五家富商，号称"二盛三顺"，其中的一盛"夏日盛"，就是夏鼐祖父创办的丝线店。夏鼐的父亲也善于经营实业，所以家中殷实。1910年2月7日，夏鼐出生。

幼时的夏鼐又白又胖，"他母亲是不让抱他到门外去的，怕别人看见夸奖说他胖，那样对他不好"。特殊的风俗令夏鼐自幼鲜少外出，许多邻居都不认识这个孩子。也许是环境所致，或天性使然，夏鼐"性格内向，最大的嗜好便是读书。放学回家，就坐在母亲的房间里一边吃零食，一边看书，一点声音都没有"。

父亲重视子女教育，从夏鼐四周岁起，就让他到族中的私塾念书。夏鼐九岁时入小学，十岁时即能阅读《三国演义》；十一岁时，每次考试都考第一，成为学校年级"级长"。他后来还担任学校儿童自治会图书馆的主任，更有机会阅读大量课外书刊。十四岁时，小学还没毕业，夏鼐就跳级半年报考初中——温州十中（即浙江省立第十中学，今温州中学前身），在八九百名考生中名列第二，获得录取。

温州十中是所重点学校，由国学大师孙诒让（1848-1908）倡议创办。夏鼐在这里接触到广泛的社会思潮，比如了解到陈独秀给青年一代提出的新标准——"自主的而非奴隶的""世界的而非锁国的""科学的而非想象的"等。

1927年，夏鼐考入上海光华大学附中高中部。据他回忆，在1928年上下两学期，"余之成绩皆为全级第一名"。课业之余，他还到光华大学听过著名学者胡适、张东荪（哲学家）、吴梅（戏曲理论家）的课，以及鲁迅的演讲。到了寒假，夏鼐还暗下决心，"预算每日读书百页"。

1930年，二十岁的夏鼐因高中毕业成绩优良，可免试升入光华大学，但他不满意这所大学而不作考虑，报考了北平的燕京大学和南京的中央大学，结果都被录取，最终选择北上燕京。其中还有个小插曲，夏鼐的本意并非这两所大学，而是想进上海交大的工科或清华大学的文科,并且为工科考试做了一年的准备,但因为患沙眼而不能报考,所以才不得已改换志愿。即便如此,仍能屡考屡中,在工科和文科之间自由转换。

虽然成绩优异,但夏鼐也有学不会的东西,那就是普通话。到燕京大学,他深感自己浓重的温州口音成了与他人交流的障碍,曾在日记中写道:"遇到几位北方人,我竟一句话也不敢说,这样实在不行,今年非拼命学会北方话不可。"说也奇怪,这在很多人看来还算容易的事,却成了夏鼐一生难以完成的"功课"。

夏鼐就读于燕京大学社会学系。他在日记中记录下自己读书的情况,仅一年间,所读书籍就涉及文学、经济学、政治学、生物学、社会学、史学、人类学和哲学等。他还经常翻阅最新报刊,了解各种新闻。虽学文科,他也对科学、考古、体育等方面的新闻给予关注。他曾几次对友人说:"我的念书成了瘾,用功这字和我无关,要克制欲望以读书才配称用功,上了瘾的人便不配称用功。"

在燕京大学第一学年的期末考试中,夏鼐觉得英文考试"题目极浅",社会问题考试"又是老套",遂于1931年9月转学考入清华大学历史学系。同年10月,教育家梅贻琦任清华大学校长,就是他提出了那句著名的办学理念:"一个大学之所以为大学,全在于有没有好教授……'所谓大学者,非谓有大楼之谓也,有大师之谓也'。"夏鼐就读的历史学系，从二年级到四年级的授课教师，果然大师云集——吴其昌、孔繁霱、钱穆、商承祚、史禄国（俄罗斯贵族，Sergéi Mikháilovich Shirokogórov）、雷海宗、陶希圣、蒋廷黻、刘崇鋐、陈寅恪、张星烺等。夏鼐深厚的史学素养在清华得以夯实。

1933年，夏鼐选修陈寅恪讲授的"晋南北朝隋史"课程。在期末所交的论文试卷中，他对老师的观点提出了商榷。陈寅恪在试卷上写下这样的评语："所论甚是，足征读书（原文笔误写成'心'）细心，敬佩敬佩。"

1934年，夏鼐在蒋廷黻的指导下完成学士论文，从清华毕业。至于毕业去向，他既报考了清华研究院的中国近代经济史，又申请了公费留美深造，报考专业是考古学。结果，

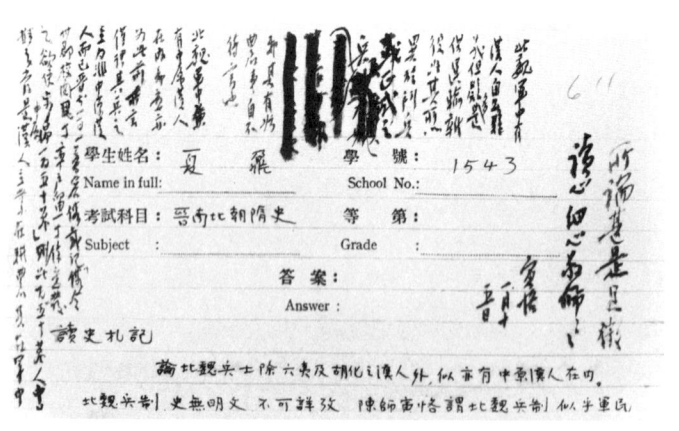

夏鼐就读清华大学时，陈寅恪教授在其"晋南北朝隋史"考卷上的评语。
图片来源：《夏鼐日记·卷一》，华东师范大学出版社，2011年

两边的考试都得第一名，他选择了后者。

这位读书成瘾、考试无往不利的高才生，即将为中国考古学的发展再次增进学问。

"埃及学之父"

1909年，美国开始退还部分庚子赔款，用于帮助中国发展教育事业，培养赴美留学生。清华大学的创立即发端于此。从1933年开始，庚子赔款也用于中国学生赴英留学，夏鼐的出国留学费用即来源于此。

实际上，考古学并非夏鼐的第一志愿，他本想报考欧洲近代史，这两个专业各招一名学生。但据夏鼐的家乡故友王祥第回忆，在报考前夕，比夏鼐早一年毕业留校的历史系助教杨绍震来找夏鼐。他说，自己已经为欧洲近代史的考试准备了一年，如果夏鼐报考，自己必定落榜，所以请他报考考古学。夏鼐便答应了他。王祥第认为，夏鼐敢于如此转换，无非因为"自信"二字。

清华大学聘请时任中央研究院历史语言研究所（以下简称中研院史语所）的所长傅斯年和考古组组长李济为夏鼐出国留学的指导老师。1935年春，夏鼐还参加了留美归国的梁思永主持的殷墟第十一次发掘。梁思永是我国第一位考古学专业出身的考古学者。这三位学者在夏鼐选择留学去向和导

1935年，夏鼐在河南安阳殷墟实习时，与考古队师友合影。右起：石璋如、夏鼐、尹焕章、李济、梁思永、刘燿、祁延霈、李光宇、胡厚宣、王湘。
图片来源：《夏鼐日记·卷一》，华东师范大学出版社，2011年

师方面都给予了悉心指导和帮助。

在殷墟实习期间，夏鼐与梁思永多次面谈，与李济几次通信，商议自己留学的去向问题。梁思永认为，"最好是赴英，入伦敦大学或爱丁堡大学"。相较于赴美，梁思永认为赴欧留学有三个目的：博物馆及田野工作的技术；欧洲考古学方面的知识及人类学背景；考察欧洲方面所保存的中国东西。李济来信也认为，"此次出国赴英较赴美为宜"，之后，又写信说，鉴于当时时局不稳，"还是早日出国为佳，拟入学校以伦敦大学为最佳"。夏鼐回到北平后，傅斯年则嘱咐他留学期间，研究的范围"须稍狭"，"择定一位导师"，"最好不要研究中国问题"。就在这一年的8月，夏

留学时，夏鼐在埃及开罗的金字塔前留影。图片来源：《夏鼐先生纪念文集——纪念夏鼐先生诞辰一百周年》，科学出版社，2009年

鼐赴英国伦敦大学攻读考古学。

也是在这次殷墟实习中，夏鼐曾感到自己不适应田野工作："我的素养使我成为书呆子，关于统治工人及管理事务各方面皆是一个门外汉，勉强做去，未必见功，可是这有什么办法可想呢！"然而，等到达英国开始正式学习后，他便安定心神："现在由于偶然的机缘，逼入考古学的领域，将来的成败，实属不可预料，我只好不断努力，聊尽己责而已。"

夏鼐首先师从叶慈教授（Walter Perceval Yetts）学习"中国考古与艺术史"，但因为叶慈的学问无法令他信服，便果断决定改换专业。1936年4月11日，夏鼐向梅贻琦校长写了一封五千字的长信陈述情况，表达改学埃及考古学的意愿，并申请延长留学时间。夏鼐在信中说："生以为中国将来之考古学，必须以埃及考古学之规模为先范，故中国之考古学界，必须有一人熟悉埃及考古，以其发掘技术及研究方法，多可借镜。"他还在信的末尾总结说，面对国难当头，自己忧心如焚，"极欲早日返国，为祖国服务。但欲求有益于社会，必须在此间先打定相当基础……"

中国社会科学院考古研究所所长陈星灿说："我印象中，在当时的情况下，只有夏鼐选择了学习埃及考古学，因为太难。其他人留学，都是学习中国考古，而夏鼐给自己选择了一个最难的题目。夏鼐有着非常高远的目标，他要把这些考古学的技术、理论、方法，用到中国考古学中去。"

中国社会科学院考古研究所研究员、曾任副所长的徐光冀先生说："夏鼐学习埃及考古学，不是为了研究埃及学，而是为了中国这块土地。埃及考古学对研究中国考古有借鉴意义。他要研究它的一整套方法，然后带回中国。"

夏鼐的请求得到清华批准。从1936年7月办妥转学手续，到1940年底由埃及开罗启程回国的四年中，夏鼐在伦敦大学学院埃及考古学系学习古埃及文字，参加英国梅登堡遗址发掘，参与埃及考察团的田野考古实习，对欧洲和西亚多地遗址进行过参观、考察。其间，夏鼐依然保持着书痴本色，他读书的深度、广度和速度都令人叹为观止，仅1937年4月的三十天里，就读完十本书，而且涉及中文、英文、法

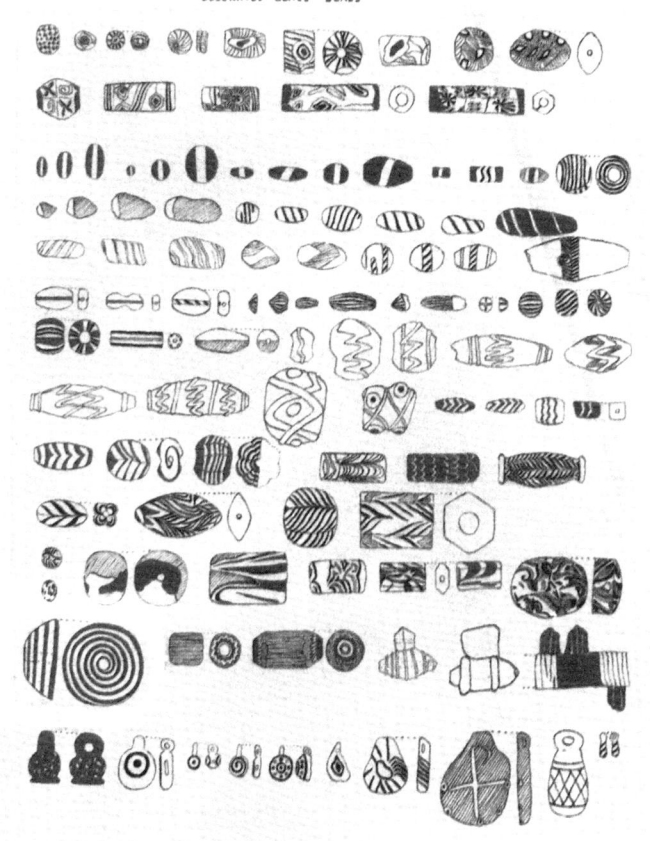

夏鼐为博士论文《埃及古珠考》绘制的部分插图。
图片来源：《夏鼐日记·卷一》，华东师范大学出版社，2011年

文和古埃及文。留学期间,他大量阅读了埃及考古学大师皮特里的著作和柴尔德的考古学理论,并在日后的工作中深受影响。

1943年,夏鼐的博士论文《埃及古珠考》在国内的动荡环境中完成。他对将近两千个埃及古珠所做的工艺学、统计学和考古类型学研究,"实为中国学者从事这种缜密研究的真正肇始"。伦敦大学学院埃及学教授斯蒂芬·夸克(Stephen Quirke)于2014年撰文称:"夏鼐的博士论文太成功,让伦敦其他学者望而却步,他们不想花一生精力重复这项工作。没有人再进行这项研究……"

第二次世界大战结束后的1946年,伦敦大学授予夏鼐埃及学专业的哲学博士学位,他成为中国第一位埃及学专家。日后,夏鼐虽然从事考古学领域的领导和研究工作,但他对中国埃及学学科的发展亦给予诸多支持。北京大学历史学系埃及学教授颜海英曾评价夏鼐为中国"埃及学之父"。

"舍兄其谁"

1941年,夏鼐返回正遭受日军侵略的祖国。他接受李济的邀请,加入中央博物院筹备处,任专门委员,之后与同事发掘过四川彭山的崖墓。1943年,夏鼐转入中研院史语所任副研究员,并着手准备西北科学考察。1944年4月开始,

"西北科学考察团"历史考古组开始对甘肃进行考察,由北京大学中西交通史专家、敦煌学专家向达任组长,夏鼐和向达的学生阎文儒为组员。

这是中研院等机构进行的第二次西北考察。以往也有中国人对西北进行过考察,不过皆以外国人为主导。史语所所长傅斯年"基于民族自尊心,一直希望以科学方法考察西北,并找到新资料加以研究,以期夺回东方学的主导权"。作为唯一的考古专业组员,夏鼐也有自己的思考。早在1923年,瑞典地质学家安特生进行甘青地区调查时发现了不少新石器时代的彩陶。第二年,他从彩陶纹饰变化的角度撰文认为,甘肃的齐家文化早于甘肃仰韶文化(现称马家窑文化),进而提出中原仰韶的彩陶可能经由甘青地区,来自西方。这个观点就是轰动一时的"中国文化西来说"。而夏鼐意欲用科学考古方法对此一探究竟。

河北师范大学历史文化学院教授汤惠生认为:"安特生从进化论的角度,认为齐家文化的彩陶纹饰简单,而仰韶文化的纹饰复杂,以此推测齐家文化年代更早。但夏鼐不相信,他要去亲身实践,通过地层学的科学考古方法来核验安特生的说法。"

1945年,在甘肃阳洼湾,夏鼐果然找到了齐家文化期的墓葬以及标准型的齐家文化陶器,并在齐家墓葬的填土中发现甘肃仰韶文化的陶器残片,即"齐家陶片与晚期的仰韶陶片混合在一起",这说明齐家文化实际上晚于仰韶文化,从

阳洼湾二号墓中出土的陶器。
图片来源：《夏鼐文集·第二册》，社会科学文献出版社，2017年

而在地层学上初步推翻了安特生的假说。这一重要发现"标志中国史前考古学的新起点"。陈述这一发现的论文《齐家期墓葬的新发现及其年代的改订》，也成为夏鼐早期研究史前史的重要文章。

从1944年春至1946年初的考察期间，夏鼐和向达（仅参加1944年4月至10月中的考察）在甘肃境内，对敦煌、宁定和兰州的十多个遗址进行考古发掘。夏鼐的加入，让发掘方法、田野记录和古物保存都具备了更高的科学标准。以相关考古发现为主题，夏鼐在后续几年里相继发表了有关敦煌藏经洞封启年代、玉门关位置考、敦煌汉简、唐代吐谷浑慕容氏墓志、敦煌千佛洞等主题的学术论文。陈星灿说："在时局动荡的大背景下，夏鼐在回国短短几年内就写出这些学术论文，已经奠定了他的学术地位。另外，他在史前考古学、中西交通史上的研究兴趣也贯穿其学术生涯的始终。"

此外，夏鼐还根据考察时的日记，于1949年整理出版了一系列科普性质的考古旅行漫记，后被整理成册，名为《敦煌考古漫记》。夏鼐在该书的序言中说："我们这次筚路蓝缕的工作，所收获到的一些古物，数量上仅是沧海一粟，质量上也成为不足轻重的普通品。反倒是我们所留下来的这些充满人间味的工作情况的记载，成为较稀有的东西，或许更可珍贵呢！"

与很多人印象中面孔严肃的夏鼐不同，这本书的字里行间，呈现了他的另一面。例如在金塔寺考察时，寺后的园林

夏鼐（左）与向达在敦煌合影。图片来源：《夏鼐日记·卷一》，华东师范大学出版社，2011年

中桃花盛开，夏鼐记录道："向先生（向达）在花旁凝立着似有所感。我看见他那张因连日旅行被阳光晒成紫红色的脸孔，和桃花相映成趣。我便拿出照相匣子来，一面笑着说：'好一个人面桃花相映红！'向先生听见也哈哈大笑，连忙躲开了。"

西北考察条件艰苦。在瓜州口的客店中，夏鼐吃着简单的饭食，抬头看见从屋梁上垂下的蛛丝烟炱迎风摇荡，便说，它们像"紫藤花"，只要不落在饭菜中，"风趣也颇不恶"。他们吃饭从来不挑剔，以至于老厨子在传授新厨子经验时，只说了一句："你喂过猪没有？只要给他们吃饱便算了。"就是这样的不挑剔，加上不习惯北方饮食，让夏鼐一生饱尝胃病之苦。他还经历过"有生以来,坐汽车所受洋罪最甚之一日",即车轮爆胎,救援车又坏,轮胎又泄气的窘迫经历,可谓车在囧途。

夏鼐认为,"现代的考古学,是要做这一门学问的人,不要专埋首读书,要他动脚到处寻找新材料,并且亲自动手把它挖掘出来或记录下来"。通过此书,他还要打破一般人对考古人的偏见——以为考古学家的外貌一定带几分古气,如胡子花白、满脸皱纹的遗老一般。

夏鼐次子、北京大学环境考古学教授夏正楷说:"现在流行大众考古,但我时常开玩笑说,中国公共考古、大众考古的第一炮是夏鼐打出来的。这本书帮助人们了解考古的同时,也了解考古人。我感觉如果文章文学性再强一点就更好了,但夏鼐不喜欢这样,他在序言中明确说,'我并没有想写一本文学作品,请读者也别用文学的眼光来评估它'。他就是这样求真的人。"

汤惠生认为,夏鼐在回国几年内所进行的考古发掘实践,为其在1949年以后制定中国考古学发展政策、确立研究范式和行业标准打下了基础。

此次西北考察,让傅斯年看到了夏鼐的能力与为人。他在1945年致信中研院代院长朱家骅时说:"夏君乃本所少年有为之一人……将来于考古界之贡献必大。"因此,傅斯年在1947年赴美国治疗高血压病之前,请夏鼐担任代理所长。当时所内考古学前辈颇多,夏鼐本意拒绝,但傅斯年十分坚持，并做了必要的准备工作。

1947年2月至1948年8月，夏鼐任代理所长期间，中央研究院商讨首届院士候选人的事宜。在是否提名郭沫若为候选人的问题上，大家多有争论。有人认为郭参与内乱，不宜选入；有人担心他当选以后在外面乱发言论，或者影响政府对中研院的拨款；也有人认为不能以国民党和共产党之矛盾关系，而影响到对他学术贡献的判断。夏鼐是列席人员，虽无投票权，但在会上发了言。他说，中研院是学术机构，除学术贡献外，选院士的唯一条件为中国人。"若汉奸则根本不能算中国人，若反对政府则与汉奸有异，不能相提并论。在未有国民政府以前即有中国，国民政府颠覆以后亦仍有中国（此句想到不须说出口，中途截止），故对汉奸不妨从严，对政党不同者不妨从宽。"会议表决结果，以十四票赞成对七票反对，郭沫若被列入了首届院士候选名单。

1948年底，傅斯年询问他能否押运古物赴台湾时，夏鼐拒绝，并于年底脱离中研院回到温州老家，闲居读书，后在浙江大学人类学系短暂任教。1949年下半年始，夏鼐便接连收到来自留在大陆和已去台湾的众多友人来信，催他出山。

1949年7月10日，夏鼐记录了史语所友人高去寻自台湾发来的信件。高对夏鼐有着殷切的期盼，"中国考古之学，不绝如缕，今日继续起衰者，则舍兄其谁。弟过去即作如是观，今日尤然……兄乃考古学之巨擘，亦应体会孟子'天将降大任于斯人也'之句"。

而梁思永则在9月底来信，邀夏鼐北上，"弟敦促兄北来之意，不止为共同支持史语所残局，更为今后中研院等研究机关合并改组为科学院之过程中，亟须兄亲自在场，积极为将来之中国考古事业计划奋斗"。

1949年9月，中国科学院成立，郭沫若任院长。1950年夏，中国科学院设立考古研究所。根据郭沫若院长的提名，周恩来总理任命郑振铎为所长，梁思永和夏鼐为副所长。中国社会科学院考古研究所研究员王世民说："解放前，全国考古人很少，也就一打（十二）人。老一辈的人，能够亲手进行发掘的，更没有几个。到了解放后，因为各种原因，人员散了不少。真正受过专门考古训练又有田野经验的，只有梁思永和夏鼐。但是梁思永身体不好，卧病多年。所以此时，夏鼐是唯一一个既受过专门训练，又贡献卓著，还能亲临第一线的考古学家。"

陈星灿说："在夏鼐出国前，中国的考古学已经发展了一二十年。尽管最初在发掘、记录和研究上还有不足，但中国考古学毕竟有了很好的基础，有了机构，有了人，有了相关的刊物和研究成果，而且受到了国际关注。不能说夏鼐是中国第一代的考古学家，因为在他之前，李济、梁思永、石璋如、裴文中、贾兰坡等人已经做了很多工作。"他进一步说："但是，夏鼐有一种和李济、梁思永等都不一样的视野，他带回来最先进的技术、理论和方法，这让他能够将这套东西移植到新组建的考古所中，在这里重新打下基础。"

搭建考古学发展框架

1950年7月,夏鼐到中国科学院报到,第一次见到了他"幼少时便已熟知"的郭沫若。郭沫若对夏鼐的考古工作寄予厚望。

经与郑振铎所长和同事们商议,10月8日,夏鼐就带领所内全部十二名田野考古人员组成发掘团,可谓"倾巢而出",奔赴河南辉县,发掘战国和汉代墓葬,还发现了早于安阳殷墟的商代遗迹。此外,"夏鼐亲手在琉璃阁第一次成功发掘战国车马坑,在田野考古技术上尤具划时代的意义"。

二十世纪五十年代,夏鼐还带领发掘团到河南中西部、湖南长沙近郊进行田野发掘,为配合黄河三门峡水库建设而进行考古文物调查。夏鼐认为,考古发掘,现场工作很重要,必须在现场搞清楚的一切东西,不能坐在室内搞"遥控"。

1956年,他给考古所见习员授课时留下的讲稿《田野考古方法》中,十分详细具体地阐明了田野工作的方法,其中包括田野工作目标,如何进行考古调查,考古发掘和墓葬发掘的具体细则以及如何整理材料和编写报告。"田野考古的技能,只有在田野的实际工作中才可获得。最好能在有经验的田野考古者指导之下工作以求取得经验。"他认为,"田野考古工作水平的高低,并不是以出土物的美恶或好坏为标

1950年10月,夏鼐率领全所业务人员前往河南辉县进行考古发掘。后排:石兴邦(右一)、王伯洪(右二)、马得志(右三)、安志敏(右五)、夏鼐(右六)、苏秉琦(左五)、郭宝钧(左四)、徐智铭(左二)、魏善臣(左一)。前排:白万玉(左三)、王仲殊(左四)、赵铨(右一)。图片来源:《夏鼐文集·第一册》,社会科学文献出版社,2017年

准的,而是以工作方法的合于科学与否为标准的。"

夏正楷说:"夏鼐非常重视田野考古,不仅在实地发掘时传授经验,还在大学里教授田野考古课程。做田野很辛苦,但不能因此就不做。这个是基础,不做田野,其他就做不好。"

徐光冀说:"夏鼐对田野考古工作要求非常严格,制定了严格的规章制度。他的这篇讲稿非常重要。虽然文字不多,但真正要按照他的规范实践起来,是很难的。他规范了如何做野外,比如怎么认土、分地层,如何绘图、照相、做记录,还要规范报告的写作体例。我们现在的田野考古方

法，也是基于夏先生的做法发展而来的。此外，夏鼐还规定田野考古队要每年确定学术目标、工作计划，并每月提交简报，每年还要写年终汇报。夏鼐对这些汇报都会做出回应。"他回忆说，1961年，夏鼐到西安一个工地检查，因为领队很少到考古现场，结果拿不出实测图，又说不清发掘的具体情况，于是将其撤换。

除了规范田野考古的操作，夏鼐在考古教学上亦用心颇多。他参与组织和具体筹划了文化部、中国科学院考古研究所和北京大学联合举办的全国考古工作人员培训班，并亲自授课。还与北京大学历史系共同创办中国第一个考古学专业。

1952年，北大历史学系正式开设考古学专业，王世民就是第一批入学的考古学专业学生之一。从1953年1月开始，夏鼐开始在北大正式授课。王世民回忆，第一次课是在一个阶梯教室，几十名来自考古学和历史学专业的学生都期待着一睹夏鼐的风采。只见夏鼐穿着一件灰色短大衣，戴着一顶皱巴巴的、当时极常见的布帽子就来了。夏鼐讲课也很有特点，因为胃病，身体不好，说话声音小，再加上口音重，不少学生听不清、听不懂。他写板书也有个习惯，写英文专有名词写得快，擦得也快，大家还来不及记下来，他就擦掉了。后来系里就安排一个年轻的教师做记录。记录完成后，经夏鼐看过再油印发给大家。这些讲课稿就成了后来奠定中国考古学理论基础的重要文章《考古学通论》。

徐光冀于1954年考入北大考古学专业，因为自己是课代表，与夏鼐接触稍多，能听懂夏鼐的话。他说："夏鼐教的'考古学通论'，其中有关外国考古学的部分是他教学的一大特色。他讲外国考古学的发展现状、最新发现以及和中国的对比等。而现在的考古学通论课，很少讲外国部分。从这一点上来讲，现在这门课的教学都没有达到他的水平。在当时也一样，找不出第二个人能讲这门课。他就是学贯中西。"

汤惠生说："我上大学时读的教材，都是在夏先生讲稿的基础上发展而来的。虽然话语变了，但思想和主旨没变。我后来看了夏先生的这些讲稿，觉得特别亲切。原来，夏先生早已讲出来了。"

王世民还回忆说，夏鼐在上午给他们讲"考古学通论"，下午则是"田野考古方法"。课程包括测量、照相、绘图和文物修复等方面内容。王世民说："我印象很深的场景，就是夏鼐带着我们去未名湖畔上课。他教大家如何用照准仪进行平面测量，以备将来画遗迹或墓葬分布图之用。有人提问时，他就坐在草地上，从口袋里掏出纸给同学们画图解答。"

师者，所以传道授业解惑也。夏鼐坐在未名湖畔草地上答疑解惑的画面，已然深深印刻在八十八岁高龄的王世民心中。他回忆时，言词清晰，神采奕奕。

努力纠偏

考古学的发展受到社会政治背景的重要影响,全社会掀起"大跃进"运动时,考古学界亦不能幸免。当时,考古学文化的研究、类型学、地层学,都被当作资本主义的东西加以批判。徐光冀说:"当时有学者认为,不要那么多考古学文化,就叫仰韶时代、龙山时代就行了,把这些区别都忽视掉。当时学风浮躁,所以就有了1959年夏鼐的这篇《关于考古学上文化的定名问题》。"

夏鼐在文中说,旧有的名称如果不引起误解,已经"约定俗成",便可以保留,可不必多做改动,以免引起混乱。新的名称可以采用最通行的办法,即以第一次发现的典型遗迹的小地名为名,这样更加简便而确切。他认为,乱扣帽子,产生许多谬论,反而会引起历史研究的混乱。

陈星灿说:"现在学界在考古学文化命名问题上,也基本遵从夏鼐先生的意见。这一想法虽然不是他的原创,主要源自柴尔德的理论,但是夏鼐在此时提出来,是为了纠偏。所谓领航者,就是引领正确的方向。"

在发掘帝陵问题上,夏鼐也在努力纠偏。1955年10月,夏鼐的清华同学吴晗作为北京市副市长,联合郭沫若、时任文化部部长沈雁冰、人民日报社社长邓拓、中国科学院历史研究所第三所所长范文澜和全国人民代表大会常务委员会副秘书长张苏上书国务院,请求发掘明十三陵中明成祖永乐皇帝的长陵。这时，夏鼐和已经升任文化部副部长的郑振铎都反对发掘。他们认为，当下考古工作为配合国家大规模基础建设已经是形势紧迫，主动发掘帝陵并非当务之急，最好暂缓。夏鼐还亲自劝说过吴晗。不久，周恩来批示"同意发掘"，但鉴于若发掘长陵，"规模较大，发掘工作将会十分艰巨、复杂……经研究后，认为定陵的营建年代较晚，也略有埋葬迹象可资探索"，于是发掘委员会决定试掘定陵。夏鼐负责指导发掘，在清理万历皇帝皇后棺内文物期间，他抱病住进临时工棚，与年轻同事夜以继日地工作，并亲自清理棺内的冕冠、皮弁等重要文物，做好详细记录、绘制草图。

夏正楷说："当时父亲接到发掘定陵的任务后，就全身心投入，事前看了很多书，中外都有，以研究古代帝王陵的规制。他亲自参与现场踏查，确认有关墓道的重要线索。对于发掘帝陵，他预想到技术不够，有些东西可能保护不了，也提前和很多人商量如何保护的问题。"

当时在夏鼐身边从事秘书工作的王世民清楚记得，每当定陵方面来人或者来电话报告紧急情况，夏鼐总是立即赶去，在那里停留一两天。但因为胃病呕吐不止，夏鼐只好返回，稍事休息后再次前往。他办公室里就放着痰盂。王世民说："夏鼐是强忍着病痛，坚持做好定陵的发掘。"

1956年至1958年的定陵发掘，是中国二十世纪五十年代一项重大的考古发掘项目：陵园建筑规模巨大，地下宫殿雄伟壮丽，出土随葬品丰富，包括第一次出土的帝后冕冠、

夏鼐抱病清理万历帝后棺内的冕冠等文物。图片来源：《夏鼐日记·卷一》，华东师范大学出版社，2011年

乌纱翼善冠、金冠、凤冠和皮弁，以及金银器、玉器和珠宝首饰，还出土了大量珍贵的丝织品。但发掘后保护技术不完善，"如彩色漆木器、竹器容易变形，丝绸、纸质类等纤维的科学保存等"，尤其是大量丝织品遭受了相当程度的损失。另外，当年发掘时还没有电源，只能靠小型发电机临时供电，再加上政治运动对工作的影响，所以记录、绘图、拍照等各项工作都有所延迟，发掘报告更是等到1990年才得以出版。

负责发掘定陵的工作队队长赵其昌曾回忆说："定陵的发掘，器物的整理，报告的编写，从始至终都是在他（夏鼐）的指导下进行的。在那断断续续，前前后后，坎坎坷坷，三十多年的时间里，每一个环节都渗透着夏师的心血。"

不过，面对定陵的发掘，仍然有人以探宝的眼光来审视，甚至将其比喻为"文化盛事"。夏鼐可不这样看，他曾以"文物和考古"为题做了一次讲话："明朝传下来的文物和书籍这么多，如果挖了定陵又要挖长陵，便是挖出东西来，能解决多少历史问题呢？同时这个风气不能开呀！那时候定陵发掘这一消息一传开，南京要挖孝陵（朱元璋之墓），西安要挖乾陵（唐高宗和武则天合葬之墓），还有一些地方都报上来了。定陵挖得，好像其他地方也挖得，后来国务院批示下来了，才制止住这股歪风。"

从文物保护角度而言，他也不赞成发掘。"今天我们主要的是要把它们保护下来。没有发掘必要的，可以让后代再发掘吧！……从前他们（外国考古）也和我们今天有些地方一样，有的就是为了挖宝。……我们是搞考古工作的，不是挖宝的。我们的下一代，工作一定比我们更好。他们看我们今天的工作水平，是会骂我们的。我们不要去做不必要的大挖特挖，将来少挨一些骂，保护下来给我们后代做，他们肯定会比我们做得更好一些。"

定陵发掘后，在文化部和考古所的推动和建议下，国务院发出暂时不要发掘帝王陵墓的指令，长陵的发掘也便就此作罢。夏鼐在这一问题上，尽了自己最大的努力。发掘定陵后，他大病一场，因严重胃溃疡住院两次，又休养两个半月。对定陵而言,因技术水平的局限,社会时局的影响,再加上后来"文革"中造成的破坏,让这次发掘成为一个教训,但其他帝陵保住了。

陈星灿说:"针对定陵的发掘,如果不是夏鼐来参与,或许还会造成更大的破坏。他在自己的职权范围内将损失降到了最低,做出了很大贡献。另外,对帝陵发掘的问题,我们延续了夏鼐的观点。若非遇到破坏的情况,不主动发掘帝王陵。因为人们对有文字记载时代的历史已经有充分的了解,从研究历史的角度,没有必要发掘帝王陵。另外,假如挖出来了,如何保护依然是一个大问题。保护文物需要极大的投入。发掘技术、发掘成本、保护成本、保护技术,都是问题。"

考古学的发展,还需要有专业的期刊,有图书馆,有机构,进行对外交流,更要总结已有考古成果,规划未来发展目标。作为当时中国考古学发展的主要领导者,夏鼐的工作内容涉及考古学发展的方方面面。仅以1959年为例,他的主要工作就包括总结过去考古成果、建立全国第一个碳-14断代实验室,探讨考古学文化定名问题,筹备中国考古学会,探讨长江流域考古问题,审阅他人论著稿件,还有撰写中西方交流史文章、审阅有关埃及学稿件等多方面的重要事宜。陈星灿特别强调说:"对考古所出版的期刊和专刊,夏鼐也花费了大量精力进行筛选、编辑,并提出详细意见。他几乎每篇稿子都要看,都要把关。"

1962年，夏鼐正式担任考古研究所所长，并一直担任此职到1982年，之后任中国社会科学院副院长兼考古研究所名誉所长，以及文化部国家文物委员会主任委员、中国考古学会首任理事长。

夏正楷说："夏鼐在搭建中国考古学发展框架方面，做了几方面的工作，一是定调子，比如什么是考古，什么是考古学文化，要有一个基调；二是定规范，田野发掘、田野调查怎么做，报告怎么写，要明确下来；三是培养人，在多地举办的考古训练班和大学中讲课，留下详尽的讲稿可资参考；四是定规划，本年计划、三年规划、八年规划怎么做，都要经过详细讨论确定下来。"

徐光冀说："夏鼐建立了中国考古学的这套制度、规制和流程。这是他把在国外学习的考古学拿到中国来，结合中国的特点，进行本土化的过程。这是他做出的一个很重要的贡献。"

陈星灿说："夏鼐长期作为考古所的实际负责人，对中国考古学发展方向的把握，对考古学科质量的把握，对考古学基本建构的把握，实际上是发挥了领航人和掌舵者的作用。这些是别人想做也做不了的。他的素养、威望和能力使他拥有了这样的学术地位，而他的学术地位更彰显了他的能力。如果说哪个人塑造了中国考古学，我觉得夏鼐是第一号人物。他塑造了现代中国考古学。"

让考古保持在科学的道路上

1960年代初,政治活动愈加频繁,直至演变为全面影响文艺界、学术界的文化大革命。1966年8月,夏鼐被当作"三反分子"和"反动学术权威",上午要劳动,下午写检查。1970年,夏鼐被下放至河南息县"五七干校",建窑烧砖制土坯、割麦种菜看农田。

几个月后因为妻子生病以及外事活动需要有人主持,夏鼐得以较早地返回考古所工作。1971年,考古所协助阿尔巴尼亚修复"二战"中遭到损坏的古写本羊皮书。对方说不清古写本的原委,夏鼐在与希腊文专家共同研究古本内容时,以广博的知识基础辨认出其为《路加福音》,为修复工作的顺利进行打开了大门。

1972年开始,为配合当地施工,湖南省博物馆在国务院图博口和考古所的指导下进行马王堆汉墓的发掘。在历时两年的三座墓葬发掘中,夏鼐担任了业务指导者的角色,尤其在一号墓女尸的解剖问题上,他做的准备工作亦多。时任湖南医学院病理解剖教研组主任、解剖古尸主刀大夫的彭隆祥曾在纪念文章中说,夏鼐曾专门找他谈话,将一个写满英文古病理学文献的字条给他。彭大夫说:"一张小小的文献目录字条,你查看哪一页,哪里可能有这本书,都写得清清楚楚,倾注了长者对年轻人的关爱,我当年才四十岁,被这位良师益友的人格魅力深深感动,他是有备而来的。"后来成为著名古病理学家的彭医生，将夏鼐认作是自己的启蒙老师。

在科技史领域的研究中，夏鼐也留下了不少经典案例。其一是对江苏宜兴西晋周处墓出土的金属带饰的鉴定问题。发掘报告中说，出土的十七件金属带饰中，有一块碎片百分之八十五的成分是铝，并认为这为研究晋代冶金术提供了新材料。"中国晋代已有金属铝"的消息引起了国内外的广泛关注，不过，夏鼐谙熟世界科技史，知道炼铝是十九世纪才发明的，所以他在1972年撰文详细解析这一问题，并认为"它是有后世混入物的重大嫌疑，决不能作为晋代已有金属铝的物证"。在1978年的补记中，他还列举了世界其他地区考古的类似事件。后来的研究证实，周处墓出土的完整金属带饰，其材质全部为银，而那个从淤土中拣出来的金属碎

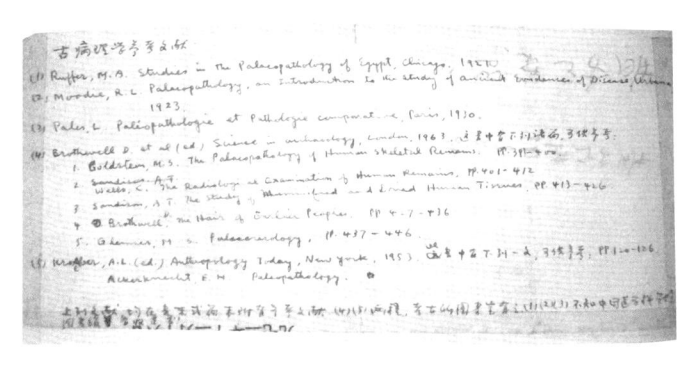

夏鼐为彭隆祥写下的古病理学参考文献字条。图片来源：《旷代英才：考古学家夏鼐》，浙江人民美术出版社，2021年

片,其主要成分为铝,确是晚近混入的金属制品。

另一个案例是1972年在河北藁城出土的商代铁刃铜钺。第二年完成的发掘报告中说,钺的刃口部分是古代熟铁,这将我国冶铁技术历史从春秋战国向前推进到商代。但夏鼐认为,报告中的数据还不足以支撑这一重大结论,而且并不排除这铁是陨铁的可能。随后,夏鼐委托权威冶金专家重新鉴定,鉴定结果验证了夏鼐的猜测,的确为陨铁制成。

夏鼐在领导考古学发展的同时,也进行个人学术领域的多方面研究,有史前史、中国文明起源、汉唐史、中西交通史(涉及萨珊波斯、拜占庭、阿拉伯、威尼斯、中非关系等主题)、科技史(涉及丝绸工艺、星象学、冶金史、数学等主题)等内容,留下来的众多经典案例,印证了他研究的广度、深度,以及对学术研究的态度。

徐光冀说:"夏鼐研究的东西,一般人写不了。比如中外交流史,首先你需要懂外国的东西,但当时的环境非常闭塞,中外交流很少,能写这方面论著的人很少。他既有自己的学术方向,又能指导很多内容,从旧石器时代到历史时期的研究,他都能指导。为什么?因为他学识渊博,知识面特别宽。他把这些知识学通了。再加上夏鼐非常用功,其用功程度可以用'手不释卷'来形容,不论到哪儿都拿本书。"

王世民说:"夏鼐也是中国学者进行古代丝织工艺学研究的第一人。承担马王堆汉墓出土丝织品研究的现代纺织科技人员,便是从认真阅读夏鼐的论文《新疆新发现的古代丝织品——绮、锦和刺绣》（1963年）入门的。"

在处理学术的独立性上，夏鼐也有自己的坚持。就像在面对商代铁刃铜钺问题上，他的观点在当时受到了一定的舆论压力，有人认为夏鼐"打击新生力量"，但是，陨铁终归是陨铁。华裔人类学家、考古学家张光直曾说："翻检过去三十年的考古学书刊，就会发现政治化的倾向始终存在。不过，概因忠实于传统的史学的独立性，在我看来，中国考古学还没有受到政治化极端的影响。资料、对资料的分析和政治术语共存于大多数考古报告和论文中，但是，在很多情况下，两者泾渭分明，互相之间的影响不大也不深。"

陈星灿说："张光直的这段话是对那个时代的中国考古学，以及作为领航者的夏鼐的极高评价和肯定。尽管这一学科的发展在那个时代受到各种干扰，但夏鼐让中国考古学始终保持在一个正确的发展道路上。夏鼐的领导，让中国考古学成为一个可信赖的学科。"

生命最后十年

"文革"后期，考古所的工作比中国科学院（1977年分出中国社会科学院）其他研究所较早恢复正常。二十世纪五十年代以来各地不断发现的考古遗存，以及1958年夏鼐指导引进的碳-14测年技术，不断揭示出各地史前文化的年

夏鼐陪同外宾参观考古所实验室。图片来源:《夏鼐日记·卷一》,华东师范大学出版社,2011年

代,从而引发了学界对中国文明起源的重新探讨。

1977年,夏鼐撰写了《碳-14测定年代和中国史前考古学》一文,较早探讨了中国文明起源的多元问题。在文章中,他对已经发表的经碳-14年代测定的八十九个新石器文化进行梳理、筛选,将它们依地区、时代进行排序分析。他以一贯的严谨态度,在分析之前,先说明碳-14断代法的局限性,又在分析时结合地层学证据和考古学文化特点上的比较,无疑增加了此文的科学性。

夏鼐将有史以前的中国分成七个区域:中原地区、黄河上游甘青地区、黄河下游地区、长江中下游地区、闽粤沿海地区、西南地区和东北地区。尤其在提到中原地区和长江中下游地区时，他说，这两个地区各有一处，"其年代经年轮校正后超过公元前5000年。并且在这两个地区内，可以看出从这个突出处开始，连续下去有一系列的碳-14年代，一直延续到历史时期……这也使我们重新考虑我国新石器文化的起源是否一元的这个考古学上重要问题"。夏鼐还说，早在1962年，他就曾撰文指出，长江流域和东南沿海这两个地区，与黄河流域的新石器文化是不同的文化类型。这就是说，它们有不同的来源和发展过程，但不排除其相互之间的影响，"而这十几年的考古新发现和碳-14测定年代的结果，似乎是支持我的这种看法"。

夏鼐对中国新石器文化谱系的研究，就像重新梳理中国史前时期的家谱一般，展示出一个多元的发展脉络。不过，他并没有对这一研究冠以一个大家耳熟能详的名字。

陈星灿说："我认为，这篇考古学文化谱系的研究文章是夏鼐的一篇代表作，但很多人忽视了。文章撰写的年代很早，论述也非常严谨，只是他没有用一个概念去概括它。文化谱系研究是在考古学资料丰富的情况下做出来的，是几代人共同努力的结果。同时代或者稍后还有很多人提出类似观点，比如苏秉琦、石兴邦、张光直和严文明等人，只是每个人的划分标准不一样，但各有各的道理。因此，我们不能神化这一理论研究，更不能神化一个人。"

徐光冀说："夏鼐比较早地认识到长江流域和黄河流域不一样，后来写的这篇文章也是他的重要作品。他用碳-14

测年法对史前考古文化进行分析，也考虑到这一方法的局限性，还参考地层学。这是很科学的分析。但后来他没有对这一问题做进一步的展开。我认为可能是因为他的行政工作特别多的缘故。"

1978年，夏鼐还忙于另一件关乎考古学发展方向的大事——制定考古研究工作八年规划。夏鼐多次主持召开会议，组织考古所内的业务骨干商讨和起草"1978-1985年考古研究工作远景规划草案"。"规划草案"经夏鼐审阅修改后，又经集体讨论通过、征求各方意见、反复修改等环节，最终在第二年达成"1978-1985年考古研究工作八年规划纲要（讨论稿）"。该"规划纲要（讨论稿）"不仅指出当时工作中的主要问题、未来工作的目标和设想，还重点提出"今后若干年内需要集中力量从考古学上探讨的课题：中国远古文化的渊源、中华民族共同体形成的过程、国内主要少数民族的早期历史"等。

四十多年过去了，这一规划仍在发挥它的影响力。夏正楷说："我觉得夏鼐在中国考古学规划上花了很大工夫，今天考古学研究的大方向基本上还是遵照原来的内容。"

与国内工作同时进行的，还有不断增加的对外学术交流。中国近三十年的出土文物多次出国展览，这个东方古老文明的遗存成了对外交流、展示国家形象的靓丽名片。王世民说："为出国文物展览，夏鼐也投入了莫大心力。从挑选展品，到审阅展品的中文、英文和法文说明，再到与英、法等国代表谈判协议,他都亲力亲为。为了和外方代表商讨展品的选择问题,他曾工作到凌晨两三点钟。"

这阶段,夏鼐出国交流的机会增多了。他见到了老友高去寻,见到了李济先生培养的高足张光直。但夏鼐并没有打算与国外进行考古合作,也阻止了其他人试图这样做。他认为时机还不成熟,尤其是相关法规的欠缺。

改革开放之初,我国还没有文物保护方面的正式法律,仅有1961年的《文物保护管理暂行条例》。但因为一些条文内容泛泛,无法有效遏制盗墓和走私,加上改革开放后,"文物保护事业又开始遭遇文物市场规模扩大,建设工程与不可移动文物保护之间矛盾愈发突出等前所未有的新困境。此外,随着国际上各项遗产保护文件颁布,我国文物保护工作者也开始反思保护的要义"。在国家文物局谢辰生等人的推动下,《文物保护法》的颁布提上日程,并广泛征求各部门意见。

夏鼐领导的考古所和田野工作人员有个优良传统,就是私人绝不买卖和收藏古物。这一传统是从李济领导的殷墟发掘开始的。在国家相关法规制定上,夏鼐也希望以保护文物为第一要义,他为此多次拜访相关领导。在1982年10月6日的日记中,夏鼐记载,他偕徐光冀拜访全国人大法治委员会副主任张友渔,商谈《文物保护法》事宜,并仍然主张"文物市场和文物商店不要放进去"。

徐光冀当年一直跟随夏鼐参与《文物保护法》草案的

修改,他说:"夏鼐非常关心这部法律的制定,提了很多意见。他提意见,我就把内容落在笔头上。我们曾经修改了十六稿,直到这部法律通过。实际上,这一过程中充满了利益的拉锯和斗争。最终,在出土文物不能买卖的问题上,夏鼐起到了很大作用。如果发掘的文物能拍卖,就会促进盗墓。夏鼐反对这个。"

王世民认为,在夏鼐的努力下,这部法律最终删去了文物商店的内容,同时也对考古发掘的审批,以及对外合作考古方面做出了规定。

这年夏鼐已经七十二岁,仍然能够兼顾行政工作和个人研究,并多次到外地视察以及出国访问。他生命中所做的最后一件大事,是主导中国第一部考古学百科全书——《中国大百科全书·考古卷》的编辑出版工作。全书二百万字,由一百二十余人参与编写。徐光冀说:"编写这本书,夏先生费了很大心血。这本书是个大工程,它把考古学规范化了。具体条目的选择,编写的体例都有特殊要求。这本书出来后,影响很大,它囊括了考古学的所有重要信息。当时如果要考这个学科的博士,这本书是必读的参考书。但遗憾的是,他没能看到这本书出版。"

1985年6月17日,正当此书基本定稿,夏鼐在家审阅该书所需《世界考古学大事年表》译稿时,身体一侧失灵,再也捡不起手中掉落的书。6月19日,夏鼐因脑出血在北京逝世,享年七十六岁。

孤灯下的身影

夏鼐一生以书为伴,他嗜书的程度,很多人知道,很多人流传。

夏正楷说:"父亲在家时,就是看书。即便有亲戚来,他也只是寒暄几句,就又回屋里看书去了。"夏正楷对父亲的记忆,常与书有关。他回忆,"有一次母亲回老家,只有我和父亲在家。中午该吃饭了,父亲说出去吃,就带着我去饭馆吃饭。我们点了一个炒饼,然后等餐,这时候他就拿出一本书在那儿看,也不怎么和我聊天。连饭馆老板都知道他"。夏正楷接着回忆父亲的书桌,"他用的毛笔,毛都快掉光了,也不换。那个砚台就是一个学生用的小砚台。砚台边上,有一个掉了把儿的水杯。有报道说是他的饮用水杯。其实那是他磨墨时用来放水的杯子。他根本没有水杯,他不喝水,更不喝茶,他屋子里没有茶叶。这个我最知道了"。1942年出生的夏正楷,在提起父亲往事,尤其说到那个别人不了解的"掉把儿杯子"时,就像一个掌握着大秘密的孩子。

陈星灿说:"我知道夏鼐读书是争分夺秒的,而且一生如此。包括他回家那一段路,几分钟的时间,他都要看书。他是走到哪儿,读到哪儿。他一天能读几百页的书。很少有人能做到这一点。"

汤惠生没见过夏鼐,但他听说过夏鼐的故事:"我听人家说,在安阳殷墟发掘时,晚上无事,大家就在一盏油灯

夏鼐生前的家中办公桌原貌。图片来源：《夏鼐先生纪念文集——纪念夏鼐先生诞辰一百周年》，科学出版社，2009年

提供的昏暗灯光下，休闲啊，聊天啊。但是，只有夏鼐，站在灯下，举着书，就着那点光线读书。"汤惠生又重复了一遍。"你可以想象，别人都在那儿休闲的时候，只有他就着昏暗的灯光独自一人读书的样子。"他略停了一下，"那就是夏鼐！"

夏鼐知识渊博，又严谨认真，这让他似乎有一种不易接近的高冷气场。

王世民说："先生给人感觉很严肃，但一旦接触，他其实是很平易近人的。他有时候给人一种距离感，可能也跟他的口音有关。他一辈子改不了乡音，一直觉得很尴尬。"

徐光冀说："夏鼐为人低调，实际上他是平易近人的。我和他接触多，他平常也会闲聊天。他也没有任何架子，穿得也普通。谁请教他问题，他都记住。他查了书之后，会告诉你。很多人不敢接近他，实际上是有点怕他。因为夏鼐要求严格，做事标准很高，所以很多人会觉得，跟他说话要小心一点，怕说错了。当然，这也说明他威信高。"

夏鼐给人的严肃感，也可能体现在对个人利益的态度上，他衡量一切皆是以有利于考古事业为标准。夏正楷就曾因这类事而抱怨父亲，二十世纪八十年代，夏正楷和妻子两地分居，为解决这个问题，他曾向父亲开口，"不过父亲觉得，有组织给你解决嘛！如果排队的话，你最年轻，应该排在后面"。当时夏正楷也年轻，有时候就给父亲甩个脸子。尽管负责这些事情的人都是夏鼐的熟人，但他没给办。夏正楷说："父亲不会这些，他也从没想到用自己的地位和关系去解决自己的事。"

徐光冀回忆说："在编辑百科全书时，我和徐苹芳是编委会秘书。整个审稿、编稿、改稿的工作，我们俩花费心血最多，差不多用了两三年的时间，但因为是秘书，所以并没有署名。这期间，张光直曾经邀请我和徐苹芳去哈佛大学交流学习，每个人半年，他给夏鼐写了信。但夏鼐阅信后直接回复张光直说，他们太忙，正在做大百科全书的事。他便直接替我们婉拒了。后来这个名额就让给了别人。"虽然讲述时语气平和，但徐光冀多少也流露出那个年代失去出国机

1963年拍摄的全家福。中间为夏鼐夫妇，最左侧的青年是夏正楷，其他家人包括长子夏正暄（后排右）、长媳（三排右）、女儿夏素琴（三排中）、女婿印若渊（后排左）、三子夏正炎（二排右）及孙女和外孙。图片来源：《夏鼐日记·卷一》，华东师范大学出版社，2011年

会的失落，"我们知道夏鼐这个人，全以是否有利于工作为准。所以后来我们知道此事后，从来没和他提起过。就当不知道"。

人除了有事业，也有家庭，也追求更好的生活，其中涉及的个人切身利益也很多：职称评得快与慢，办公室的大与小，住房的有或无，都是很多人关心的问题。作为领导，夏鼐如何解决，如何平衡，其在学术界的地位是否能让他在行政领域享有特权，也似乎成了见仁见智的问题。

但夏鼐，似乎并不在意这些，他早已选择了过一种"老

朽"的生活。

早在英国留学时，看到外国青年滑雪游玩，他在日记中记载："他们真会享乐。回想国内青年，现在正是在那儿挣扎着从事救国运动，还受当局的禁制，真替自国青年抱无限的同情，自己尚未走出青年的界外，但不知怎样，总自觉已经老朽了。我自己没有充分享受青春的快乐，但是我并不懊悔，我只希望下一代的青年，能够比我这代享福，那便是中国的幸福了。"

吾道不孤

历史造就了夏鼐，夏鼐也塑造了历史。高去寻曾劝夏鼐体会"天将降大任于斯人也"的使命，果然，夏鼐用一生的心无旁骛，将这种使命感发挥到极致，他也因此获得了更多的尊敬、爱戴和怀念。

徐光冀说："我认为夏先生是学识渊博、学贯中西、学风严谨的学者。他是中国考古学的领导者、奠基人，对整个中国考古学影响很大。这是历史赋予他的地位。"

王世民见证了夏鼐后半生付出的超乎常人的辛劳和做出的卓越贡献，更有感于夏鼐和自己深厚的师生之情。1995年退休后，他便专注于研究夏鼐的治学之路，主编了两部夏鼐的著作，一个是十卷本的《夏鼐日记》（2011年），编辑、校对了四百余万字；另一部是五卷本的《夏鼐文集》（2017年），共二百多万字。他还负责两部纪念文集的出版，《夏鼐先生纪念文集——纪念夏鼐先生诞辰一百周年》（2009年）和《考古泰斗夏鼐》（2021年），其中集结了七十余人近八十万字的纪念文章。细读这些纪念文字，情真意切之处，令读者动容。

王世民自己撰写了《夏鼐传稿》（2020年）一书，全书三十余万字，详尽记载了夏鼐的生平事迹。目前，他还在同事协助下重新校订《夏鼐日记》，准备再版的相关事宜。近三十年的时光，为夏鼐身后之事付出如此之多，王世民只解释了一句话："他是我最崇敬，也最热爱的老师。"

他觉得，胡乔木曾经对夏鼐的评价，很好地概括了夏鼐的贡献："夏鼐同志的毕生心血，部分地凝聚在他的许多第一流的考古学论著中，更多地凝聚在新中国考古事业巨大发展的实绩中。他是当代中国考古学人才的主要培育者、考古工作的主要指导者和考古学严谨学风的主要缔造者。"

汤惠生曾写过几篇分析夏鼐学术特点的文章，他说，写这些文章的出发点来自自己的好奇和疑问，因为他上学时，总听一位老师把"夏鼐"二字挂在嘴边，所以对其治学方法产生浓厚兴趣。他认为，夏鼐治学有三大特点，即多学科、跨文化和重文献。我们应该学习夏鼐这种博览群书的治学态度和多路线的研究方法。

夏鼐在国际学术界亦享有盛誉，除在中国科学院哲学

1985年4月,夏鼐在华盛顿接受美国国家科学院颁发的外籍院士证书时,在院士题名簿上签字。图片来源:《夏鼐日记·卷一》,华东师范大学出版社,2011年

社会科学部担任学部委员之外,他先后获得英国、德国、瑞典、美国、意大利等国的院士称号。

夏鼐去世第二年,张光直在《美国人类学家》杂志发表英文纪念文章。他在文中这样总结夏鼐的一生:夏鼐在西北的科学考察中对齐家文化的墓葬研究,使他成为第一个通过地层证据推翻安特生相关假说的考古学家。可以说,夏鼐将中国新石器考古引入了正确而快速发展的轨道。西北的经历加上其求学阶段经济学、埃及学的背景,奠定了夏鼐在丝绸之路考古和东西方交流领域的浓厚兴趣。夏鼐在1961年出版的《考古学论文集》印证了他在中国、罗马、波斯的对比研究中所具备的精深造诣。夏鼐1981年在美国所做的"中国汉代的玉和丝绸"演讲以及1984年于日本东京所做的"中国文

1975年5月中旬，张光直（左四）作为美国古人类学代表团成员与美国学者访问考古研究所，并第一次会见夏鼐（左五）。图片来源：《夏鼐日记·卷一》，华东师范大学出版社，2011年

化起源"演讲，都是他扎实、原创的综合性研究成果。夏鼐也因为学术研究上的贡献而成为所获国际学术机构荣誉最多的中国人之一。

张光直说：夏鼐对中国和世界考古学的贡献远超自己研究的领域。在老一辈的考古学家中，夏鼐在考古所掌舵者的地位，使其发挥了最重要的作用。随着个人声望的累积，他在中国考古学政策、规划、发展重点和标准的制定上发挥了最重要的影响力。中国考古学在1949年以来的巨大发展是众所周知的，这些成绩来自很多人的努力。但是，夏鼐理所应当地拥有最大的功劳而无出其右者。他是中国考古学成就的象征。

夏鼐曾在 1985 年 5 月 9 日（去世前四十天）给张光直的通信中，称对方为"光直兄"，这与最开始称其为"先生"又拒人于千里之外的冰冷语气截然不同。夏鼐在信中戏言："您所写的我的履历，有的年份搞错了。我估计将来我的 Obituary Notice（讣告）可能还会是您写的，所以将履历中错误处列一勘误表，另纸写出，以供参考。一笑。"张光直这篇极具概括力的纪念文章，成了对这"一笑"的真诚回应。

陈星灿说："夏鼐塑造了现代中国考古学。这个'塑造'，不是一句空话，是通过个人的一系列研究、文章和做的事来实现的。"

在夏鼐所搭建的中国考古学发展框架基础上，中国考古学的今天更加丰满强健：田野工作和科研条件都有了极大改善；人才储备增加，全国有五十多所大学开设考古学专业；中外交流更加频繁，留学归来人员大幅增加；多学科合作、实验室条件和教学条件都有整体改善；地方考古所的整体实力大大提升，各地发展更加均衡。

如今的田野考古中，工作者们恐怕没有机会再体会夏鼐在西北时土豆蘸盐巴充饥的窘境。这正应了夏先生早年的愿望：这一代的青年享福了。

不过，当下的考古学也有要面对的挑战。改革开放之初，就有人曾建议夏鼐，你们考古学会也应该办些古物发展公司，搞搞经济效益，大家分奖金，公家也可节省学会经费津贴。夏鼐回复说:"我们考古工作者,尤其是田野考古工作者,是不许搞古物买卖的。我们学会(中国考古学会)的组织是为提高本学科的科学水平,决不能是为了赚钱的。"然而,社会上并非所有人都能如夏鼐坚守的那样,不以古物来牟利,盗墓盗卖文物现象依然存在,而相关法律条文是否能够跟上时代步伐以规范文物保护和管理,更成为超越学术范畴的法律和社会问题。社会上,对盗墓小说的好奇、对鉴宝节目的热衷、对考古与挖宝的混淆,成了考古学家心中的痛点。

时间不会停留,但历史星河里的璀璨光芒,依然能照亮后人的路,给人以启迪。回顾夏鼐的故事,纪念他,也便有了意义。

夏正楷说:"父亲留给我的是两句话:做事先做人。做事要专心。"

王世民说:"先生学识渊博、治学谨严、博通古今、视野广阔,堪称后世学者之典范。"

徐光冀说:"夏先生做学问很严谨,不轻易下结论,他说自己是'保守的考古学家',我觉得这是他的优点。现在学风浮躁,急功好利,不能下结论的,也要下结论。这一点上,应该要以夏鼐为师。"

汤惠生说:"纪念夏鼐,就是在发扬一种老吏断狱般严谨的考信和实证精神、一份实事求是的科学态度、一副通天彻地百科全书般的学术眼界,还有一段高贵得让人振奋,脆弱得让人忧伤的书生意气。"他想了一晚上，给出了这段话，作为他思考夏鼐的终极意义。

陈星灿说："夏鼐是一个伟大的考古学家。在一个时代，一个广阔的领域，塑造一个学科，奠定其基础，指引其方向。他在其中画下了最浓重的一笔。这不是伟大，又是什么呢？！"过了许久，他又说："我经常想，如果夏先生健在，我会不会敢去找他聊聊天。他是我们无法达到的高峰，可望而不可即。"

※诚挚感谢中国社会科学院考古研究所研究员王世民先生支持本文写作所赠予的书籍、资料和给予的细致严谨的修改意见；中国社会科学院考古研究所研究员、原副所长徐光冀先生，北京大学环境考古学教授夏正楷先生以八十多岁高龄仍精神饱满地支持本文写作，并给予严谨的修改意见；中国社会科学院考古研究所所长陈星灿先生给予本文一如既往的大力支持和提出的细致严谨的修改意见；河北师范大学历史文化学院教授汤惠生先生分享的动人细节和提出的宝贵意见；南京大学历史学院张良仁教授在本文写作前后给予的大力支持以及为本文提出的宝贵建议。

参考文献

夏鼐，《夏鼐日记》，华东师范大学出版社，2011 年
夏鼐，《夏鼐文集》，社会科学文献出版社，2017 年
夏鼐著，颜海英、田天、刘子信译，《埃及古珠考》，社会科学文献出版社，2020 年
夏鼐，《齐家期墓葬的新发现及其年代的改订》，《考古学论文集·上》，河北教育出版社，2001 年
夏鼐，《敦煌考古漫记》，百花文艺出版社，2002 年
夏鼐，《关于考古学上文化的定名问题》，《考古》1959 年第 4 期
夏鼐，《晋周处墓出土的金属带饰的重新鉴定》，《考古学论文集·下》，河北教育出版社，2001 年
夏鼐，《碳-14 测定年代和中国史前考古学》，《考古》1977 年第 4 期
夏鼐，《考古工作者需要有献身精神》，《考古》1985 年第 6 期
王世民，《夏鼐传稿》，社会科学文献出版社，2020 年
王世民编著，《考古泰斗夏鼐》，文汇出版社，2021 年
王仲殊，《夏鼐先生传略》，《考古学报》1985 年第 4 期
颜海英，《中国"埃及学之父"夏鼐》，《历史研究》2009 年第 6 期
闫丽，《夏鼐与西北科学考察团——兼论西北科学考古之肇始》，《敦煌研究》2023 年第 1 期
倪延年，《〈新青年〉杂志三次转变与共产党新闻事业起源标志》，《现代传播》2021 年第 8 期
汪洁，《梅贻琦大学教育思想及其在西南联大的实践研究》，云南师范大学硕士研究生论文，2016 年
茆诗珍、徐飞，《庚款留美发端考——梁诚首倡庚款留美计划的历史考察》，《中国科技史杂志》2005 年第 1 期

李零,《夏鼐师承记》,《丝绸之路考古》(第六辑),科学出版社,2023 年

张晓芳,《"大跃进"时期"左"倾指导思想的历史演变》,《理论学刊》2014 年第 9 期

中国社会科学院考古研究所、定陵博物馆、北京市文物工作队,《定陵》,《中国田野考古报告集·考古学专刊》丁种第三十六号,文物出版社,1990 年

中国社会科学院考古研究所编,《夏鼐先生纪念文集——纪念夏鼐先生诞辰一百周年》,科学出版社,2009 年

河北省博物馆、文物管理处,《河北藁城台西村的商代遗址》,《考古》1973 年第 5 期

张光直著,陈星灿译,《考古学和中国历史学》,《考古与文物》1995 年第 3 期

荣幸、王旭,《〈中华人民共和国文物保护法〉完善历程溯往》,《城市住宅》2021 年第 12 期

Chang, K. C. "Xia Nai(1910-1985)." American Anthropologist 88, no. 2 (1986)

李卉、陈星灿编,《传薪有斯人:李济、凌纯声、高去寻、夏鼐与张光直通信集》,生活·读书·新知三联书店,2005 年

狱中人

赵斐

通过河南省考成为一名监狱警察,不完全是偶然,我想进入高墙完成我的观察。

杀人犯阿旺

我于2015年4月进入监狱干警队伍,在此之前,和你一样,我和监狱没有任何交集。我脑海中仅有的一点监狱画面,后来证明全是错的。

一直到6月份,我正式进入监区一线执勤。首次看到浩浩荡荡的罪犯队伍,必须承认,我心里是有点发怵的。关于管理一个犯人,我的脑海中一片空白,月余培训教的东西,没有一招一式是能现用上的。每天上班,遇到各色犯人,凡是说上话的、有接触的,都是玩心跳的应激反应。就在这个时候,我"遇上"了阿旺,一个九零后杀人犯。

南京信息工程大学法政学院宋立军教授在《通过监狱发现并理解社会》一文中写下了这样一段话:

在警察与服刑人员之间没有完全的对立，更不可能存在真正意义上的"划清警囚界限"。他们都有各自的烦恼，他们之间也需要彼此的理解和包容。许多服刑人员会真心实意地帮助警察处理难题，而警察也会将心比心地体贴服刑人员。原本在制度上设计为对立的群体，并非"井水不犯河水""水火不容"，而是你中有我，我中有你。这种表述可能会受到一些人的质疑或者批评甚至强烈批判，但是它却实实在在地存在于监狱中。

宋教授的话，我深以为然，正因如此，我才斗胆用了"遇上"这个词。2015年的阿旺已经失去自由好几年，看守所生死摆荡的两年终于过去，监狱的环境早已适应，他正努力表现争取早日改判，像别的犯人一样，可以倒数日子了。

在没摸准我的脾气之前，他很有耐心向我讲述监狱的规矩，以及每个犯人的情况。其实他的耐心不佳。有时候，有无理取闹的家伙找我，他还会替我挡一挡，因为他们总是趁我们新来乍到什么也不懂，意欲从中捞点方便和好处。阿旺这个时候耐心向我讲述各个来龙去脉，后来证明他说的都是真的。熟悉了以后，他总是带着酸气叫我"文化人"，其中也有自己没好好上学的深深遗憾。我就尝试建议他看点书，他很乐意接受我的建议。当时我还不知道看书是犯人娱乐项目的重头。因为那时我还总被灌输"不要相信犯人说的话"

这种陈旧观点，既然对我说了真话，我就因此以为阿旺有求于我又不好开口，就主动推荐好书以作为回馈。

后来我总是在想，假如最初遇见的不是阿旺，我还会不会如此主动而较早地思考自己和犯人的关系？总之，他的出现，极大程度上影响了我成为一名什么样的警察。

监控看多了，你会发现一个低个儿的肌肉男，那就是阿旺——他在监狱给自己起的名字，寓意福旺财旺命运旺。监控里的他要么在做俯卧撑，要么拿一个矿泉水瓶做卷腹。矿泉水瓶里装大半瓶水，瓶外面也沾上水以减少摩擦，就是一个简易的腹肌轮。他苦于胸肌不够大，但在监控里看，彻夜通明的白炽灯打过去，也有明显的线条。不过，只有我知道，他锻炼是为了一个健康的身体，等四十岁出去的时候，好有资本施展拳脚。他如今三十出头，不过你可以把他当成十八岁。

犯群里总会掀起健身风，等风头过去，坚持下来的没几个。阿旺是其中之一，他已经属于有瘾的那种。收工到监舍，第一件事就是锻炼，打好饭先放着，这已经形成规律。有一段时间，他直接戒掉了晚饭，像折磨自己一样晚上绝食。锻炼到尽兴，直接洗澡睡觉，躺在床上听肚子叫，像修行。

吃饭，对犯人来说，几乎可以说是最重要的大事了。不少犯人都佩服阿旺的狠劲儿。

一些中老年犯人坚持走路，就在监舍间的走廊，或者在干活的车间。放风的间歇,他们三两结伴,拿出了散步的派头。监狱当然没有供一个服刑人员散步的好路。多数不动弹的人认为,收了工又去出力锻炼,真是不嫌累。阿旺则尝到了默默锻炼反而解乏的滋味。监狱的太阳照着监狱的地球,监狱的地球一刻不停转,从二十岁到三十岁,他变得不爱说话了,有时候,张嘴说话反而是累的。

在我看来,很多犯人都须锻炼减肥。事实上,心境好的话,监狱的饭菜还是很养人的,浴室的监控看过去,清一色的肥膘。档案里有他们被捕初期的照片,有的那时更胖,判若两人,又不忍心叫他们减肥了。尤其会见的时候,家属嘴边的一句话就是:呀,你又瘦了。像阿旺,用他自己的话说,稍不注意就会发胖。他锻炼,当然也为美。等出狱那一日,他肯定不能接受自己变成一个肥腻腻的中年大叔。他的心理年龄似乎仍停留在抓捕前,等得到自由那一天,开封的太阳照着十八岁的小伙子。能看出来,他臭美,同样是囚服,他穿得就很立整。他说他在外面穿衣品味很好,留着锡纸烫黄发,很受女孩子欢迎。但现在他脱发了,能照出肌肉线条的白炽灯也照出了他凄惨的发量。

几年前,他的一个九零后拔丝(犯人之间关系好的叫拔丝,同时也是打招呼时的称谓)发愁掉头发,他还口出狂话,要是自己秃顶,就去撞墙。没承想,几年过去,老天果然赐给他撞墙的机会。我们当然不能让他撞墙,还得负责呢。他自己也不会去撞,在监狱这些年,他明白了很多事

（我并没有开玩笑，撞墙并不稀罕。在监狱，随时可能有人崩溃）。刚过十八岁他就失去自由，等于自己人生中关键的成长期全在监狱完成。

这样的犯人不在少数，不到二十岁进来，或者二十出头，反正都是一样的浑不吝，少说五年不用想着出去，然后在监狱"高手如云"的环境里成长。有的会变得更混球，有的聪明，像阿旺，默默看明白了人事。一些坏蛋，终于知道天外有天，更坏的坏蛋就在身边，一个眼神就能叫他老实好几天。管教的小坏蛋多了你会发现，他们仅仅就在家门口方圆几里地耀武扬威，错以为那就是全世界，这种情况下，监狱的确是不错的人生熔炉。不过，这需要他们自己把握，执迷不悟的同样不在少数。监狱警察顶多指个方向，我们干不了人生导师。谁说能干，那是骗人的。来日方长，我们宁愿"耳鬓厮磨"地熏陶。

我们管教犯人——现在社会进步迅猛，粗暴的惩罚早已唱衰——谈话谈心的教育手段用得越来越多。老干警耐心不佳，经常说的一句话是：他们的爹妈都管不好，我们能管好？情理听着是不错，裉节儿在哪儿呢？

首先，翻翻档案，你会发现家庭教养缺失的问题相当普遍。档案里不显示的，谈话也能聊出来。再者，一个人的成长，家庭的守护固然是重中之重，社会的毒打更叫人进步飞快，而监狱，也大可以归到"社会的毒打"里。谈话谈心的手段经常面临失效的尴尬境地，年轻的干警没有经验，缺乏技巧,只能硬着头皮谈心。他们真的亟须锻炼,需要自己去悟,虽说这很难。

但对阿旺这样的犯人,谈心容易起作用。近十年,他发生了明显的变化,除身体变得更强壮,他也学会了在很多时候闭上嘴。长久的羁囚改变性情之外,他看上了书。如今书目管控严格,网络小说、色情暴力小说等不可能摸得着,他们只有拿起"好书",生生把高尚的情操陶冶出来。有的人真的就看进去了,找到了乐趣,阿旺就是一个。结合我的建议,他看国内外经典小说,每每沉醉其中。

以前在看守所他也看书,看三流类型故事,言情、武侠、玄幻等等。等看到真正的文学经典,他有些唏嘘:老子那时候被骗了。有时候我们会讨论一些情节、人物,甚至手法。我总是听,总是附和他的见解,不敢多加评判。他很敏感,我说多了他会觉得我在炫耀。他会暗地里因此而自卑。有一次我们说起《红楼梦》,他顿时骂骂咧咧的:是个人都说《红楼梦》好,哪儿好他知道吗!就知道装文化人。好看,我也不看!我不吭声。事后想想,向犯人推荐《红楼梦》的确是个很麻烦的事。

对阿旺来说,读书导致两个有意思的结果。一是他变得更加高傲,张嘴闭嘴看不上一些犯人,认为他们是渣滓。犯人之间的确有鄙视链,这很正常,放眼大自然,食物链本身就是鄙视链。二是在谈心谈话时,稍微觉得干警敷衍,他也应付,知识分子式的应付。事实上,他可以归为不让干警操心的那类犯人，没什么特殊的事不会专门找来谈话。例行谈话时，则免不了应付。有太多犯人需要谈心，我们自己的心谈成了舍利。不过，假如别人认真对待，阿旺自然也会有真诚的回应。

有一年监狱举办亲情会餐活动，我见到了阿旺的妈妈，一个得体的矮个女人，谈吐也不差。果然，后来我问阿旺，他初中没毕业，他妈妈还是高中生呢。经过重重关卡，母子相见了，能触摸到对方的那种相见，他们嗅着对方身上的味道，宛如做梦。阿旺深深地闭上眼睛，女人涕泪悲泣。监狱让伙房做了四菜一汤，主食是米饭，可是女人一口吃不动。阿旺拿起勺子喂，她才吃进几口，眼中泛红。阿旺的表现让我意外，他很开怀，也很放松。我以为他会伤感。活动最后，母子合影，阿旺留下灿烂的笑脸。

阿旺1990年生于古城开封，具体说是开封县（现为开封市祥符区）。那是他疯狂撒欢儿的地方。相信吗，到了开封市里他就施展不开拳脚。他说，命运曾向他抛出过橄榄枝（虽说还年轻，他已仔仔细细回忆人生，并总结它、悔悟它），那时因为调皮，他从小被妈妈打坏了，迫切需要别人的表扬。小学的绿草地上，他像小马驹一样自由无碍地奔跑，他喜欢踢足球，老师夸得他风光无限，他自认足球就是他光明的未来。接着升初中，命运轻轻地考验了一下他，老师强烈建议他去注重足球教育的那所中学。因为太远，父母没让他去,他在家门口上了另一所中学,连一片草地都没有。他迅速委顿,初二离校,进入社会。

我遇到很多这样的例子。他们好像找到了光,却不能承受一点挫败,任由光消失在命运的迷雾里。即使那是命运开的玩笑,他们也该做出努力证实那是玩笑。像阿旺,进入社会后,很快尝到自由的甜头,转瞬忘记了绿草地和足球,加上脑袋瓜聪明,他轻松挣到了钱,更是不着家门,无法无天。社会的"绿草地"可比学校的广阔多了。他或许在某次打架跑路的时候,蓦地想起过绿草地上的奔跑。

知子莫若母,妈妈知道他野,每次打骂必让他跪地上。阿旺痛恨自己个子低,归结为妈妈罚跪的缘故。可惜,他已跑出绿草地,规范不住了。

不用假以时日,小混混的气质在他身上就很容易分辨,加上他烙上了永不可抹去的印记:文身。随意挑十个犯人,一大半有文身。这应该能说明一些问题。不是有偏见,文身的确在普通老百姓眼里是个坏标签。阿旺也知道这一点,文身当天他就回家准备摊牌这件事。他在背上文了一条龙,整个背都是,监控里也能看得清清楚楚。他知道妈妈不会让他文身的,他先试探,接着一步步引入正题。当妈妈掀开衣服看见发炎的背——那是一条满是血丝的龙,阿旺一撒娇,女人的母性首先爆发。在收拾叛逆儿子之前,先给他擦起了药。她甚至擦着擦着,禁不住说了一句:还怪好看呢。如此一发不可收拾,大臂上放了一条朝天狼,虎口趴一只蝎子,中指还刺了一个字：姝，不用说，那是一个女孩的名字。当自己的儿子能挣钱还往家拿钱的时候，一个妈妈很容易发昏，她会忘记作为母亲的责任。

不归家的日子，阿旺总是住在澡堂，那时候毛也扎齐了。他人小老成，场面上的人都拿他当个人看。或许是受困于早期妈妈管教失败的阴影，他顶不喜欢大人的拿腔作势。他首先把自己武装成一个大人，发着脾气，指指点点，说得头头是道。其实他在内心深处又顶渴望来自大人的认可和表扬——既然大人不表扬我，我自己扮大人。这份辛苦弥补的心态，有时非但不能使他快乐，还会加重痛苦。澡堂都是享乐的大人和小大人，大家吃吃喝喝，打牌睡觉，天然是一个滋养糟糕性情的地方。阿旺在这种地方照着自己理解的方式任性生长。低档的澡堂不去，高档的去了自己怯，中档的最合适。经年陈旧的中档澡堂，池子发黄，大厅的床翘皮，电视遥控器满是污垢，还有角落永远有打扫不到的瓜子皮。环境相当低劣，但只要有烟和酒，一切都很梦幻。

阿旺算是个清醒的人。他自己说，他遗传了妈妈的聪明。这从他在监狱主动对过去总结也能看出。他没有彻底离开澡堂，也不可能离开，而是在鱼龙混杂中认识了各色老板，开始给老板打工。他是那种小老板能一眼看上的机灵人。开封的农村有成片的沙地，他跟随老板倒卖沙土。黄河的沙，种西瓜种花生之外，也被资本裹挟着盖起了高楼。跟着老板，他开始思考钱从哪儿来，又到哪儿去。你总能见到很多聪明人，他们偏偏没有把聪明劲好好用在学习上，在社会的缝隙里钻营倒是悟性很高。

你若想在开封混，那么开封就有一个圈子，而且圈子很小。试想一下，假如没有后来的牢狱之灾，阿旺终于不愿再在小老板手下窝着，准备开个澡堂，那么澡堂圈就会向他围堵过来。请教经验事小，交学费才是正事。经验和学费，阿旺应该都能打理应付，关键是他的聪明机灵撑不起一个当老板的心胸。就算等他四十出狱，有人找他来合作开澡堂，他可能还得掂量掂量。在监狱，他多少掂量出了自己的斤两。即使当年继续踢足球，到头来也依然是个混混，还是要来到监狱。

在监狱，到处都是心比天高惯会吹牛皮的犯人。他们在私下里是另一副样子，面对我们干警的时候则很会装乖巧，必要的时候流泪卖惨都是即兴绝活。管教犯人，我们需要练就的本领很多、很细。一棒子打死的粗暴方式，连我都没有赶上，更别说这些年年来下队的新干警。一个倒逼的原因就是，我们迎来了不少像阿旺这样越来越像话的犯人。当他们像个乖巧的小学生向你请教问题的时候，你总不至于吼一嗓子了事。当一个犯人扮乖巧时，那乖巧劲儿显得十分醒目。随着时代发展，监狱警察的队伍很快就都是有素质的大学生了。可喜可贺，也令人担忧，有时候，我都能从阿旺这样的犯人脸上读出他们的思想活动：身上那一身还有折印的新警服，合不合身呀！

不过，我猜测阿旺势必懊悔自己连初中都没毕业。年纪比他还小的年轻干警，一拨又一拨，对他是一个刺激。"自由，自由！放我归山，放我归山！我浑身的力气要使到哪里去？"学历倒不是什么了不得的问题，本想在社会上满分毕业同时顺利就业，不比一个小小的狱卒强？命运却安排个要命的程咬金杀出来。那天，他和朋友们相约中档澡堂。再往上，高档的，他们升不上去了，而且可能一辈子都升不上去。这是无数次吃喝玩乐中的一次，外面是平原大地寡淡的寒冬。河南的农村没有暖气，寒冷无处躲藏，因此也是阿旺无数个不回家的夜晚中的一个。澡洗罢搓罢，一个个光着膀子聚在一起开始吃喝。夜灯照耀下，他们身上的各路文身，好似聚齐一般，瞬间被激活，从生龙活虎的肉体上升腾出来，简单问候了彼此，接着便商量封印哪一个。

晚上九点多，阿旺抓了一把钱出门买吃的。开封到处都是夜市摊，据他所说，开封人民很爱享受。家住城乡接合部的他，很容易看到城里的热闹和舒适。他上过幼儿园，远不是一个乡下孩子，可跟真正的城市又有距离，现实仍须他付出非一般的努力不可。等小菜的时候，阿旺迅速吃下一碗鸡血汤。开封数不清的小吃里，他好这一口。得劲的汤，十足的料，配上饼，吃饱好思淫乐。热菜炒好，再加上几个凉菜，阿旺提上往回走，钱还剩下一些，他揣兜里了。冷风侵人，古城萧瑟无生气，文化旅游业并没有让这个城市腾飞起来，人们好像并没有从老祖宗留下的东西那里捞得多少好处。处处显得破败，人们怠惰而求享乐。阿旺跑过结冰的小路，黑咕隆咚的路，他穿着澡堂的小拖鞋，险些摔了一跤，封印一路追着他。

澡堂门口有家小商店，他掂上几瓶牛二（牛栏山二锅头）。澡堂的床上，几个人等急了。床不大，两张并一块，几个人才挤着围成一圈。不消很久，牛二消去一半，上脸的上脸，不上脸的上脑。关公、菩萨、龙、蝎子……通通飘出来，笑嘻嘻看着一群孩子。其中一个叫阿鹏的，他比阿旺大了那么两岁，点着一根烟，指着阿旺说："哎！给你买菜的钱你花完了？"阿旺愣住，烟头一摔骂了一句：妈了个逼的。俩人中间本来隔着俩人，他俩把他们扒开，脸对着脸掰扯。床上没桌，若有桌，早掀了。封印就此发作。

众所周知，酒桌上有个很神奇的事，超过四个人，一旦酒喝到位了，很容易分裂成好几拨，每一拨都有自己的话题，聊得唾沫横飞，脸红脖子粗。就好比澡堂这一群，阿旺和阿鹏掰扯时，其他几个人有的倒头睡，有的另围一个小圈好像商量着下一场去哪儿，也有人傻乎乎地看着他俩吵。这是阿旺后来的回忆。

直到阿旺和阿鹏实在掰扯不清，于是骂骂咧咧下床穿衣，准备另寻地方算账，其他人尚未注意到他们正在离开澡堂。等有人反应过来阿旺和阿鹏撒尿没回来，无人证明他们是否找过消失的两个人。毕竟无数次的聚会中，偷偷退场另有他约的多的是。

阿鹏有个昌河车,他开上车,载着阿旺来到自家楼下。至于他为什么挑了这么一个地方,阿旺平淡的回忆中也说不出为什么。阿鹏是城里人,小区楼下亮着灯,为他们照亮了场地。他从车里抽出一把刀,意思是你捅我三刀,我捅你三刀,这事就算了了。阿旺看到刀,痛心不已,情义当场决裂。封印至此夺走了两个好友的理性,以及感性。于是两人厮杀起来。

阿旺明确对我说:"我没有错。我心里也不愧。他要要我的命……"

那把刀在阿旺的掌心留下一条长疤,同文身一样永不能抹去。阿鹏刺过来,阿旺徒手握住。接着命运反转,刀到了阿旺的手中。换到他刺的时候,血刃刺进了阿鹏的肉体,他们的血混合在一起。活楞楞的人当即倒下,在地上挣扎、呻吟。阿旺看着他,不知如何。封印正在消退,他渐渐看清发生了什么事。一个女人从单元楼走出来,这是阿鹏的母亲,看到满地血,尖叫不已。阿旺好像醒了,一直往身上蹭手上的血,接着跑掉。路上,他扔了身上那件血衣——一件连帽卫衣,日后这成为他杀人的证据。这一天,出生在春天的他,刚满十八岁。

监狱的日子很单调,阿旺把烟视为最后的一点乐子,想过要戒终究没戒。"戒了烟,才可怜呢。"他说。

来监狱之前,他在看守所熬了两年,戴着手铐脚镣,死过一次一般。相比监狱,看守所的日子不止单调那么简单了。另一个走过鬼门关的犯人说,看守所等待宣判的那一段时光,彻底改变了他。他们可以说自己是死过一次的人。阿鹏的家人一直拒绝原谅。两年的时间,阿旺的爸爸一朝病倒,很快殒命,妈妈四处求人、借钱,凑齐了请求谅解的资本,只求受害人家属留一条生路。阿旺最终迎来了宣判:无期徒刑。

很多犯人,你或许不信,直到绳之以法才和真正的社会接触,他们事实上单纯得很,甚至包括机灵的阿旺。在看守所和律师的无数次往来,他才真正了解了一点社会的道道。你不能说他单纯,你可以说他还是年纪小,也可以说他可笑。看守所的环境称得上糟糕,一群悬着的人,就像拴住脖子悬空吊着。大通铺的房间,吃喝拉撒全交待在这儿。阿旺感到恶心,周遭的一切都腌臜无比。他便秘,吃不下饭,脚镣磨得他流血发炎。两年,夺走了他所有的自尊和骄傲。绿草地上的小马驹,现在是一条落水狗。

命悬着的那段时间,他写了一封信,到监狱的初期,他又写了几乎同样的信。他把信交给我,我负责审阅。收信的人是刺在他身上的姝。我怀疑他的诚心。以其显然异于其他混子的气质,他颇受一些女孩子的欢心,姝,只是一时兴起刺上的吧。小年轻们谈恋爱,是很能作的。尤其小混混搭配中专生,天雷勾地火外加鸡飞狗跳。阿旺别看个子小,有很强的大男子主义,街上闲散的女生他看不上,可中专女生也不是乖乖女。他往家带过几个女孩,妈妈提醒他不能胡来。他后来说他还是处男,这谁能信。但想想,也能信,他倒是那种有情有义的人,底子还是善良的。从见他妈妈那一回,我大概也能看出一些眉目。

阿旺上午给我的信,下午又找我要回去了,再晚一会儿,等下班我就交到办公室邮寄走了。他的信写得诚恳干净,略带一丝丝悔意。他似乎只是表达自己的情绪,也可能背后藏着他的思念。外人无法想象犯人的孤独寂寞,常人是无法忍受长时间的亲密空白的,无论身体还是精神。他们眼见地随时可以崩塌。他们已经"变态"。

自那以后,阿旺再没有写过信,哪怕给自己的妈妈。爸爸去世,妈妈没有告诉他,但他感觉到了。隔着玻璃会见,当他问爸爸时,妈妈不诚实的回答令他五雷轰顶。他知道爸爸走了,配合妈妈装不知道。一次谈话时,他向我讲述了他的一次"神性时刻"。

那一天,他终于想起回家,给爸爸买了一双皮鞋。回到家放下皮鞋,他看到家里有点脏乱。两层小楼的家里没人,外面看是一面玻璃墙,灰扑扑的。他上楼一一关上窗,然后扯开水管子把玻璃冲得干干净净,院子里是水泥地,角角落落也冲得干干净净。完事以后,他点根烟蹲地上,半下午的太阳照进来,细细的水流,一道一道,悠悠汇入下水道,心里静极了。一根烟吸完,爸爸妈妈都没有回来,他关好门走了。

他们村挨着城区,所谓城乡接合部,最是尴尬,孩子的教育几乎全部沦陷。就我的经验而言,我在农村长大,距离"发达"的镇上还有一公里。一公里不长,但就是这一公里,隔开了喧闹的街。所谓"街上的孩子",早早接触社会的各样欢乐,到底是无法再安心坐下来学习了。

阿旺是在监狱遇到了另一次神性时刻,打扫庭除的那次才闪回脑海。就我们这里而言,犯人的劳动改造是蹬缝纫机做衣服,裁床、烫台、各种缝纫机,一应俱全,标准的服装生产车间。阿旺找他的拔丝,一个典型的富家祸害,让拔丝帮忙烫烫衣服。正是中午,阳光射进车间,他的狱友颇有耐心地烫来烫去,烫完正面烫反面,一遍,又一遍,蒸汽升腾。阿旺本来寻常地等,慢慢的,他认真看起拔丝的手法,充足的蒸汽让人氤氲其中。拔丝很认真,头低着,一句话也不说。他坐下看,心里落下一片安静,他真怕拔丝停下来,也怕干警巡查发现。他又不能张口说,你不要停,不要停,一说就破了。他只好沉醉地看,周遭一片静谧。

他后来总结这一幕为"神性时刻"。我想,这样的时刻弥补了一些上面说的"亲密空白"。

犯人的生活是日复一日年复一年的重复,那是实打实的重复,没有神,也没有鬼。大厅里的电视,阿旺看得少,看书以后,他更不去凑热闹了。能去打篮球的时候,他去跑跑。看他打篮球,我判断他即使当年去了那所重视足球的学校,也没好戏看。心高并不能把一个人从凡俗的淤泥里拉出来。

我刚到监狱上班时，犯人的开饭现场在一个稀疏的小树林里，各自打完饭，他们就蹲在地上吃。等集合完毕，犯人离开小树林，树上的麻雀纷纷然落下来。有的犯人专门剩下一口菜、两口馒头。时间长了，树上等待的麻雀就多了，等人离开，地上密密麻麻落了一层。还有野猫，有些犯人很舍得拿自己的火腿肠喂它们，两三年下来，猫的繁殖可谓壮观，到处可见它们的身影，也不怕人，饿了就叫，总有人来投喂。有一次，一个犯人被猫咬了，害得监狱医院从外面医院调来疫苗，监狱因此下力驱猫。没有多久，猫又回来。猫是为吃，犯人是为什么呢？而阿旺，从不稀罕这些。他需要的是真真切切的人，能闻到气味和触摸到的人，能说话能倾听的人，其他任何东西都不能替代。为此，他可以忍耐，可以变成一个"变态"的人——有什么办法呢？

由于妈妈积极赔偿，请求受害人家属谅解，阿旺不仅换来一条命，到监狱以后改判也不错。接下来就是数日子，以前数的日子都不算，改判后过一天就会少一天。改判的裁定拿到手，他松口气发现自己二十啷当岁了。以前认识的一干人，永远没有机会见到"二十多岁的阿旺"。"二十多岁的阿旺"在人间蒸发了，他的"二十多岁"被命运抹除了。他知道"积极赔偿""请求谅解"背后的辛酸，妈妈一人承担了太多。那次亲情会餐结束，带领家属出去，我和阿旺的妈妈聊了两句。她的眼里总是噙着泪，有什么办法呢？家没了。她只有这一个儿子，一个长女远嫁外省。赔偿的钱，她是一张一张凑齐的，不行的话就磕头，儿子的命得保住。家，就还有希望凑起来。

偏偏，阿旺从不写信，亲情电话也是偶尔。他们母子能相互感应，各自脾性各自清楚。有次清监查号，我看到阿旺的本上写了一封信。没有写名字，应该是给那个姝。信写得情真而明亮，很有文采。他大概只是找个出口发泄一下，写给未来相遇的某个人。这也算精神上的一次亲密接触。同时，刻在手上的姝，他也是能抚摸的。

这辈子还能旺吗？看他锻炼身体的劲头，老天爷好像会助他一臂之力。我看他大臂上有条狼，朝天咆哮。我问那是狼吧。他说不是，是狗。人老了以后，文身可能会很刺眼，可遮也遮不住，越遮越羞。我说，那背上的总是龙吧。他编不成了，说是，让它受委屈了。

枪·美男子·猪

很多时候，我会在执勤台发起愣来，或者陷入沉思。看着车间里一排排安安生生蹬缝纫机的各色"坏蛋"，我总在想，接下来还会有什么样的我没见识过的坏蛋进来——干脆，让他们一块儿进来吧，从此绝了此路。

2019年，监区通过假释释放了一个叫小涛的犯人。我一直记得那一天，早上八点多，我们通知小涛准备离开，他从机位起身，顿时监区所有的犯人都停下了手中的活，向他投去饱含意味的目光。多年来，假释在河南推行得太难了。小涛引起关注，还有一个原因，那就是他简直是整个监区公认的最老实的孩子。坏蛋们因此在心中下了一个朴素的结论：要想早日出去，就得变成小涛那样。

这谈何容易！

我想的则是：为什么连小涛这么老实的人也进来了呢？上面说"从此绝了此路"，当然是痴人说梦，甚至连最不像坏蛋的人都不能绝之。我们对人类的罪恶既不能太乐观，更要时刻警醒。

记得小涛那时执著于想学英语，监区为他找来了初中英语课本。一段时间之后，我问他情况如何，他苦于环境不好，也无人带领。小涛看上去内向、羞涩，也不像个聪明的学生，但他明确表示出去以后要好好学英语。看那坚定的眼神，似乎认准了将来英语能给他一块敲门砖。

回想起来，我自始至终都没有把小涛当成一个罪犯。从第一眼看到他，你就会不自觉地把他和别的坏蛋区分开来。他只是不小心犯了一个小错误，这样一个小错误比不上我们身边的很多人犯的错的十分之一。牢狱之灾有时玄之又玄，就像命运之不可解。

我粗略计算了一下，从入职的2015年算起，截至2022年底，我所在的监区释放了一百余人。几年来，监区的人进行了大换血。从执勤台望下去，旧面孔正在一张张模糊、消失乃至死亡。小涛前脚刚走,他的机位就有人坐上了。不出几个月,甚至就在明天,就会有新面孔补充进来,此人背负什么样的罪,即使也是杀人,或者其他,又藏着什么具体的不同?这世上没有两桩一样的杀人案。因此,每次进来的新坏蛋,真的就是崭新如初的。

饶是有这样的考虑垫底,等见到梦龙——甚至天下所有抢劫案中也数得上英俊的主角——我也必须得说,他太新了。

梦龙下到监区,我照例找他谈话。第一眼看上去,我下了两个判断。首先,用流行的字眼来说,他是个极易辨识的"渣男",或者说,他乐于让人知道他的风流以及他能够风流的资本。第二个判断,他英俊的长相看上去丝毫不像一个抢劫犯。当然,抢劫犯有什么标签吗?长相上有什么与常人不一样的地方吗?并没有。总之,他可以是一个杀人犯、诈骗犯,乃至强奸犯,却绝无半点抢劫犯的影子。既然扛着抢劫犯的罪名进来了,其中到底是怎么回事呢?我带着疑问与他谈话。

我向来习惯向人展示一张亲和的脸,我天然也有这种气质。大多数情况下,对我管教的犯人也是(这让我吃了不少苦头,因为不少犯人会蹬鼻子上脸)。尤其像下队谈话这种场合,我一般不会板起脸。梦龙想必见我这般松弛,后来我才想到他是二进宫,两个因素加在一起,他一下露出了真面目。他那张在犯群中出众的漂亮脸蛋上一直堆着轻浮的笑,大有来监狱几日游的玩世不恭。在了解他的人生时，他毫不避讳自己的风流史，这印证了我的判断。对此，他在老家的妻子早已心灰意冷，他们已有一个女儿，可这个家怕是拢不到一块儿了。不错，梦龙从身形到长相都超过了一般人，他却拿这些上好的资源游戏人生，监狱对他来说是个不错的地方。必须要看到，有些人犯罪，监狱并不是最好的去处，或许还可能是最坏的。惩罚这件事，到底怎么样才是恰到好处呢？最好的办法就是不犯罪。这样说，显然把这件事看小了。至亲的人对我们的惩罚，随处可见。单说监狱的事，仅失去自由这项惩罚，对不少人已经过了。

监区有个小院子，我和梦龙的谈话就在院中悬铃木下展开。春天的风徐徐吹来，悬铃木绿意一团，怡人的季节更衬得梦龙轻浮的脸上满是桃花。男女之事上勤快的人，脑子多半灵光度不够。简短谈过之后，梦龙虽说进入社会很早，可他的心智、认识社会的程度，我认为都很欠缺。监狱对他来说，将是一个有意义的课堂。第一次谈话，除了了解基本情况，我没有多说，他的嬉皮笑脸，我也没有点出。他正沉浸在一个人生阶段，旁人是喊不醒的。他又不是泼皮无赖，不至于上强硬手段。一切得交给监狱的时间。

不知从什么时候开始，我们总结出四类矛盾。首先肯定是犯人和犯人之间的矛盾，这是最集中的矛盾。接着就是犯人和家属的矛盾，即使见不着面，矛盾也依然存在，而且就是因为见不着面无法及时沟通，矛盾会爆发得格外激烈。

这个时候料理家务的是我们，我们是倾听者，是调解员，是情感专家。梦龙就不止一次和父亲吵起来，在电话里，在会见时。通电话只能听到互相厌恶到极致的大嗓门，会见则能隔着玻璃看到彼此愤怒的脸。还有犯人和技术人员的矛盾，也就是指导服装技术的人员。几年里，梦龙熟练掌握了缝纫技术，技术人员还表扬他干活挺踏实的。的确如此，有太多犯人只要在外面踏实一下，本就不会进来。最后一类矛盾就是犯人和干警的矛盾。我的同事李队长，一个来了没两年的年轻干警，在和梦龙谈话时起了摩擦。谈心谈话，看似简单，却是个系统性的技术活，随着每年一点儿年纪、毫无经验的大学生入职监狱警察队伍，"本领恐慌"等问题也随之而来了。他们拿着警察身份强行压制，却没有具体的方法可操作，不少犯人可不吃这一套，他们又没办法，只能低头忍着，但这种忍耐随时会爆发出来。梦龙就是其中一个。

二十出头的李队长最大的问题是自以为很有经验，端着自己的警察范儿，入职之初就很骄傲。我们有很多这样的同事，请教问题觉得很丢脸，我不明白他们骄傲什么，除非是为了掩饰恐慌。我不知道他和梦龙具体聊了什么，只看见梦龙从来没有那样气愤过。整整一天，梦龙没有干活，在监督岗的陪同下清醒头脑、反思问题。李队长还停留在一个阶段，他尚未成为一个监狱警察，还和社会大众的眼光一样来看待犯人。在一个监狱警察眼中，犯人当然也是犯人，但同时又不是犯人。他们不分地域、年龄和罪名，是不知所措的孩子。

韩国电影《杀人回忆》讲述了一个幽暗的故事。它取材于发生在韩国的一系列强奸杀人案，影片对残酷的现实进行了经典的拔高，令人看过之后久久不能释怀。这桩令人心碎的案件，直到影片上映仍是一个谜团。影片内外，我们都没有办法抓住那个变态的凶手（有生物学家分析他身体里流淌着一个基因，性侵女性只是他对自身强悍基因的"顺应"）。这是为什么呢？难道那是一头屋子里的大象？

多年过去，2019年9月，韩国宣布真凶落网，人们唏嘘，但已无力称快。而影片早已剥离现实完成了它自己的表达，引发影迷的讨论和沉思。一则网友的评论或许能提醒我们一窥答案：想到真凶可能若无其事坐在影院里与电影最后宋康昊四目相对，好惊悚。

让人惊悚的，更可能是影片处处影射的体制与环境，以及看似无辜的人们。我们对此无能为力。我反而总问自己：犯罪的人应该长什么样呢？这个问题成立吗？是不是他跟你我的差别那么小，以至于我们沦为帮凶而不自知？因为我和同事们在聊犯人时总是说——比方说，我们挂在嘴边的一句话就是"这货一看就不是好人"，那么长得高大英俊的梦龙为什么还成了累犯了呢？假如真有"强奸犯基因"一说，很不幸，这个基因在外貌的表达上又是怎样的呢？还有，逍遥法外的人又该当何论——他的脸上有没有刻出实际上已经犯罪的人该有的纹路呢？我不知道梦龙的骨血里是否流淌着"犯罪基因"，一个明摆着的事实，他完全称得上我所在的监区里八年来相貌最好的一个，算上那些已经释放的人。

一旦穿上囚服（真的在那一身衣服，谁穿上谁像），你就会不自觉地在他们身上寻找犯罪因子的表达：一双反骨耳，一对贼眼，恶狠的眼神，如刀的薄唇……总之，都散发着罪恶的信号。这当然不公平。深究犯罪的根因，科学手段望而却步，不敢下定论，监狱警察那一点可怜的专业性也不足以归纳概括。即使我把这些故事写下来（我的良心秉着我的笔，我绝不是要满足你的猎奇），也只是以笔为灯，照亮一座高高的四方城，以及城里或许大罪压身其实深陷泥沼的特殊人群，让更多的人关注到，以期在整个社会的层面上达成互通有无的美好沟通——这个世界罪恶难清，欠缺沟通难辞其咎。人类学家项飙在《把自己作为方法》中这样讲道：

> 你看到一个人很狭隘，很凶残，甚至犯罪杀人，一种回应是说这是个坏人，是个恶魔，生来如此，本质如此；另一种回应是想：他怎么会变成这样？是和小时候的什么经历、现在的什么生活境遇可能有关系？这样我们也就必然要想到社会的大环境，要去想他的内心活动，他怎么想怎么感觉的。这样的理解，显然不是说认为狭隘、凶残就是可以接受的了。只有通过这样理解，我们才知道我们应该怎么面对这些社会病态：不能把人一棍子打死，要考虑如何沟通，否则对罪犯就只有放纵和消灭两种态度了，没有教育改

造一说了。同时，如果我们理解了，我们自然会在别人身上看到自己的影子：我们自己是不是也在变得很狭隘、变得不耐烦？

写下这些故事，倘若能在更广的人群中响起一记警钟，引发关于人与罪的思考进而更加了解、呵护这个世界，这些故事也就值当了。须知，不在监狱，不代表你身上无罪。

陀思妥耶夫斯基在《死屋手记》里不止一次具体描写相貌美好的男子。他慈悲的心呼之欲出。在那样一个专制残暴的时代，在西伯利亚几欲令人崩溃的监狱，我们伟大的作家沉静描摹他发现的美好。为了紧扣本篇章梦龙的主题，我只举一例：

> 我从来没有见过哪个人的性格比巴克罗星更令人愉悦的。诚然，他也并不示弱，甚至经常吵架，不喜欢其他人干涉其内政。总而言之，为了自己，他能挺身而出。但他即使与人发生冲突，也不会持续很久。简单地说，我们大家似乎都喜欢他。他走到哪里，大家都会快乐地跟他打招呼。即使在城里，人们也都知道他是世界上最快乐、最有趣的人，从来不乱发脾气。他是一个身材高大的小伙子，三十岁左右，有一张天真诚实的脸，挺帅气的，脸上有一颗小疣。有时为了热闹一下，他会故意做个怪表情，惹得对面的人

哈哈大笑。他会搞些恶作剧,但从来不会过分,那些不喜欢他的玩笑的人也不会轻蔑他,没有人骂他"空虚""无用"。他浑身充满着生命的火焰。

相对梦龙,巴克罗星是杀了人的。如上所说,他"挺身而出",情急之下扣动扳机,杀死了一个用奸计夺走他心爱女人的德国佬。德国佬一把年纪,是一个用金钱玩弄人心的钟表店老板,这是他自己的恶行招致的灾祸。巴克罗星的故事让我不由得回忆起小时候看包青天的种种,他紧锁眉头,总是纠结于情与法之间。巴克罗星最终受刑鞭笞四千,流放西伯利亚。说回梦龙,他滑稽的抢劫行径,巴克罗星的双手可比他干净多了。同样相貌出众的两个人,最起码通俗来讲都没有长着一张犯罪的脸,最终却都踏上了犯罪道路。而同样是犯罪,细看下来却有云泥之别。在这里,我还要再放上陀翁的另一句话:"是的,犯罪似乎不能用一般人既有的观点来解释,它的哲学比一般想象中的还要复杂。"

我想,这句话用到哪个犯人身上都相当合适。等到你把梦龙的故事耐心看完,前前后后你会有自己的思考。监狱只是人类设置的其中一处惩罚之地,而显然你逃过了监狱,逃不过人生的处罚。人类的罪与罚是其宿命。

梦龙1993年生于一个普通的乡村,地名不值一提,这里盛产一种在北方有些名声的大米,除此之外,这里就是那种平原大地上多得数不清、随时可能被夷为平地变成耕地或者建起高楼的村子,又或者世世代代钉在那里,一动不动。

我有必要提出梦龙的姓氏:段,这个本不属于他的姓氏,缘于他的父亲是倒插门的女婿,从一个距离不是太远的更普通的乡村,村名依然不值一提。不过这两家有一个共同点,那就是都不种植更易卖上好价钱的大米。这当中也不存在什么特别的原因,也许就是生存的惯性,上一辈没有种,这一辈也就不会种。他们种植玉米和冬小麦,年年如此。梦龙的父亲姓欧阳,从欧阳家到段家,伺候两亩庄稼地之余,他接续段家的传统养起了猪。这是段家的主业。

等到梦龙出生,按规矩他必须跟从母亲的姓氏,也就是段。据他所说,该喊姥姥的那个段家的寡妇,他得喊奶奶。长大以后,梦龙慢慢了解了自己的"身世"。这时,欧阳家随着他父亲的倒插门,在那个村子已成绝户。也就是说,等到梦龙真正血缘上的爷爷奶奶一去世,欧阳家将从这平原大地上抹除。初中毕业就混入社会的他,当然对这些也无能为力。某些时刻他的心底或许会升起一些困惑:身份的一点点错位,也只有在别人问起时,才在他心里激起几圈涟漪,至于对他的人格造成深刻的影响与否,他回答不了。我不是没有揣摩过,这样的身份对他的接连犯罪要不要承担起责任?

梦龙学业潦草,即使问他,也思考不出深层次的东西来——他也是万千看似混在社会,其实对社会没有什么观察与思考的小混混中的一个。很多犯人都羞于面对自己犯罪的真实原因，本质是羞于承认自己的无知。不过，把这一切纳入家庭里，这个犯罪源头的重头戏，总归是没有大错。来到段家，如果梦龙要认命，他将成为新一代养猪人。

你应该已经猜到故事的进展，梦龙当然不会去养猪，他早早离开学校可不是为了专职在家养猪。这却是父亲对他的期待。知子莫若父吧，可父总是拦不住子。也有一种可能，父亲料到儿子折腾一圈必然回来。对此，我们也应该理解，没有一个九零后甚至八零后愿意留在农村养猪。很快，梦龙尚未十八岁，个头眼看要蹿向一米八，他决然离开乡村来到城市。同样很快，他四处出卖劳动力，发现光鲜的城市不属于他，终于生出了厌倦。一个偶然的机会，一个称不上是亲戚的男人介绍他去了夜店，自此，他进入了光鲜的内部。

他从服务生做起，灯红酒绿的环境让他兴奋，好似鲤鱼跳龙门，永远都不可能再回去干肮脏的苦力活了。他感谢被喊作表哥的这个亲戚，否则自己在苦哈哈的人堆里累死也想不到能踏入这富丽堂皇的大门。这才是真正的城市的大门。可是这次介绍不是偶然，表哥看中了梦龙的身材和脸蛋。不过两年间，梦龙身形长成，尤其还有意锻炼，这让他吸引了一些目光。表哥的目的达成，梦龙开始出卖肉身。与此同时，他回到老家完成了婚姻。一切都是游戏，乡村和城市两种模式。所以当我找梦龙谈话，他说已经结婚还有一个女儿，我很吃惊。他身上丝毫没有成家的影子，空空的耳洞只差一个耳钉，低头时后脖颈下面大椎穴的位置小翅膀一样对开一个文身,闪着春日的光辉——那是诸阳之会。

一个不容忽略的事实,梦龙沉溺于花天酒地,他认为出卖肉身的同时也在享受女色。先天条件像上天给他的礼物(万事都有两面,这礼物也是惩罚),他尽情享受。别的不说,笑起来满脸荡漾的坏意和桃花,就能令他横行娱乐场所。他忘了自己的婚姻,只管享受金钱和年轻带来的一切快感。最终,他没有挣到一分钱。索取他的肉体的那些女人大方付给他钱,他又转手拿去挥霍:去喝,去玩,去找他想找的女孩。家里他的妻子劝他回家做事,他听不进去。甚至,妻子捉奸在床,他也不当回事,直到他做梦般开始偷盗。

盗窃还不是他来到我们这里的原因。2013年偷摩托车,2014年宣判,2017年底释放,这是他的前科,当时关在一个市级的小监狱。到他因为抢劫判刑我们遇上,我照例问他有没有前科,他有点抹不开面子,同时嘴角升起一丝笑意。偷盗,这实在不光彩,尤其放在一个漂亮男人身上。偷盗,也实在不是一个九零后干的事。社会发展迅猛,等到九零后乃至零零后在监狱登场,极少见一个是犯盗窃罪的。我们能说,这是社会进步的缘故吧。即使放眼整个年龄段,盗窃也几乎成为上一年代的事了。

我问梦龙为什么偷摩托车。他说因为钱,家里逼的。我不知道这是否可信,他说父亲需要他回去助力养猪事业,说白了父亲可能赔钱了,那个可怜的倒插门的男人需要一点点支撑。或许,他的初衷只是想让儿子回来跟他一起干,不单单是钱的问题。这个我没能证实。不过，梦龙会见时，我见到了这个倒插门男人，农村随处可见的中年劳苦大众，爱和怨都写在他们吹晒发黑的脸上，并交织在一起。三十分钟的时间里，从剑拔弩张到风平浪静，其间父子尚能平心说几句话。这时，梦龙还没有想过，假如当时听了父亲的话一开始就留在家里养猪，一切会怎么样呢？

养猪的事他记得一些，想忘根本忘不了。既然不上学，天不亮就被薅起来准备猪饲料。天热得人想死的时候，一家人都忙着清理猪圈，猪粪臭和猪叫声一齐冲天。仔猪刚生下来要把它嘴里的黏液抠出来，梦龙最恶心干这个事。也最怕遇到母猪难产，这个时候全家人都紧绷着，稍一碰就吱哇乱叫，全家人都在难产。段家的养猪事业还不是现代的，勉强能分离出一些独立的猪栏，父亲一直等着他去升级这个事业呢。

2013年10月的一个夜晚，梦龙偷到了第一辆摩托车。之后的事情变得诡异，他没有把摩托车换成钱，而是借给朋友去开，这个朋友又借给自己的朋友，后来这个朋友莫名死亡，摩托车下落不明。2014年夏天的一个晚上，他又去了第一次偷盗的地方，再次盗出一辆摩托车，这一辆较前一辆贵一些。一直到2018年梦龙因为抢劫被抓，这辆摩托车还跟着他，办案民警惊喜发现了案中案，顺手将摩托车扣押，并发还给了几年前的被盗人。

你是否想过梦龙为什么不去偷汽车？很简单，刚刚二十岁的他，世界里还没有汽车的影子，他也没办法把那么大个玩意儿弄走。说到底，他还是个顽皮的孩子。稍微想想段家他的寡妇奶奶有多么宠爱他，我们就能知道当爱超标后，会发生难以回头的反作用。等日后再次进监狱，他首先失去的就是他的奶奶，接着来不及感伤，一回身发现自己这一点小打小闹的营生真的算不得什么。我带他去会见，他的妹妹流下愤怒的热泪说：你可改了吧！他轻声嗯了一声，这时的他还真是变了。刚进来时的玩世不恭，很快被监狱冲刷掉。比如，同样是抢劫，他将遇上一大票抢劫也杀人的，偷盗的更是不计其数，两辆摩托车根本排不上号。更不要提他在娱乐场所的堕落，其他犯人说起时都是心照不宣地笑。这是他自己讲出来的，或许他出于男人占便宜的骄傲才讲，却沦为耻笑，让他始料不及。最后，他因此而面对了活生生的自己，冲刷完成。段家的男人真是来对地方了。我们自然乐于见到这样的变化，可不得不说这并不多见。所幸，梦龙的刑期不长，还有大把机会弥补身体和心灵的过错。会见的最后，父亲说出了他显然犹豫很久的话，不过说得坚定：出来跟我养猪吧，你！

隔着玻璃，父子俩完成一次短暂的对视，目光穿透玻璃攫住对方，又瞬间撒开。中国乡村，包括城市，到处都是这样的父子，爱得沉重而不松弛，方法蠢笨死不悔改，甚至带着君王对逆臣的杀伐。

2018年2月，梦龙再次被抓，距离他获得自由仅仅过去仨月不到。释放到家，他发现等待自己的是一个烂摊子，段家的养猪事业死气沉沉。两天不出，家里处处都能燃起吵架的火焰，根本不见一家团圆的甜蜜。家里逼的——梦龙对自己的抢劫，一直这样说。一个显得异类、仍被乡村传统拿捏的家庭的长子，承担了自己还没咂摸透的负累。不知何时，他开始预谋抢劫金店。以前的盗窃如果像做梦，这次抢劫在我看来也像梦，滑稽梦。

2月9日傍晚，小年刚过，他独自一人上了县城。我很多次想象过他坐上公交到县城的这段路，车上有人需要座位的话，他会让座的，他有这样的美德。公路两边都是还没出齐的麦地，像斑秃一样。冷冬季节，四处都没什么风景，可刚释放不久的自由还是令他愉悦。到达县城之后，他开始做一些准备工作。他走了三四个路口，进了四家商店，分别是：玩具大全、两元大世界、全场两元精品百货，以及五金电料，购买了他用于抢劫的一把金黄色仿真玩具手枪、一个黑色口罩、一双黑色手套、一罐黑色自喷漆。随后，他找到一片僻静地，用黑色自喷漆将金黄色的玩具手枪喷成黑色。后来，梦龙无意中提到他是骑摩托车去的县城。也就是说，我上面的想象是错的，可我仍然愿意把公交车上的美德赋在他身上。

我提醒你们注意这辆摩托车，正是上面说的案中案里的摩托车。接着，他开足马力离开老家县城，赶往隔壁县城。

对此，我没有多问，他或许觉得更安全一些。不久，他在城里踩好了点。目标金店一直到晚上九点才停止营业，而且打烊之后金店的卷闸门总是不完全关闭，那样一个弯腰就能钻进去的口，对梦龙来说太有诱惑力，于是，他决定就抢这一家。

踩点结束，他返程回家，各处显现出过年的景象。回到家里，只有猪的哼哼。三天后，2月12日，农历腊月二十七，他觉得时机到了，从家出发前往踩点的金店。为躲避监控，他沿着麦田，专挑胡同，徒步几十里沉静而去。如果是一时激情，这么一段寒冬腊月的长路足够他冷却下来了，可他想得明明白白的，就是要抢劫金店。这整个过程，我们没见他妻子的踪影。依我的观察，梦龙并不是一个有多少心眼的人，这么大的行动（想想，也那么小），亲密的人应该瞒不住。很不幸，段家的人一个都没发现。他似乎提到过一次，妻子早在他第一次入狱就离开了段家。我忽略这个信息的原因是，他实在不像一个结过婚的人。

梦龙释放前不久，我们再次谈话，他的眼神变得坚定，这明眼易辨的变化让人为他高兴。他要把气沉下来了。我不禁再次想象那黑夜中的画面：9日踩点，一人骑上摩托车，把一切准备妥当，天色已是深夜，他又骑着摩托返回；12日行动，他改为步行，寒冬的平原麦田，冷风呼呼，也是一人，大几十里地，他要走很久。他有足够的时间清醒，然而他正是清醒着干的这件事。

天黑不久，他到达了县城。首先，他在这个按说不是很熟悉的小城里也找到一家两元店，买了一把折叠刀。我专门问他刀多少钱，一下引起他的牢骚：那把刀五块钱，两元店卖五块钱，你说滑稽不滑稽。我也觉得挺滑稽，可这种事挺常见。这世界上到处可见两元店卖五块钱商品这种事。时间刚过八点，他坐在路边默默等待金店下班。九点十分，他起身向金店走去，店里的光在卷闸门下面铺设一片。他身着黑色棉袄，又戴上黑色口罩和黑色手套，那棉袄连着帽子，也是黑色，他伸手一扯，黑帽上头，梦龙从这个世界消失，变成另外一个人。

进入店内，他轻松挟持了大梦初醒的保安，用的是刚买的还热乎的刀。另一只手，他持枪指着其他店员，要求他们交出现金和黄金首饰。他当然没有经验，有人报了警，他发现后仓皇逃脱，跑到郊外的一个小树林，这是一片坟地，没有月亮。他把手枪简单拆解，随手扔掉。口罩、折叠刀、手套也分开扔掉，然后踏夜路徒步回家。深夜里，猪还在轻声哼哼，四处没有灯光，狗知道是主人没有叫。没有人等他，他轻手轻脚摸到床上，躲避一样当即入眠。

第二天一早，警察就来到家中，梦龙再次被带走。再过一天就是除夕，段家刚要团圆的家又要破开。夫妻俩正忙着喂猪，顿时一片猪叫。

几年后，梦龙或许怀念家里的猪了，临近释放，我问他出去后的打算，他说，养猪吧。我说：“对啊，养猪吧，跟你爹养猪吧！"然后细数养猪事业的美好，有钱可赚。他勉强点头，这种勉强不是以前的排斥，而是懂得事业难干的忧心。

他的确变了，从眼里的光就能看出来，以前泛波光，冲刷之后，眼神凝聚在了一起。这是浪子回头吧，回家后的现实还得检验他。从监狱的九零后坏小子们来看，普遍的问题就是不踏实，总想投机取巧地挣钱，又不肯下苦功夫。所谓"捞偏门"，到头来是捞自己。四五年的刑期对他来说刚刚好，他想明白了一些事，每天例行的"惩罚"也磨掉了他的小树杈，好叫他一根主干专心长成。这种磨炼假如需要一千天，少一天都不行，有些心性非叫他自己悔悟过来不可。这就需要一个约束性的环境，在规律性的连续时间里强制完成量的累积——监狱真是绝佳之选。

监区的队长们看到梦龙的抢劫过程都笑了，这的确是一桩叫人啼笑皆非的抢劫案。尤其发生在一个九零后、一个英俊的九零后身上，意味又变得不大一样。这里引入另一桩抢劫案，两个主角都是八零后，这才是真正的抢劫案，只不过同样令人捧腹。而这两年，我们早已对因抢劫入狱的犯人感到稀罕。

两个主角分别是宋某和梁某，梁某当晚即被抓，宋某于2015年在戒毒所被带走。抢劫发生在2003年元旦来临之际，那时他们刚满二十岁，具体来说梁某要大宋某两岁。一天晚上他们在郊外朋友家吃饭，酒足饭饱之后徒步前往城里网吧上网。穿过郊区的麦田时，远处城区的灯火呈一条亮带，身后的村庄一片漆黑，偶尔能听到狗叫。寒风呼呼，宋某问梁某弄不弄，梁某说："弄！有啥不敢的，大不了就是一死。"偷自行车或者劫出租车的事他们寻思很久了，一直不敢做，这次借着酒劲，两人互相一刺激，决定试一试。

上了一会儿网，他们走出网吧，恰好一辆出租车停靠过来，两个人默契地对了一下眼，就此锁定目标。宋某坐后排，梁某坐副驾驶，车子一路开到了偏远的郊外。已是深夜，村子不见光亮。车刚停稳，副驾驶位置的梁某掏出刀抵住出租车司机：别动，借点钱花。这个时候，宋某麻溜下车，打开主驾位置的车门，摸走了司机身上的一百来块钱，表盘上放着一个手机，他也拿走了。

说时迟那时快，恼怒的司机掏出防身的匕首，快速在梁某腿上刺去一刀。两个人见碰上更猛的了，一通乱叫，下车就跑。跑到村里一个死胡同，三个人斗了两下，宋某跑走。司机逮住梁某一通乱刺，梁某就喊："抓贼啊！"司机以为这是他们村子，决定先撤。宋某在黑暗中看见司机开车走了，就来找梁某。这时，村里一片狗叫。梁某受了伤，走不快，宋某提出背他，他不让，又走了两步，他终于走不动了。边上一户人家亮起灯，紧接着大门开启，跑出一条狗，狗没有再叫，立在光里和宋某对视。男主人出来问怎么回事，他们说遇到贼了，男主人就骑上三轮车送他们到医院。

话分两头，司机一路开到大路上，找到电话先报了警。

司机想到两个小蟊贼可能要去医院,就去医院堵他们。他当真料准了。梁某已经昏厥,善良的男主人送他们到郊区的医院,医院没有接,派车送到了市区医院,而不罢休的司机也正往市区医院赶。宋某送梁某到医院后,远远看见司机的身影,以为见鬼,转身跑掉。这一跑就是十来年。

细看下来,这也是一场小打小闹的抢劫,两个小贼毫无经验,纯粹出于一腔酒烘的热血,就连那把抵住司机的刀,也是在朋友家喝酒时顺手拿的水果刀。经阿旺提醒,我知道宋某抢劫是为了吸毒,也怪不得他是在戒毒所被带走的。阿旺在街面上混,吸毒的人见过不少,他还差点干起贩毒这个来钱快的勾当,但因为见吸毒的人往往丧尽良知,才决意不碰毒品。阿旺给自己画了一条线,那条线以下他决计不能踏入一步,踏一步就是不见底的深渊。

监区有不少宋某(他的同案犯梁某没有押在我们这里)这样的犯人,他们来自有明显缺陷的家庭,小则偷鸡摸狗,大则杀人放火,明知有罪,决意而行。宋某从小失去父亲,母亲改嫁,家庭教养缺失严重。浪子回头金不换,在我看来果真不假,因为并不易见浪子回头,浪子皆败得狼狈,败得凄惨,嘴上还不能服软。能够戛然回头的,当真比金子还可贵。我不敢说梦龙属于浪子回头,但他眼里的光的确要聚合在一起了。不到五年,梦龙在高墙内悄悄纠正人生的错误。一个犯人若有心,他可以把自由时的一切事情思考得彻彻底底。包括自己的罪行,哪里错,甚至档案里没写的,谈心谈话时不讲的，细微之处，他都能衡量清楚。一个再无心的人，在监狱也有大把的时间想这些问题。一个坏蛋无论平时怎么样，赖也好，孬也好，犯的事儿他很清楚自己坏在哪儿——事发当时或许浑噩，来到监狱一切都分明了。不以恶为恶的人，想想也有，但监狱会灌输他善恶之别。谈话时问到案子，他们总有借口或羞于承认，可这不正说明问题吗？

在监狱，最不缺的是时间，最快，也最慢的，是时间。刑期，时间的一个沉重而残忍的形式，把犯人分了堆儿。那些刑期长则一二十年的犯人——说句残忍的话，他们无数次在心底将自己绞死，也无数次在真正的刑罚施加在身上之前将自己绞死——总懒得搭理短刑期的游客。第一次服刑，对梦龙来说就显得短了，累积的量尚不足以逼出他的毒。等到听见那些绞死的咔嚓声，他的心神慢慢汇拢过来，自己的位置逐渐显现，这从他良好的劳动表现上可以看出端倪。我没有问他，但他应该很珍惜这个让他踏实的劳动机会。嗡嗡响的缝纫机，像个节奏器，引领他沉静下来。惩罚性质的劳动还有奖励，这是之前没想到的，这令人甜蜜，如此一来可以尽量不向家里要钱。当你来到监狱，每天都不用担心吃喝问题，只管低头劳动，放空一段，或者沉沉思索，静静等待月底的劳动报酬。

不少犯人都会说自己当初并不知道犯法了，这不能全信。我们的法律宣传还有长路要走倒是真的。可梦龙是个例外，从一开始吊儿郎当到后来目光凝聚，他都大方承认自己的混蛋，甚至觉得应该那样享受。比方说我关注的诈骗犯，他们年纪轻轻，甚至上了专科，在提到犯法这个基本事实时，都会说自己当时相当懵懂。单从我的职业经历来看，尚未遇到十足冤枉的坏蛋。以人逐利的本性来看，钱怎么来的，诈骗犯不能说不清楚。清剿网络诈骗的大环境下，或许只是自己的侥幸心理，恍然一步错，踏入了监狱大门。有一说一，一开始我不免觉得梦龙可耻，待到几年过去，看到他的转变，再回想当时，那种坦诚也是可喜的能力。

你或许会通俗地说，他变没变好，改造成功与否，谁也不知道。的确如此。谁也不负有把坏蛋改造成好人的责任（莫说好人，改造成一个不作恶的人，也是功德），我们监狱警察更多的是一种陪伴。对梦龙来说，家里的猪，将会实打实地考验他。

愤怒的木匠斧

> 有些人并没有杀人，但却比犯下六起谋杀罪的那些人更可怕。
>
> ——陀思妥耶夫斯基《死屋手记》

一般情况下，一个犯人释放后，我们很快就会忘记，偶尔谈起，那感觉就像聊一个从不联系的远房亲戚。而阿喜，我确信自己将在很长一段时间里清晰记得这个人，其中一个记忆点就是他也写些东西。在一长串人生理想中，作家是他重点考虑的方向，原因也很简单，他想把自己的遭遇写下来。在得知我也写写画画之后，他和我接触多了起来。

在监狱，我遇到不少这样的情况。他们在这里总结了自己的人生，同时想表达出来，向人倾诉总是难以遇到对的人，于是只能写。这种"写"，据我所接触到的、所看到的，只停留在流水账一样地写，甚至流水账的标准也达不到，更不要提自觉的文学创作。包括阿喜。

后来我总结，监狱里的写更像一种倾诉。至于文学诉求，从成品来看，既无天赋，也无训练。一个抢劫杀人的犯人，长得精神，干事麻利，洋洋写了三万字拿给我看，说还要写二十万字。我只问他："知道二十万字什么概念吗？"他并不知道，拿来的三万字，他以为有十万呢。故事类似《这个杀手不太冷》，大叔和一个小女孩的搭配让他激动万分，好像老天爷要拿住他的手非写不可。他很喜欢看《十月》杂志，看多了，觉得有些故事自己也能写。最终促使他动笔的是一个梦。梦里一个小女孩来找他，据他所讲那是他没生下来的女儿，当年执意要女友打胎："现在找上门来了，真丢人！她爹在监狱哩！"

阿喜动笔也是出自同样的情理，都是因为人生的遭遇，而且阿喜还扬言要让全天下人看到自己的故事。不过，等真要写了，他们纷纷发现，要铺排一个长篇故事——他们一出手就要写鸿篇巨制——原来比熬刑期还难。

这是为什么呢?为什么连把自己人生的故事原封不动写出来,却都这么难?

就连喝劳改(服刑的形象说法),阿喜都比旁人多进了一个监狱。有犯人说他的命跟别人不一样,那些喝两次劳改的坏蛋,运气好的话,还是回到上次改造的监狱——想象一下他的心情,之前认识的拔丝不少人还没走,他们又在老地方碰上了,他们用笑容面对彼此,监狱的太阳不分彼此地照在你我身上。还有暂时离监的特殊情况,多半是余漏罪,那是要加刑的。等押回来,自然也要回到原来的监区。一切生活用品,我们会存放好等他回来。

阿喜则不同。因为一个市级监狱的改扩建,他来到我们这里,升级到了省级监狱。后来听他说,一路摸黑来的,什么风景都没见,外面的人长什么样,还是不知道。一个"还"字,他咽了三口气才说出来。同他赤条条一块儿来的,还有几个人,粗暴判断下都是恶人,只有阿喜看上去格外清朗一些。谁知一看档案,他的手段最残忍。几个人并排一站,并无新人下队的那种无措感,反倒是悉听尊便的架势。换个地方,挪个窝,对很多漫长刑期压身的犯人来说是一次新鲜之旅,时间因此会过得快一些,不然楼下的树有几片树叶都快数清了。这样的机会可谓千载难逢,不过,也有怯场的,赤条条地进入一个新环境,当真如死了一回。一切

"家什"都不让带,新的家会准备好一切,熟悉的环境,熟悉的气味,熟悉的人——哪怕你再厌恶他,都将告别。你会失眠,会想念你永久离开的那个家。

这个时候的阿喜已经熬出头,即所谓"五年打开了"。一个无期犯,会记上"十年打开了""五年打开了"这样重要的时刻,意思就是说他的刑期还剩不到十年、不到五年——十年大关熬过来了,五年小关一跨过,希望就在前方。更有愿意计算的,十五年也要郑重打开一次。试想一下,一个无期犯终于改判,有日子可数的心情——那多半是原判二十年以上,以及跨过十五年大关的悲喜心境。我和阿喜遇上时,他死缓的原判刑期还剩下四年多,之前的漫长刑期没有在他身上刻下什么痕迹,他似乎本来就是那个样子,并且一直保持着。看他黄白、干净的脸,人生还昭示着很多希望。1979年出生的他,因为白细的皮肤和双眼皮不算小的眼睛,远没有四十岁的中年影子,可是你又在他身上寻不到青春、活力。

阿喜个子不高,普罗大众的农民个头,走路很快,能看出干农活很麻利,是家里的主劳力。若细看,你会发现他走路并不协调,这成为他独有的走路方式:一个肩头在前,轻微缩着脖子,直往前冲。你应该知道,我们每个人都有自己的四肢协调方法——这当中蕴藏着人生的经历和秘密。总之,除了白净,阿喜很普通,甚至底层,尤其当他张口说话,严重的别样口吃让人常常捏一把汗。常见的口吃是这样，一个字久久吐不出口，或者吐一半，另一半搅黏在嘴里。阿喜说不出来一个字的时候，则会猛吞一口气，再吐毒血一样喷出来。实在激动得厉害，那个字喷不出来，我真怕卡在他的嗓子眼里出现什么状况。首次找他谈话，联系他的罪行，这样的临时情况无法不让我紧张。

阿喜于1979年夏天出生，沉重的年代刚刚结束，改革开放的风从沿海吹来还要一些时间；到2002年冬天法院宣判，一切落定，他刚刚二十三岁；等再获自由，他将四十多岁了。他还会考虑再找一个女人做伴吗？我想他会的，阿喜身上有一种抵消坎坷、灾祸乃至生死的力量。家人邮寄来的全家福，上世纪末的他已经穿上西装，他是个挺讲究的人，这是他凭借双手挣来的。照片里是普通甚至卑微的一家，阿喜早早知道只有勤奋劳动能挣到钱，能改善爷爷奶奶的生活。我有理由相信，他不是一个主动作恶的人，甚至还颇能忍耐一些人施加在他身上的恶。一切顺利的话，他娶到一个媳妇，生下他们的孩子，再过几年，把爷爷奶奶送走，他的技术或许能支撑他独立干点生意，生活会越来越好。可惜，人生要考验一下他能忍耐到何种程度。

阿喜曾向我抛出一个问题：谁是罪大恶极的人？谁逼人成为罪大恶极的人？他最大的遗憾还不是自己被毁掉的人生，而是孩子被流掉了都不知道，他很想让爷爷抱上重孙。令他气愤的是，在公堂上，他反而被诬陷为把孩子打掉的人。他这样对我说："我八岁时爸爸就病逝，过了年妈妈改嫁，是我的爷爷奶奶把我和妹妹抚养长大。我家里的条件很差，娶媳妇是很不容易的。更何况我长得很丑，文化程度只有小学三年级，嘴上说话还结结巴巴，娶媳妇就更困难了。娶这个媳妇，花光了家里所有的钱，还借了很多钱，我天天敬着这个媳妇还来不及，怎么会经常打她！"

这样一小段话，阿喜说了近五分钟。他显得急躁，进而加剧了口吃。他认自己的罪，但最终的刑罚让他难以接受。当法官让他陈述时，他不知道什么叫"陈述"。他张口说话，法官轻笑了一下，阿喜看见了，这让他备受耻辱。我找他谈话时，会先让他缓一缓。考虑到警察和犯人不对等的关系，天然让人紧张（不只是犯人紧张），我会有意放慢我的语速，以引导他慢慢讲话，让心中的湍急之水慢慢流出来。在监狱，我们有的是时间。

我无缘见到二十出头的他是什么样的性情和样貌。从那张全家福来看，他的变化不大，甚至如今的光头衬托得他更年轻。我无法得知这场牢狱之灾在多大程度上改变了他，我认识的阿喜，让人觉得并不会轻易改变。照片里的他留着长发，不相称的西装看上去像一件累赘。背景是家里的院子和老平房，阿喜一辈子都想走出的地方。他想活出样来，即使走不出这片土地，起码能凭借双手扬眉吐气。他有这样的意志和信心。几年来，阿喜给我这样的感觉，他有坚强的意志，你会相信，假如给他安心的环境，只要解决三顿饭，他能做好任何事。即使他在一件事上没有天资，你也能相信他会在自己的能力范围内做到最好。我愿意赞美他四十岁之后的人生。

在结上孽缘之前,阿喜已经相亲十九次。多年后,他牢牢记着这个数。十九次,这在农村是个不仅失败而且羞耻的数字。在我生长的农村,相亲超过三回就能听到左邻右舍的议论,年轻的男孩子将在无形有形中接受全村人的审判,这成了一件比穷还让人看不起的事情。这件事的恶果,要说失败还是其次,最终熬来正缘也是喜事,所谓好事多磨,偏偏相亲多次之后,相亲主角还有家长就会同时丧失理智和情感,做出错误至极的判断和决定,只想早日结束这场鏖战。

这很恐怖。在人情混杂的乡村,一次相亲就是一次人际的牵扯,就是一场出兵,还有真金白银的无声消耗。拿我们村的小黑豆为例,我比他大几岁,印象中他长得并不难看,只是黑而已,而且走路轻快颇有活力,我的母亲却说他干、黑、瘦、不中看。意思是这在相亲时很吃亏,没人愿意进一步了解你的内在。在喧嚣的乱象中,这——所谓内在——似乎也不重要。我们必须注重老一辈人的评判(我把小黑豆的爸爸也算在老一辈人当中,他是个七零后,显然继承了乡村传统。而我的母亲生于五十年代,一些观念更是根深蒂固,也因此,乡村和城市的相亲大不相同,虽说都是人情和金钱的拉扯),这几乎左右着相亲的走向。他们的价值评判当然蕴含世代流传的朴素真理,但也粗暴伤人,沦为相亲乱象的帮凶。我们指望谁来破除这恶毒的风俗呢？显然七零后已不能自拔，八零后要么离开了乡村，要么是受害人。我们将会看到相亲对一个普通乡村家庭的惨烈打击。

在小黑豆相第六个时，我的父亲加入了男方的阵仗，他在十里八乡中有一些脸面，能形成加持的力量。果然奏效了，相亲成功。当然这是巧合，现实的乡村社会，谁的脸面也不及房子车子和票子——或许女孩看小黑豆有眼缘，想了解一下他的内在。谁料，全家人还没高兴几天，女方还是反悔了。全家杀人的心都有了，小黑豆一气之下远走南方。在这诡异的乡村，光是相亲就让人抬不起头。几个月之后，小黑豆的爸爸将他拽回老家再次相亲，这一回很顺利，接下来按照谁也不能逆改的程序礼仪马上结婚。半年不到，他们离婚。东拼西凑，里里外外，且不说感情，金钱上已经扯不清，扒掉一层皮仍是竹篮打水一场空。从此，小黑豆就是一个结过婚的人，相亲筹码大打折扣。

我的母亲总结到位，小黑豆家还有点本儿，经得起折腾。他爸爸每年出去打工攒下一些积蓄，加上为人勤劳，几亩地也是资本。而阿喜只有爷爷和奶奶，薄田只有两分，薄如上坟的纸。父亲在他七岁时患白血病去世，母亲因此改嫁，再无来往和音讯。阿喜形容是：父亲死了，母亲跑了。他和妹妹小学上完纷纷回家干活，父亲人已走，因为看病塌下的账窟窿还得补。等到了要成家的年龄，等待他的只能是吃人的乡村相亲，别无他法。而十九次失败的相亲经历说明他已无路可退，整个家庭几乎没有话语权，也丧失了理智和情感。一切的形势，逼迫着他跳入第二十次的深渊。

虽说只有七岁，他还记得家里没钱买棺材，爷爷用一个旧席卷了儿子——他的爸爸——埋在村西的荒岗旁。那时爷爷已过花甲之年，哮喘折磨着他的身体，每日和奶奶两个人编筐，别无他计。待到有集市，爷爷拉上筐去卖得一点钱，一去就是大半天，奶奶准备两个馍和几根咸萝卜条当午饭。阿喜说爷爷当时很想吃一碗熬馍饼，要两块钱，他当然不舍得。两块钱啊，够打发工商局的人，也够交集会所在村要收的场地费。后来阿喜在狱中写起了自己的故事，我听说后问他可否一看，他很大方。他写得很直白，就完成部分来看，小学水平尚能支撑他把事情讲清楚。我以为文学要拯救人。

他把这个故事定性为：长篇小说《罪大恶极》。事实上，顶多记忆出错，他并无虚构能力。开篇描述家里的贫困，整洁的字里行间不难读出他的愤怒。还要交公粮的年代，让他深感无力，时隔一二十年他仍记得那个数字：四百八十斤小麦。因此他感叹：家中有病人的人家真是过得不如监狱的犯人。他当然有资格对比两种生活。

小学毕业后，妹妹去街上打工，工作是做辣条，一天能挣八块钱。而他跟着姑姑家的表哥学做家具，三个月后他也有了工资，一天十块钱。这是1995年，阿喜记得比较清楚，因为那时候的十块钱也很顶事，他尝到了金钱的甜味，这反过来激励他苦学技术。五年以后，他攒下不少钱，把借亲戚和街坊的钱都还清了。除此之外,他还买了一辆摩托车,家中生活越来越好。相亲便从这个时候开始。

第十九次,阿喜记得很清楚。村里一个信教的女人介绍了她刚离婚三个月的娘家侄女。那一天,他照常去表哥家做家具。媒人趁他不在家找到了奶奶,说她娘家侄女除了离过婚净是优点,长得好,还能干,家里开着镇上最大的家具厂,很有钱。至于为啥离婚,因为和婆婆不和,经常吵架,女方遂提出离婚(造成她唯一缺点的是跟婆婆不和,我怀疑是媒人的伎俩,因为嫁给阿喜不存在婆媳不和的问题)。奶奶说:"阿喜还没结过婚,我问问他同意不同意,我是没意见。"等阿喜回来,奶奶说起此事。阿喜知道这个离过婚的女人,十几岁的时候就认识她,因为和她弟弟是同学,去她家的家具厂玩过,当时就觉得她长得美。可是,阿喜要强,并不同意见面:"我刚二十岁,娶一个离过婚的女人,在朋友面前是很丢人的。"奶奶也心急,伙同媒人再三劝说,阿喜勉强同意见一面。那媒人这时说:"我侄女早就看上你了,只要你同意,明天就谈订婚。"

第二天,奶奶买了点礼物,叫上阿喜先到媒人家。媒人正等着,三个人说了几句话,然后一道去媒人娘家。到了地方,离婚美人的父母正在楼里等着。他们表现热情,沏茶倒水。离婚美人的父亲显然相中了阿喜,当面称赞他:"你表哥经常说你做家具做得最快,一套两组的大衣柜,一般一个人三天能做成,你一天就做成了。"阿喜心里骄傲,嘴上谦虚："我也要做到晚上十点多钟。"几个人说了一会儿闲话，媒人说："阿喜你上楼吧，人家在楼上等你了。"离婚美人的父母连忙附和：上去吧，上去吧。这一天应该是阿喜这辈子受人高看与捧场的稀有时刻，这些话，那些人，他都还历历在目，回想起来那么舒服、短暂，同时又那么现实。

阿喜拿了一包水果糖上楼，来到离婚美人的房间。她穿了一件红色的袄坐在床边上，阿喜说："你吃个糖吧。"谁料这美人说："你不会说话。"阿喜一听这话，心里很不高兴，转身咚咚咚下楼，一气呵成对奶奶说："这亲事我不同意，都回家吧。"说完一个人先快步走出了大门。回到家不久，奶奶和媒人也来了，问他咋回事。

阿喜说："我让她吃糖，她说我不会说话。"

奶奶说："你不会说你教教我，我该咋说话呢。"

阿喜不耐烦："本来我就嫌她离过婚，我才二十岁还找不到媳妇啦！"

奶奶说："她是离过婚，人长得好看，身体也好，以后生孩子一定也长得好。你爸死得早，你妈改嫁，你只有个妹妹，没有兄弟，家里就需要她这样能干的媳妇。再说，她父母都是讲理的人。她爸有钱，以后有困难了也会帮帮你。"

阿喜铁了心说："我不需要人家帮助，我也不会向别人借钱。"

这时的阿喜有点昏头了，一点点尊重加上心理的不平衡，让他任性起来，这和连续几年顺利挣了点钱不无关系，至此,第十九次仓促的相亲以失败告终。阿喜走到了深渊的边缘。

无法回首的十九次相亲,除了女方嫌他无父无母家境贫寒,也有说他长得丑不会说话的。和离婚美人相亲时备受刺激的"不会说话",指的是阿喜那不同寻常的口吃。你可以想象一下,他本来就不情愿见对方,到头来反倒叫她先羞辱一番,掉头而走实在是情理之中的事。据我观察,阿喜骨子里刻着不容动摇的骄傲,有前面十八次的失败垫着,紧张和骄傲裹挟着他上楼,劈头降下离婚美人的奚落,以他的脾气,只能闪人。至于说他丑,相亲的价值判断,有失妥当。甚至乍看之下,他的气质由于他干净的白肤在犯群中甚至还显得出挑一些。找他谈话,我悄悄细看,他的脸整个是偏的,就像走路时一个肩头在前,而不是并驾齐驱——阿喜的肢体语言到底在说什么呢?

临近过年,相亲又来了。邻居嫁到外村的女人,阿喜给她取名柳五妞,找到奶奶说有个媒不错。她这样说:"我老公的叔伯外甥女和我们村里的一家散亲了,我今儿忽想起来阿喜年纪不小了,还没娶媳妇,就赶紧过来先跟你说说。"

这个扯不清关系的"叔伯外甥女"就是阿喜的灾祸女主角了。在《罪大恶极》里,阿喜赐她名字叫"速离女"。速离女天天哭,她妈戎虎妮找到了柳五妞老公,央求说个婆家。到这里,孽缘的线从深渊攀爬出来,从门缝里伸到了阿喜的家。

第二天,阿喜和速离女见面,二人都很满意——阿喜客观如此,多年后他的愤怒依然有余热,但提起这次相亲,该是什么就是什么。只能说,他们两个在对的时间遭逢了。既是都满意,媒人柳五姐定好三天后两家人到镇上的饭店碰面订婚,男方带上礼物,并现金九百九十九元。

一切顺利。七天后,到了除夕,奶奶买了一大旅行包的礼物,让阿喜去看望戎虎妮和速离女,还另给他二百块钱,叫他给速离女的弟弟。到了那边的家,阿喜才知道速离女的父亲是偏瘫,话说不清楚,更不能劳动,家里连电都没有通,到处不见一样电器,戎虎妮说怕孩子电死。速离女的房间床头是一堆砖头垒成的台子,整个家里只有戎虎妮结婚时带来的一个衣柜两个箱子。此外,院子里还拴着一头不知从哪里来的驴。阿喜见到了比自己家还穷的人家。

过了年,表哥那里接下一个大单生意,阿喜早早过去帮忙。速离女找到那里,说:"俺家里有几棵树,俺妈叫你做几样家具。"阿喜说明店里的情况。速离女不愿意:"俺妈说明天就做,必须做。"阿喜只好去速离女家做,这样一做就是一个月,大小十几件家具摆在院子里,满满的。有那么一刻,阿喜看着家具心底是甜蜜的。没承想,未来的丈母娘却说板材不是进口的,质量不好。阿喜简直气哭了。

又过几个月,爷爷奶奶催促完婚,又找到柳五姐,柳五姐便去说道。戎虎妮说可以,但要拿两万块钱。那时候农村结婚,一般一万块钱花出去就能把媳妇娶回家。爷爷攒了一辈子,只有两千块钱,而阿喜自己,挣钱之后花钱也不见节省。为了结婚,家里又开始借钱。姑姑拿出存款,又向别处借一些,这才凑了两万块钱,经媒人交给戎虎妮。不仅如此,女方应该准备的嫁妆,不仅阿喜自己制作,该花钱买的,也由男方来买。另有嫁妆礼钱,当时的规矩都是一千块钱,戎虎妮张口要三千,不然"中止结婚"。结婚当天,戎虎妮说陪客的人骂她,纵容儿子大闹婚礼。以上种种,艰难的婚终于结成。

婚后,速离女照例回门,却扬言不再回去,因为阿喜说她不是处女。戎虎妮直接说:"你阿喜有本事,娶个处女去吧。"阿喜回到家找奶奶,奶奶找了本家能说会道的人提了很多礼物去见戎虎妮,说了不少好话才把媳妇接回家。安生过了几天,速离女嫌弃两条被子花色不好看,就用火烧。爷爷奶奶见状阻拦,速离女大骂两位老人。阿喜不能忍受,朝速离女脸上打了一拳。速离女在家中一通打砸,又跑到路上大喊阿喜打人,要上吊自杀。阿喜赶紧跑到她娘家把戎虎妮接来,好话说尽直到下跪,戎虎妮才同意走一趟。

速离女一见亲娘就不闹了,戎虎妮转而要阿喜写一张字据,要是再动手打人就离婚。因为闹得动静大,街坊四邻都来了,劝阿喜不能写。戎虎妮不退让,一定要阿喜写,不然现在就离婚。阿喜只好乖乖写字据。过了几天,夫妻俩迎来新婚的甜蜜,两个人在被窝里闹着玩,阿喜亲吻速离女的乳房时弄得一片发紫,接着是难得的欢爱。第二天,速离女又回娘家，不到一小时，戎虎妮带着她的女儿回来了。没有进家门，直接在村里大路上大喊大叫，说阿喜又打人，这一次一定要离婚。说着，在众人围观下，戎虎妮并女儿四只手扒拉开上衣，让大家都看看那雪白的乳房上有一片紫红印。任阿喜如何解释，戎虎妮只有一句：这一次一定要离婚，然后领着女儿返回了自己家。

爷爷奶奶焦急万分，赶紧拉来本家的人还有柳五妞去找戎虎妮赔礼道歉。去了三次，最后一次柳五妞索性不再露面，速离女坚决不回家，显然奉了母亲的旨意。几天后，法院的传票下来了。法庭上，速离女说阿喜从小没爹没娘，是个野人，嫁给他以后经常挨打，还高高举起阿喜写的字据，意思是铁证如山，逃也逃不掉。阿喜痛诉："我娶这个媳妇花了三万块钱，都是爷爷奶奶找人借的，要离婚，就把彩礼钱退给我。"法官则称，阿喜多次打骂妻子，彩礼钱一分不退，阿喜还要掏钱给女方看病。阿喜在心里咒骂，欠下巨额债务娶个媳妇，过了一个月，彩礼一分没退，还落下个打媳妇名声，以后更难找媳妇了。他默默算一笔账，自己一天挣十来块，几万块钱的债务什么时候才能还完。最终，离婚的宣判落槌。

雪上加霜的是，表哥那里的生意已经几个月没接住活，生活陷入黑暗无望的境地。多方打听，一个同学要去东北干活，干建筑木工，只拿一个斧子就够了，他从家具店拿回斧头，决定一块儿去看看。到东北以后，情况并不乐观，勉强挣了路费,二人又回家里来。阿喜在家一下睡了三个月,心情坏极了,爷爷奶奶对此毫无办法。时间来到春四月的一天,姑姑忽然找到他,叫他去干活,原来表哥的家具店接到订单了。阿喜打起精神找到工具,准备去表哥家,一番擦拭打磨,有种开启新生活的感觉。

就在这种感觉刺激下,在去表哥家的路上,阿喜拐了个弯去戎虎妮家,他想要回家里房门、衣柜门的钥匙。快进入村里时,他看见戎虎妮带着女儿儿子在浇地。他的摩托车嗡嗡叫,三个人早早看见了他。戎虎妮的弟弟从地里拾起半截砖头,二话不说就砸向阿喜。阿喜躲得快,躲了过去,摩托车哐当倒在地上。阿喜看那砖头,砸得十分用力,心中顿生气愤。摩托车后座别着他的斧头,他取下斧头去找戎虎妮的儿子,那小子跑得飞快。戎虎妮见状对阿喜破口大骂,也捡砖头投阿喜。阿喜转而持斧向戎虎妮——这个他一直说是"不知道啥叫丢人"的女人。她跑得慢,阿喜稍快两步就在她后脑勺砍下一斧。他又朝戎虎妮脸上砍过去。戎虎妮鬼哭狼嚎,不知道喊的什么,她的儿子一直不敢过来。阿喜及时停下,看见速离女,就向她走过去,她弟弟在远处大喊:"姐,快跑!"阿喜说:"你不用跑,我不会砍你的。"速离女说:"你为啥砍我妈?"阿喜说:"她用砖头砸我,我才砍她,叫她拿骗我的几万块钱去医院看伤吧。"戎虎妮还在喊:我看不见了,快送我去医院。一儿一女无人敢向前。阿喜很冷静,没有再砍下去。后来在审判时,他强调自己只想教训那个不知道丢人的女人，只想给她留几道疤，达到目的他就及时停止了。

转到我们监区，在我按惯例了解他的情况时，他说道："当时我明明可以把她当场砍死，我停——停下了。就——就算砍的那两斧，我下手也很轻。"而且，很显然，是他们先扔砖头在前。阿喜说，当时地里不少村民干农活，都看见了。

事到这一步，钥匙也不要了，阿喜扶起摩托准备走，发动半天不见反应，这时戎虎妮被她儿女扶着从边上走过，看样子是要回村里，地里清水汪洋，正呈泛滥之势。阿喜继续发动，摩托车响了，他骑上往前走，走过戎虎妮他们三个。双方都很安静，只有戎虎妮一直哎哟哎哟，还有地里汩汩水声。超了有几米，车忽然熄火，阿喜不得已又停下捣腾半晌，这时候戎虎妮娘儿三个又超过他。原来摩托车刚才摔那一下，漏油了，油漏光了，阿喜只好推着走。

一路到表哥家，见了姑姑和表哥，阿喜自然说了刚才的情况。姑姑直接说让阿喜去邢台表姐家躲几天，阿喜知道事大了。几乎没做停留，他直接从姑姑家出发去邢台。

第二天到了邢台，他没有找到表姐，或许他根本就害羞去找她。晃荡了两天，他在邢台边上的砖厂落住脚。一天十六块钱，他干了俩月，然后他考虑当时没用力砍，应该没多大事，就决定回家。果然，回家住了一个月，白天到朋友家玩，到村里新开的网吧学上网打字，甚至去赶集，也不见公安上的人抓他。他还听说戎虎妮瞎了一只眼,刚装了一只假眼,不影响整体的容貌。阿喜彻底放松警惕。

不久,一个朋友说北京那边有木工活干,阿喜决定和朋友去看看。妹妹提醒他北京查得严,别让抓了。阿喜称已经没事了,就算被抓,也不是什么大事,最多判个五六年。不少犯人在我们谈到他们明知犯罪还偏向虎山行时,都会说一句:"没想到会这么严重,想着最多判个三五年。"可惜,命运的手就等着你上钩,把你钓起。到北京刚下火车,阿喜就被几个拿着手枪的警察给抓了。自此,他的人生拐入另一条完全未知的道上。

实际上,案发前一天,阿喜就已经去找过速离女一回,心里做的打算是,若能劝她回心转意,就重新开始;若不能,就把家里的钥匙要回。这两样,他都无法做到。正如阿喜日后所说:为娶媳妇,我付出了家里全部的力量。很难说,他对速离女有多深的感情。他以及他背后的爷爷奶奶无法承担这场婚姻的失败,金钱的代价以及接下来又将继续相亲的苦恼(其实也是金钱),他们折腾不起,所以受尽侮辱,也要努力挽回这次婚姻。

阿喜骑着摩托车驶入戎虎妮的村子,远远看见速离女和戎虎妮正在家门口与几个人说话。戎虎妮闻声,扭头看见阿喜,转而命令女儿回家,哐当锁上门。阿喜好声好气说明来由,戎虎妮二话不说,直接开骂:"你活该找不到媳妇,没爹没娘,是个野人,干脆跟你妹妹去过吧!"阿喜见她不说人话，却也愤怒无招，回怼一句："你活不了一个月！"等日后对簿公堂时，这句话被戎虎妮描绘成，阿喜扬言要杀他们全家。

当时在场的一个女人证明，阿喜说的是戎虎妮活不了三天。因为出事在第二天，所以说活不了三天。阿喜哭笑不得。如果第五天出事，阿喜说的话就变成，戎虎妮活不了一个星期。如果第十天出事，那证言又变成戎虎妮活不了半个月。阿喜据此争辩，可惜他没有证人。我无力还原当时他们两个人互相骂了什么，只分明看到这段孽缘正把阿喜拖入泥潭。而当时或许躲在门后偷听的速离女，可曾有一瞬间想过自己的人生，到底是怎么回事？可曾对阿喜有一丝心疼？

第二天，邻村一个村民骑自行车路过戎虎妮家的地，远远看见阿喜身穿墨蓝色西装，骑着一辆红色摩托车开过来。日后他成为一个不重要的证人，不过透他的眼，我们看见一个体面的阿喜，摩托车在春天里闪闪发光。

阿喜也是监区的收信大户，他说看亲人的信是一件很享受的事，每封信都会看上十遍。来信的是他的外甥和外甥女，两个孩子经常谈一些小事情，倾诉一点小心思。从未谋面的他们，迅速发展成一种笔友关系。他出事时，妹妹还没有结婚，而如今孩子们已经会写信了。尤其外甥的信，干净整洁，字迹简直是从阿喜那里复刻过来的。我只看一眼，就知道是谁写来的。外甥打灯笼，照亮了他的舅舅。

有时候,阿喜会嫌两个孩子写的信太少,不是写的次数少,而是只写一张。他要是写信,最起码要两张,而且还是满满的两张。他提醒孩子可以写写村里社会上发生的事,亲戚朋友的事,写自己的一些想法、计划等等,什么都可以写。一个失去自由二十多年的人,外面的一切他都稀罕,哪怕邮寄一个装着外面空气的瓶子,他也乐意闻一闻。有一次,外甥的信里夹了一张照片,他发现外甥长胖了。以前妹妹邮寄的照片里,外甥长得很漂亮,可这一次他直接回信说外甥胖得像个笨人。

他兴致勃勃地用了一页纸劝外甥减肥,强调最重要的是少吃些,吃减肥药喝减肥茶都没用。世纪之初,阿喜在看守所的时候认识了一个大胖子,很老实,没人来看他,也没有人给他送钱买吃的,一顿饭只吃一个馍半碗汤,六个月的时间他瘦了一百斤。阿喜拿这个例子激励外甥,一定要他重新变回美男子。他说了这样一段话:你减肥就等于在挣钱,减肥成功了,变俊了,就会有很多女同学追求你。到谈婚论嫁的时候,女方要十几万彩礼,你就可以说:要彩礼就分手。

阿喜原来一直关注外面的婚恋市场,竟然知道彩礼钱已经飙升到十万计了。他还提到,现在城市人结婚很多都是女方买房,不买房就分手。因为男的长得好看,即使家庭穷女方也愿意嫁。可以清晰地看到,那一场遭遇深深刺进了阿喜内心。他应该接受了家里的下一代知道当年发生的事,并且把经验教训大方总结出来。他还建议孩子们看《今日说法》,看《特别关注》《非常关注》等杂志,因为它们都在说事儿,三言两语把一件事说清楚,他很喜欢看,借此了解社会的方方面面。他的解释是:人为什么会变聪明?经历的事多了,就变聪明了,自己不会经历太多事,看发生在别人身上的事,也能学聪明。他很担心孩子们会重蹈家里的覆辙,告诫他们不要做一个好人多管闲事,反而会惹一身臊;也不要做一个有正义感的人,杀坏人也会被判刑——要做一个聪明人。

阿喜写一封信要三个晚上,即使如此,他也饶有兴致地给外甥写啊写,像一种倾诉。他还分出了篇目,例如"发明创新篇""国际局势篇""历史篇"以及"减肥篇""国庆篇"等,写得详略得当,全然发自内心。在看"发明创新篇"时,我一度怀疑阿喜的脑子滑轮儿(脑子坏掉的形象说法)了。在这封信里,他颇为自信地谈到了自己的众多创新设计。作为曾经的木匠,他也提到将来的理想是做一名家居设计师。在这些设计中,他比较看好"多功能充气帐篷""无须用电的保鲜柜"以及"在冰面上高速行驶的轮胎",还叮嘱外甥关注一下社会上有没有这样的发明,可外甥对此并没有回复。

在另外一封信里,他继续天马行空地描述自己的设计,比如一款吊钩,在野外探险时可以钓狼钓野猪,这样就可以吃到美味。还有两款摆摊三轮车,一款适合二十公里内行驶,一款最远可以跑五十公里,前者车厢在前,后者车厢在后，但都有舒服的沙发座椅，这样做起小生意来不会太累。十多年前他设计过一辆三轮休闲车，电视转播奥运赛事时，他看到了和他的设想一模一样的休闲车。阿喜身上的确有些技术，在监狱这么多年，他深入参与了机械厂、制鞋厂和最后的服装厂。加上以前干木匠的时候就能钻研，保不齐脑子里生出一些设想。后来他又在信里提到那个"保鲜柜"，进一步向孩子补充细节：保鲜柜上有一个装置，蹬几下就能让食物存放一年不变质。我不得不担心他要狂想起来，浑身都是精力，无处可用。他打听村里镇上有没有夜校，等出去以后他要学东西，学英语日语德语，交外国朋友；学歌曲创作学写作，还要写诗集。他扬言出去十年以后，自己要成为企业家、作家、作曲家、编剧、诗人、发明家、设计师、旅行家、美食家、子女教育专家、创业导师……人生蓝图可谓波澜壮阔。

阿喜十八岁到北京打工，半年时间艰难挣下一千七百块钱，他预备拿这笔钱买一台电视机，在此之前，他已经买过十几个联通世界的收音机。爷爷说什么也不同意，说看电视浪费电还耽误干活。阿喜以自杀相逼，爷爷才同意。父亲生病那几年也多次以自杀相逼，爬到水井边非要跳进去，爷爷运来一块石磨盘盖在井口上。现在阿喜知道，这些事对爷爷是多么大的折磨。监狱这些年，他总想念父亲，可惜父亲没有留下一张照片，后人想看看他的样子也不能够。阿喜十五岁就背着爷爷奶奶照了几张照片，十六岁就偷钱买下汤姆800相机，给爷爷奶奶妹妹姑姑照了很多照片，装满了六个小相册。后来他去外地打工就带着相机，看到好风景便拍下来，谁料相机被偷走。到北京打工时，他又买了一个相机，天安门颐和园天坛长城等地方拍了两卷胶卷，还没等冲洗出来，相机再次被偷。阿喜没有气馁，仍然买来相机，还在结婚时派上了用场。

在监狱，阿喜喜欢上了看纪录片，大好河山或者人文历史，他都乐意看。听一个以前卖家电的人说，一台长虹电视存二十多万部电影才一千多块钱，他便决心出去以后一定要买长虹电视，每天看两部电影再睡觉。阿喜对这个世界仍有无限的好奇并愿意探索，纵然他已人到中年——你有理由相信，他完全有可能成为一个术业有专攻的人才。看他昂扬的精神，一切还不晚。就像他对外甥写，考试分数高或低不是最重要的，考分最高的人不一定能干成大事业，有很强的事业心和不绝的创新理念才重要。显然，人生这一大考，阿喜答得很糟糕，可是这将成为他干事业的助力。

在阿喜列出的那些惊人的人生目标当中（我倾向认为，这是他的脑子有点滑轮儿的迹象），他能完成哪一项呢？得知我在写东西时，他强烈要求看看我的文字。我知道他并没有辨别好坏的本事，阿喜看书看杂志只为实用，但也答应他会拿给他看。恰好我写了一首诗（写得粗糙，当时是为了逼自己给每个犯人来一次速写，以达到深入把握的目的），用信的形式，写的正是他。

大姑：
以后我盖别墅一定会有您的房间，
我要带您到名山大川，
我要定期给您洗脚、做脚底按摩、剪老趾甲，
我要给您养老。
十三年了，我没有再给您打一个电话，
2009年，我把传来难听话的号码删了，
手劈丈母娘的斧头又劈断你的情。
再办亲情号需要身份证、户口本、缴费单，
还得麻烦派出所开证明。
大姑，我还剩几个月出去，
你证明不？

当时姑姑在亲情电话里说了一些难听的话，他一气之下向监区申请，删除了这个亲情号码。后来他后悔了，悟到那是姑姑的爱。如今他熬到刑期的尾声，出去后害怕面对姑姑。我劝他不用担心，姑姑依然会包容他，当时怎么包容，今后还会怎么包容，不会生他的气。以前的照片里，阿喜是长头发，毫不相配，等他出去，姑姑将看到一个精精神神的男子，她还会继续包容的。

阿喜的精气神来自自身，他那不服输的劲头，一辨可知——也来自家人。出了事以后，犯人才知道家是天。阿喜和外甥的通信，像一股清泉滋润着他，流过高墙，连通

内外。他期望通过信引导外甥长成好看有出息的男子,在"国际局势篇"里他这样祝福:祝你看清国际风云,辨别善恶美丑。而他的外甥写信,必在结尾留下八字祝福语,具体如下:

坚忍烈火,穿越阴霾;
处事不惊,浩气长存;
元宵快乐,吉祥如意;
遇事随心,大步流星;
乘风破浪,势不可当;
身体健康,心情开朗;
心想事成,越过阴霾;
心中怀念,终会实现;
吉祥如意,逆流而上;
重回家庭,东山再起;
大器晚成,破冰而行……

2000年的一天,阿喜又一次把速离女从她娘家接回来。无数次的争吵,阿喜骑着摩托无数次拉回,这一次,他们俩罕见地齐心,都没有告诉戎虎妮。摩托车嗡嗡响,像一种节奏。驶过田间地头,驶过公路,穿过村庄,他们两个或许畅想了一次将来,生个孩子、挣更多的钱等等。贴着阿喜的背,速离女的脑筋或许灵光了一次,愿意跟这个老实勤奋的男人过一辈子，不再折腾。

到家不久，一家人正说笑，戎虎妮从天而降，阿喜把她女儿拉走，没有对她说一声，她要即刻把女儿带走，好像那只是一个东西。阿喜阻拦，两个人一通拉扯，吵闹起来。奶奶去劝戎虎妮，戎虎妮一把将奶奶搡到地上。阿喜急了，反手把戎虎妮推倒。阿喜扶起奶奶，戎虎妮直接跳起来，跑到外面大喊：阿喜打人了！一直跑到一个亲戚家，他们和阿喜同村。拉来了人，戎虎妮继续喧闹，最后躺在地上说头疼，嘴里念咒一样说："这日子过不成了……这日子过不成了……"

奶奶见状，让阿喜拉着戎虎妮去看病，阿喜说她是装的，奶奶非让他去。阿喜拧着头去找了辆架子车，奶奶又叫他铺上一床被子，戎虎妮不上车，再铺上一条新被子才行，奶奶让阿喜去拿。戎虎妮消停上车，阿喜拉着她去医院。此时秋高，毫无凉风，古老的架子车被土路颠得当当响，两个补了又补的轮胎好似没气了一样，沉重无比。

看懂《沙丘》

小 西

《沙丘》掺杂了很多深层的西方历史、哲学、宗教甚至科学要素,没有好的解读,很难看明白。

《沙丘》前史

很多初看《沙丘》的朋友,第一反应就是这个作品的设定观好怪:电影和小说描写的明明都已经是一万多年以后的远未来了,怎么里面的人物关系、服饰、社会制度等等,反倒神似欧洲中世纪的封建社会?

你若是有这种观感,那就对了,因为在设定中的故事开场以前,作者虚构的未来世界,确实发生过一次关乎人类命运的抉择——巴特勒圣战。

在《沙丘》的设想中,人类社会在未来原本发展得十分迅速,距今约一两千年以后,就殖民了宇宙中的各个星系。但在漫长的星际航行中,人类遇到了一个问题:宇宙系统过于复杂,想要完成星际航行,就必须依靠人工智能精密而巨量的计算能力；但时间一长，人工智能反客为主，反而奴役了全人类，人类进入由人工智能统治的时代。这段历史，用书中的说法就是："很久以前，人们想要获得自由，便将思考交给机器去做。然而这只会导致机器奴役了我们。"

但这种奴役，却因为一个赌约被打破了。

有一天，主宰全宇宙的人工智能A，和它的助手人工智能B打了个赌。

多疑的人工智能B通过其惊人的演算力，判断出人类是不可信的，会起义推翻人工智能的统治。

人工智能A说：肯定不会的，人类反不了天，离了我们，这么大的宇宙，他们怎么管理呢？

B说：你不信啊！那咱试试吧？

A说：试试就试试呗。

后来的发展结果证明，果然是试试就逝世。

当时人类社会中有一个半宗教半异能的势力，叫贝尼·杰瑟里特姐妹会，这个姐妹会里的女性都是一群能预见未来的半仙。女先知们做过一个伟大的预言，说她们可以通过人工的优生优育，诞育出一位"救世主"魁萨茨·哈德拉克（也就是电影《沙丘》中主人公保罗神智不清醒时一直念叨的那个词）。预言说，这个人一旦诞生，就能够联通宇宙的时间与空间、过去现在与未来……他一来，人类就不需要再仰赖人工智能来联系宇宙了，可以从此摆脱奴役。

为培育出这个"救世主"，姐妹会暗中搞了很多很多年。

但是，就在这个"圣婴"马上要生出来之前，人工智能 B 跳出来，搞了一出人工智能流产，直接把孩子给打掉了。

人类勃然大怒，在姐妹会一位名叫贞德·巴特勒的"圣女"的领导下，全宇宙的人类扯旗造反，掀起了声势浩大的"巴特勒圣战"。

这场圣战最终推翻了人工智能的统治……

《沙丘》原著小说的这个背景设定很有意思，因为它埋了不少历史梗。

这里面有经典的希腊神话式"预言自我实现"——人类本来不会造反（或者说至少不会那么早造反），但人工智能 B "演算"出人类会造反，它为验证自己的演算结果，搞了一系列动作，反而把人类给逼反了。

还有基督教式的救世主剧情——一群受奴役的人预言会出现一个救世主，将他们拯救出苦难。人工智能采用了酷似《圣经·出埃及记》中法老王的方式，试图将这个"救世主"扼杀在襁褓中，结果适得其反。

特别是，在这段《沙丘》前史当中，还埋藏着一个不太容易被发现的罗马历史梗——人类驱逐机器人的这个过程，与传说中罗马人驱逐国王高傲者塔克文的过程非常相似。

罗马上古史中，罗马人驱逐王政、建立共和制的导火索也是一个赌约。国王塔克文的儿子卢修斯·塔克文，有一次跟朋友柯拉廷努斯打赌。柯拉廷努斯说，我老婆鲁克丽丝是天下最贞洁的女子，不信你回去看，我出征在外的时候，她一定在家里安静地做针线。塔克文王子回到罗马一看，发现鲁克丽丝果然很贞洁，也很漂亮，于是见色起意，把鲁克丽丝给奸污了。受辱的鲁克丽丝控诉塔克文王子的罪行之后，愤而自杀。于是全罗马的人都被这种暴行激怒，他们宁可放弃王权统治带来的好处（城邦安全），也要赶走国王。

从赌约开始，因挑衅而引爆，最终以统治者被推翻、驱逐而结束。《沙丘》前史的这段故事，应该算是一个未来版的"驱逐高傲者塔克文"的故事。

当然，就像罗马人驱逐王政会引发一系列社会问题一样，《沙丘》世界中驱除了人工智能，制定了类似摩西十诫的"尔等不能制造与人相近的人工智能"戒律后，也将付出沉重的代价。

"巴特勒圣战"之后，由于销毁了人工智能，人类无法再廉价而顺畅地在宇宙中自由航行、沟通，星际航行于是变得特别漫长、危险而又昂贵。同时，技术的发展也趋向于停滞，这一停滞就停了一万多年，造就了《沙丘》中那个类中世纪的世界。这个困境又非常类似于罗马帝国末期基础设施崩溃，西方世界各地进入彼此难以连通困境中的"黑暗时代"——全球化断绝，技术和人们的生活水平急速倒退。

于是一个同样十分"中世纪"的方法，也被重新应用了起来：分封。

圣战中功勋最为卓著的科瑞诺家族直接化国为家，登基称帝，而几个立功的大家族则被分封到宇宙中各地，各管一摊,其中就包括小说的主角厄崔迪和哈克南两大家族。两个家族在圣战中曾经是战友和上下级关系,因为一场战斗的意见分歧(要不要用二十万人的性命换一场胜利)而闹得很不愉快,最终结为不死不休的死敌。

我个人猜想,这种驱逐机械暴君后三大家族崛起的故事,可能也是从罗马共和时代获得的灵感。《沙丘》小说中的科瑞诺家族、厄崔迪家族、哈克南家族,分别对应罗马历史上同样显赫的西庇阿家族、尤利乌斯家族、布鲁图家族。在正式开打之前,几大家族博弈的主要场所,也同样是帝国议会(元老院),最后几个派别矛盾无法调和,斗争公开化,帝国陷入内战,由一个其父被阴谋杀害的"神选之子"复仇成功,重新建立了帝国新秩序。所有这些,都跟罗马前后三巨头的内战故事有神似之处。

但不得不承认,《沙丘》世界中几个家族之间的具体斗争模式,还是中世纪风格的,其中充满了中世纪欧洲的那种王权与算计。比如在电影版《沙丘》的开头,导演特地突出了一个细节:科瑞诺家族的皇帝因为忌惮厄崔迪家族功高震主,派使者千里迢迢跑到其主星卡拉丹(封地)上去宣旨,要他们家徙封。三个宫廷使者,不远万里,耗费数百亿帝国资金,跑来就为了宣读个诏书。很多人看这一段时,就觉得很不理解,为什么不打个视频电话,或者邮件就解决呢?

理由还是那个——技术锁死之后产生的区域阻隔与沟通不便,当然更重要的是,皇帝要通过这种声势浩大的"宣旨",造成一种压迫感,逼厄崔迪家族就范。

观影时请注意,那位圣使在威风凛凛地宣旨完毕后,还色厉内荏地问了厄崔迪公爵一句:请问你接不接受诏书?

你要是不理解《沙丘》的背景设定,而过分了解中国史,看这段时估计都能笑喷——皇上宣读个圣旨,怎么还问臣下接不接?试想一下,如果《沙丘》中的宇宙皇帝对诸封臣有现代国家式的管控能力,或像中国古代帝王那样的绝对控制权,宣诏使者是无论如何也没必要加这一句的——你敢抗旨?皇上的御林军旦夕可到!

可是,欧洲中世纪的封臣们就敢。因为他们知道交通不便,地广人稀,国王兴师动众地去镇压个叛乱,太得不偿失了。所以对皇帝来说,凡事也只能跟封臣们商量着来,且必须允许封臣们相对独立势力的存在。这一点,与离开人工智能之后沟通困难的《沙丘》世界是非常相似的。这个世界观中,宇宙就处于一种既不分裂也不统一的"欧洲中世纪状态"。

理解这个背景设定,其实是欣赏整部《沙丘》系列故事逻辑的关键。

所谓"大道隐,巧技出",《沙丘》世界,是通过假设人工智能技术被锁死的方式,在人类的未来虚构了一个"中世纪2.0版"。而为了让这个"中世纪2.0版"变得更中世纪一些,作者还虚构了一种"能量护盾"的技术进步,这种能量护盾的特点就是"慢穿快不穿",高速、高能物体会被护盾阻挡或发生随机爆炸,只有低速物体才能够穿过。于是热兵器都不管用了，人类重新回到白刀子进红刀子出的肉搏时代。

《沙丘》小说作者弗兰克·赫伯特亲口承认，之所以要补这个技术设定，就是为了让那种崇尚个人格斗技艺的骑士们能重出江湖。于是我们才能在电影中看到邓肯上演喜闻乐见的一个打十个。

所以，《沙丘》其实是一本非常奇特的披着科幻外衣的中世纪小说。

《冰与火之歌》的作者乔治·马丁曾说，自己在创作时对《沙丘》有不少借鉴。事实上也确实是，说几个他公开"致敬"《沙丘》的明梗吧。

《沙丘》中的前代公爵雷托·厄崔迪，非常像《冰与火之歌》中的"北境之王"奈德·史塔克。两人同样是一方诸侯和一家之主，正直、善良、勇敢、公正，但同样也都是开局就领了便当，为自己的儿子未来上演复仇剧铺平了道路。

虽然故事的主线是"王子复仇记"，但《沙丘》中最终手刃仇人哈克南男爵的不是男主保罗本人，而是他的妹妹（电影《沙丘2》中保罗母亲杰西卡怀的那个孩子）艾莉亚·厄崔迪。艾莉亚这个名字，《冰火》的读者应该很熟，它被安给了主角雪诺的小妹妹艾莉亚·史塔克。这就是为什么虽然《冰与火之歌》的小说还没写到结局，但西方读者和电视剧《权力的游戏》编剧都猜得到，乔治·马丁最后一定会让艾莉亚手刃仇人——这个致敬实在太明显了。

统治世界的美式神话

《沙丘》的过去是罗马式的，现在是中世纪式的，而故事中最为至关重要的商品"香料"，则带有典型的殖民时代气息。

驱逐人工智能以后，星际航行所必需的计算能力不再那样简单易得，但人类幸运地找到了一种名为"美琅脂"（香料）的物质。服用这种物质之后，人类可以拥有预言、高速移动、超级力量、念动力等能力，于是一部分人就通过服用香料成为"领航员"。他们其实是一种"人类计算机"，能够帮助宇宙飞船规划出安全的宇宙线路。

于是香料就变得非常重要。这种宝贝其实是沙虫代谢的产物，目前已知沙虫居住地仅有沙丘（即厄拉科斯星），所以谁控制了沙丘，谁就控制了香料的生产，控制了人类的星际旅行，进而控制全人类。

很多解读以沙丘的地貌，认为作者用"美琅脂"暗喻现代社会的石油。我觉得这个比拟并不确切，从"香料"这个别称也可看出，小说中的香料，比拟的应该是真实历史中大航海时代曾经让欧洲人为之疯狂的香料。

小说中的香料，其实是沙虫这种巨型生物拉出来的粪便。而在现实中，确实有一种原产自东方的香料名叫"龙涎香"（在西方被称为"灰琥珀"），是鲸鱼这种巨型生物的粪便，人类却视为比黄金更贵的宝物。龙涎香显然就是美琅脂的原型。同样的"视粪土为金钱",这个梗应该就是从这里来的。

因为香料只在沙丘才产,所以各派势力都对厄拉科斯这颗星球垂涎欲滴,并在小说中大打出手。这个过程无疑是映射欧洲列强在近代历史上为争夺殖民地展开的战争。尤其是哈克南家族在沙丘星球上那种武力镇压、暴力屠戮、只攫取资源而不尊重当地土著的管理方式,与历史上(美国人认为的)西班牙和英国对殖民地的治理方式十分类似。而作为小说中的正面家族,厄崔迪家族带有非常鲜明的美国人自诩拥有的那种特点:施行"仁政"、摆出一副愿意了解当地土著的姿态,并幻想土著们会把自己当作"救世主"来崇拜。特别露骨的是,作者采用了《阿拉伯的劳伦斯》式的处理,让主人公保罗在沙丘这颗星球上"土著化"成为本地人,驾驭沙虫,最后带领本地的弗雷曼人"闹革命",推翻了敌对的哈克南家族的统治。

后来类似的剧情又被《阿凡达》借鉴过去,成为一个在好莱坞被用滥的梗。

这样的情节处理是不是有些"西方式的一厢情愿",大家见仁见智,但必须指出的是,小说《沙丘》的第一部问世于1965年,当时的美国,正在第三世界支持很多国家的自决独立。民族自决理念,是美国的威尔逊总统在"一战"后提出,并在"二战"后正式得以全球范围内铺开的。从印度到非洲,大量国家都在美国和苏联这两个超级大国的支持和默许下，从英法等老牌帝国的手中获得独立。美国通过这种"兵不血刃"的推动，成功解构了英国殖民统治体系，进而从旧帝国手中接管了世界的霸权，这个过程与小说中保罗·厄崔迪借弗雷曼人之手推翻宿敌哈克南并瓦解旧帝国统治是很神似的。而一如小说中所说，当时的美国，梦想创造的是一个自己并不直接出手统治，却在自己隐形管理下存在的，"永远不会灭亡，永远不会过于聚拢，又不会过于分散的文明"。

当然，身为科幻巨匠，弗兰克·赫伯特对于这个"美国梦"是有批判的。在后续的小说中，曾自信为"天选之子"的保罗·厄崔迪最终堕入黑暗面，他的梦想只能交由其子去完成。而巧合的是，几乎就在同一时期，美国也正在遭遇越战的精神冲击。可以说，当时的美国人很容易代入保罗·厄崔迪以及他的子孙们的那个角色，所以他们非常热衷读这本小说。厄崔迪家族对沙丘世界的梦想，其实就隐喻了那个时代的美国人对现实世界的梦想。

心理学家荣格曾有一个论断：神话，就是一个民族的集体潜意识。

这话是很对的。世界上多数民族回忆自己的历史，并形成世界观，往往不是通过历史学习，而是通过他们的神话故事（比如印度的《罗摩衍那》）和对神话故事的再解读（比如德国的《尼伯龙根的指环》）。而对于美国这个在新大陆上建国的国家来说，它没有自己的历史记忆来打造神话，更无从获得重新解释神话的机会，只能乞灵科幻作品来代偿性满足，所以美国科幻文学特别发达，从洛夫克拉夫特到海因莱因，到阿西莫夫，再到《沙丘》作者弗兰克·赫伯特，他们写作科幻小说的本质，其实都是在书写一部"美式神话"。

而作为小说的《沙丘》，毫无疑问非常完美地做到了这一点。仅从历史观来看，我们就发现它几乎暗喻和囊括了美国人视角中的整个人类文明史：一个古希腊、罗马式的过去，一个中世纪的现实，一个符合美式政治理想的未来。

在战后美国科幻文学史上，《沙丘》是第一部做到这一点的小说，也是做得最完美的一部，所以英国科幻作家阿瑟·克拉克曾说："《沙丘》之于科幻，就像《指环王》对于奇幻一样。"托尔金在写《指环王》时就曾说，自己是想为没有神话的英国人用奇幻的方式编写一套现代神话。而《沙丘》无疑是用科幻的方式为美国人做到了这一点——它就是一部披着科幻外衣的美国现代神话。

这就是为什么这样一部今天看来很不好读的小说，在1965年刚刚问世之后立刻在美国热卖，成为第一个同时获得"雨果奖"与"星云奖"的双冠王。它确实找准了那个年代美国人的"集体潜意识"。

这也是为什么《沙丘》这部电影难拍的原因之一，凝结民族潜意识的神话一定是最难拍摄的，德国人拍不好《尼伯龙根的指环》，宝莱坞没有哪个导演敢尝试《罗摩衍那》，中国也没有哪位导演敢拍《大禹治水》……民族神话对于一个民族来讲都太宏大、太庄重了。

具体到丹尼斯·维伦纽瓦执导的电影版《沙丘》，很多差评说导演将小说中的文戏删减到了最低，导致原著前半部分最吸引人的"谁是叛徒"的悬念，被淡化得几乎看不见，电影的剧情张力也随之消失，成了一部"两个半小时的预告片"。我反倒觉得，维伦纽瓦这样的处理其实是成功的。因为对于《沙丘》这种量级的"美式神话"来说，最重要的不是剧情张力，而是那种类史诗般的庄重感，而电影《沙丘》用考究的光影、宏大的特效、巧妙的运镜和震撼的音效，非常完美地做到了这一点。

看这部电影时，可以注意下这个细节：电影中的大部分场景，人物在说台词的时候是不做动作的。这种类似话剧、歌剧的手法，显然是导演在有意烘托这种庄重感。或者说得简单些，对于《沙丘》来说，开篇第一部最重要的是"拔份儿"，而维伦纽瓦在这一点上做得几乎可以打满分。想想《指环王》第一部，其实也是这么个感觉。

迎接"命中注定之事"

先讲一个古希腊神话故事。

古希腊有位国王叫哈克里希俄斯，有一天他接到一个神谕，告诉了他一个好消息和一个坏消息。好消息是，他的女儿将诞育一个男孩，而这个男孩将成为一位英雄，经历伟大的冒险，创立不世的功业，而他的子孙更会建立一个前所未有的大帝国。但坏消息是，男孩会杀掉他这个外祖父。

这可把老国王吓坏了，就把女儿关到一间小黑屋里，不让她接触任何男人。

但古希腊神话的套路嘛，你懂的——哈克里希俄斯的女儿在小黑屋里长到妙龄，被奥林匹斯山上的宙斯看上了，宙斯化成一束圣光（一说是金雨），照进公主所在的小黑屋，使她受孕。于是公主生下了一个男婴，起名叫珀尔修斯。

哈克里希俄斯得知自己当姥爷后又惊又怒。恐惧的他想把女儿和外孙都杀掉，却又怕得罪宙斯，于是想了一个自作聪明的招数：把女儿和外孙装在一口大箱子里，扔到海中，任其自生自灭。但在神明的帮助下，珀尔修斯母子最终活了下来，他们被塞里福斯岛的国王捡到并收留，国王还差点迎娶珀尔修斯的母亲，成为他的继父。

长大后的珀尔修斯经历一系列冒险，地狱斗过三头犬，洞里砍过美杜莎，成为英雄。

珀尔修斯荣归故里，本想去看看自己的那位外祖父，告诉他自己已经冰释前嫌，对他无害了，但在路过某座城邦时，看到一场正在举行的运动会，一时手痒，就上场扔了个铁饼。结果铁饼扔得太远，直接砸死了观众席上一位老人。

那个老人，正是珀尔修斯的倒霉姥爷，已经逃出自己国家避难多年的哈克里希俄斯。这位老人千算万算,最后还是没逃脱神谕给他框定的命运。

神谕还是实现了。

这个故事,等你看到电影《沙丘2》中揭示的设定,就会恍然大悟了:与主角保罗有杀父灭家之仇的那个大反派哈克南男爵,其实是其母杰西卡的亲生父亲、保罗的姥爷。

若干年前,贝尼·杰瑟里特姐妹会的圣母,为实现她们育种救世主的万年大计,就从哈克南男爵那里"借种"生下了杰西卡夫人,而杰西卡夫人出于对雷托·厄崔迪公爵的爱和自己的野心,又擅自选择生下一个男孩,就是保罗。

多说一句,正是受《沙丘》的启发,《星球大战》也选择了把"我是你爸爸"这种伦理梗埋在第二部《帝国反击战》最后。由于《沙丘》在美国科幻界的经典地位,美国作家、编剧们对抄《沙丘》的创意不以为耻反以为荣,能写这么一段,就逢人到处说:"你看看,我这段抄的可是《沙丘》。"

而《沙丘》这个外公迫害女儿、外孙,外孙反过来杀外公的剧情,毫无疑问也"致敬"了珀尔修斯的神话故事:故事中的倒霉外公叫哈克里希俄斯,小说中叫哈克南;故事中的国王外公,因为既害怕外孙复仇又怕直接杀掉会得罪宙斯,选择把母子俩丢到海里,让他们自生自灭,而小说中的哈克南男爵,因为既害怕外孙复仇又害怕杀掉他会得罪姐妹会,选择将母子俩丢到沙海里,让他们自生自灭;故事中的珀尔修斯母子没死，遇到塞里福斯国王，国王答应收留他们，还差点成了珀尔修斯的继父，而小说中的保罗母子也没死，遇到了弗雷曼人首领斯第尔格，首领答应收留他们，并成了保罗的继父；珀尔修斯最后杀掉了他的姥爷，电影中的保罗最后也杀掉了他的姥爷；珀尔修斯的后代果真如神谕一般，创建了一个庞大的帝国——波斯帝国，而保罗的儿子后来成为所谓"雷托神帝"，也终成一番霸业……《沙丘》的故事主脉，与珀尔修斯那个神话故事，不能说是高度雷同，只能说是一模一样。

问题是，为什么一定要这样写呢？因为《沙丘》，也是一部探讨"命运"的小说。

读小说《沙丘》，会发现其实不仅仅是这个故事主脉，整个系列中都处处洋溢着古希腊悲剧的那种宿命感。

由于有香料这种神物的存在，《沙丘》世界"半仙一操场，先知一走廊"，但凡有点头脸的人物，都隔三岔五便能受到各种预言和梦境的启示。也正因如此，电影才会选"梦境是来自深处的信息"这句话当作开篇语——这就是一个命运已经被严重剧透了的世界。

但让我们感到特别奇怪的是，与那个高仿哈克里希俄斯的大反派哈克南男爵相反，正派人物反而不怎么在乎预言。

不过，好像很多小说里，也都是大反派才最在乎预言……就说保罗之父雷托公爵吧。如果看小说，会发现他很早就得到了警告，除了内鬼是谁这件事外，皇帝要联合哈克南男爵搞厄崔迪家等事件,其实早已有人剧透给他了。但就是对于这样一个明晃晃的套路,雷托公爵面对那纸徙封令,也没说什么"另请高明吧,我也不是谦虚"之类的话,甚至连诗都没念,直接一波就莽了上去。为什么呢?

其实,电影《沙丘》对雷托公爵这种直面命运的心理动机是给了解释的,只不过都藏在细节里。

首先雷托公爵一出场,就是他抚摸自己父亲在决斗中被公牛顶死的墓地浮雕。而在他临终前,从昏迷中醒来,第一眼看到的,又是墙上那公牛的头——导演分明是在用镜头表示:这就是你厄崔迪家族的宿命,躲也躲不掉。

再比如,雷托公爵临死之前是被扒得精光,四肢摊开,扔到椅子上去的。你很明显能感到,维伦纽瓦对这一幕的处理特别有宗教感——临死的雷托公爵,宛如下了十字架的耶稣。而在基督教教义中,耶稣是预见到自己会被钉上十字架,但他知道这是上帝计划中的一部分。牺牲不可怕,只要死得有价值就行。而临死的雷托公爵也做此想,他试图用自己的死,换来与宿敌哈克南男爵同归于尽。

另外,影片在描写厄崔迪家族时,带有很强烈的苏格兰风格,不仅主星的风景很像,连公爵登陆沙星时,都是用苏格兰风笛开路。而苏格兰的凯尔特神话也是一个充满宿命味的神话体系,每一个上台面的英雄都有一个"Fate"(命中注定之事,专指坏事)。凯尔特英雄们毕生的问题,不是怎样逃避这个"Fate",而是让它发生得更有价值。

维伦纽瓦准确抓住和强化了《沙丘》中作者赋予父亲雷托这个形象的意义：他是个古典英雄、勇士，面对既定的命运，他既不逃避，也不恐惧，只是做好准备迎接和承受它。而这种精神，也是雷托教给儿子、主角保罗的事。

小说中的一场父子对话，在电影中被保留并强调了出来：保罗在墓园对父亲表达了焦虑，担心自己"无法成为那个被选中的人"，雷托是怎么回答他的呢？"一个伟大的人，并不是一心寻求成为那个被选中的人。他只是响应了那个召唤。"

有这样一个对命运无畏而坦然的父亲打底，小说《沙丘》所展开讨论的，就是保罗这个年轻人究竟怎样跟自己的命运相处。

逆天改命？他们不信

人，应该怎样面对自己的命运？

这里岔开谈一个问题，那就是中国人与西方人对待"命运"这个问题的不同态度，这可能也是《沙丘》之类故事在中国水土不服的原因。

中国人对命运这个事儿，向来保持一种工程师式的能动性态度，那些算命先生在给人算完命之后，一定还会提供"改运"的服务。一个算命的，如果说完"施主我看你印堂发黑"后,不加上一句"贫道倒是有个破解之法",那就像修水管的师傅查完你家哪儿堵了,却不给你通下水道一样,是有违职业道德的。

而西方那些同行,无论是古希腊的德尔菲女祭司、古希伯来的先知,还是古凯尔特的女巫,都不提供"破解之法"这项服务。基本就是一个闪现,出来做个预言:你,会有个什么什么样的命运。然后走人——从来都是管说不管解,至于该怎么承受这个命运,那是你自己的事情,俺们这些预言家管不着的。

在西方,算命的就真的只管算命。

所以中式传奇故事与西方传奇故事从来主题就是不一样的。中式故事中的英雄,想的都是怎么"逆天改命",从《西游记》中打上灵霄宝殿、改了阎王生死簿的孙悟空,到现代网文小说中动不动就吼一嗓子"我命由我不由天"的龙傲天主角,我们听着最来劲的就是这种逆天改命的故事。而与之相反,西方的大多数英雄故事,探讨的则都是怎样面对命运。从希腊神话中珀尔修斯的历险和俄狄浦斯的弑父娶母,到《哈姆雷特》中王子所哀叹的"这是一个颠倒混乱的时代,倒霉的我却要负起重整乾坤的责任"……西方人对"改命"这事儿,似乎从来没我们这么自信,而只会讨论怎么面对命运。

从这个意义上说,西方人是比我们更"信命"的。

而具体到《沙丘》,由于作者赫伯特是个"大杂家",

对希腊神话及佛教、伊斯兰教、基督教的宗教教义都做过一定研究，所以他的探讨和解答是多层次的。就像他在《沙丘》的设定中同时融合罗马、中世纪和现代的三重历史一样，把各种宗教对命运的观点都糅合到一起，进行了一番思想实验。

首先，《沙丘》提出问题的方式，是照搬经典希腊悲剧的：每个人都有一个命运，你该怎么承受它？

而后小说很快给出了第一个解答，正如大家在电影中看到的，当保罗驾驶扑翼机飞入沙尘暴，在狂风中无论如何操控都无法保持平衡时，他索性放弃了所有操作，放任扑翼机在风暴中随风飞舞。这显然是一个关于人与命运的寓言，估计大多数中国人看到这一幕时，联想到的应该是"心无挂碍，无挂碍故，无有恐怖，远离颠倒梦想，究竟涅槃"这种佛家禅宗的教诲，但《沙丘》在这里真正想要暗示的，恐怕是一种对待命运的理念：顺从——神借先知之口，宣布世人有一个什么什么样的命运，那好，我们就接受这个命运，并在这种顺从中获得安定和喜悦。

《沙丘》中的保罗不仅顺从命运，而且能动地利用了命运。为融入弗雷曼人的社会，他放弃王子的身份成为"穆阿迪布"，依靠传说、预言和自己的领袖魅力与组织能力，让弗雷曼人相信自己就是传说中那个"指路之人"，最终他所掀起的信仰浪潮席卷整个厄拉科斯星，同样将自己推上集世俗君权和宗教神权于一身的王座。

可是，赫伯特毕竟是个美国人，在让读者爽完了之后，很快就开始对这种解答进行反思。

在第一部小说中，作者就不断提示人们，穆阿迪布（保罗）在一步步走向神权的高峰时，也变得越发孤独，每一次依靠信仰鼓动人们夺取胜利之后，穆阿迪布（保罗）都发现自己"又多了一位信徒，却少了一位朋友"。随着他所掀起的信仰浪潮越发猛烈，主角越来越无法控制这场浪潮的走向，他真的变成了代神发言的穆阿迪布，而保罗逐渐消失了。

在第二部《沙丘救世主》中，保罗已经被弗雷曼人推向至尊地位，弗雷曼人在对穆阿迪布的狂热信仰中，打着他的名义不断发起远征，将战火蔓延至帝国的每一颗行星。保罗本人非常不愿意看到这种局面的失控，也惧怕自己在梦中所预见的惨烈幻象，可是这时，他已经身不由己了。

将羽翼收起，"顺从"地在命运的沙暴当中飞翔，也许确实可以"好风凭借力，送我上青云"，但你迟早会发现，真正主宰这场飞行的，并非你自己。

于是保罗选择了自我放逐，在《沙丘救世主》的结尾，失明的保罗脱下皇袍，独自一人走入茫茫沙海。

这个时候，"穆阿迪布"就退场了，而"保罗"再次出现。

读者会发现，作者给主角起"保罗"这个名字，从一开始就是个草蛇灰线的伏笔。在基督教中，保罗这个名字是很有讲究的，它来自使徒保罗。保罗原本是以迫害基督徒为乐的犹太人，可是有一次途经大马士革郊外的一片沙漠时，他突然看到了神迹，并瞬间双目失明，一个声音从天上传来："保罗啊，你为什么逼迫我。"大受震撼的保罗由此选择皈依基督教，并成为基督教历史上最伟大的传教士。

基督教神话中，失明的保罗在沙漠中悟道；《沙丘》系列第三部《山丘之子》中，同样失明的保罗也在沙漠中悟道。重新出场时，保罗成为传教士，而且是一名反对自己曾经主张的传教士。然后有一天，他重新回到自己缔造的那个帝国的中心广场，发表了与穆阿迪布教义完全相反的演说。

"穆阿迪布"曾经靠预言统治帝国，要求人们顺从先知和神所安排的命运，相信一切都是确定的，但成为传教士的保罗却说："人必须永远选择不确定性，远离确定性。你们要勇于做出自己的选择。"他还厉声揭露当时帝国的统治者，也就是他的妹妹艾莉亚执政时的暴行。最终，不能容忍保罗新主张的庸众们一拥而上，为穆阿迪布和女皇处死了这个宣扬异教的可恶的传教士。

于是，《沙丘》前三部曲的主人公保罗，获得了与基督教传说中的圣保罗几乎一模一样的结局。

如果你不了解西方宗教哲学，会觉得《沙丘》给主人公安排的这个结局非常"憋屈"——跟了他几十万字，最后就落了个这？但经过上述讨论，我们可以品出这种安排的深意。基督教，尤其是经历近代人文主义思想熏陶后的基督教，特别强调"选择"的重要性：神给了人自由的意志，人可以自由选择自己的命运，而不被任何外力所强迫，但人的灵魂高尚与卑劣，将在一次次选择中呈现。耶稣明知道会被钉上十字架，还是选择了受难。圣保罗明知道留在罗马有危险，还是选择了殉难。而小说中的保罗，明明已经用自己的能力预测到了公开反对曾经的自己会遭遇什么，但还是主动选择实现了这个预言。

最终，对于命运的安排，保罗做出了与父亲雷托相似的回答。但雷托的死，带有古典神话英雄的宿命论色彩——他不畏惧命运，但也没有主动选择命运；而保罗的死，则是基督教使徒殉道式的——他就是要主动选择这种命运，以实现自己的理想。

"上帝创造了厄拉科斯，用以锤炼他的信徒。"

《沙丘》系列的前三部曲，从古希腊悲剧出发，历经种种，最终还是把主人公的解答重新安放到了现代西方基督教的精神世界中。

一个人怎样与自己的命运相处？理解自己的命运，并主动地接受它、选择它。《沙丘》所定型的这个对命运的回答方式，此后被无数西方"新英雄故事"所模仿。比如严重"致敬"《沙丘》的《星球大战》中，天行者卢克与其父阿纳金之间最大的区别，就在于阿纳金是一个典型希腊式的、试图逃避命运却最终被命运所俘获的人，而卢克则是一个洞悉命运之后依然无畏做出选择的人。比如《哈利·波特》

里，哈利是在理解自己必死的预言真相后，主动去找伏地魔进行宿命的决斗。再比如《黑客帝国》中，主角尼奥主动去找机械大帝，用自己的死换取双方的调和。再比如《复仇者联盟》里，钢铁侠在明知自己会送命的情况下，毅然打出了那个响指……所有这些剧情的逻辑都是一样的：洞悉命运的真相，却依然选择它。

这就是《沙丘》所要传达的那种英雄观，时至今日，依然被沿用着。或者，用罗曼·罗兰那句已经用滥了的话来说：

世界上只有一种英雄主义，就是认清生活的真相后依然热爱生活。

宇宙级"渣男"

假如你是一个既没有补过原著，也不了解相关设定的纯路人，那么看完《沙丘2》走出电影院时，肯定吐槽欲满满：这是什么垃圾科幻爱情片？

影片中的主角保罗，作为落难公子流落沙丘，跟原住民弗雷曼人妹子契妮谈了一整部影片的恋爱，可到影片最后五分钟，在终于完成复仇大业后却当了渣男，给契妮抛下一句"我会永远爱你，直到生命的最后一息"的土味情话，转身就跟素昧平生的宇宙帝国公主喜结连理，登基称帝去了。

是的，如果抛去一切背景设定，《沙丘2》好像真就是这么一个"史上最渣分手传说"的故事。可如果有闲心补一下背景知识，会发现主角这么渣倒也是有理由的。

首先，这是一个预言的自我实现。

《沙丘》原著小说中，主角保罗自从沦落沙丘，半仙属性就逐渐觉醒，最终在他喝下沙虫之血、死而复生之后，彻底成为先知。他预见到了自己将杀掉自己的外祖父哈克南男爵为父报仇，也预见到了自己会成为宇宙皇帝，但称帝的路径则是他要娶公主。这就触及了那个所有戏剧作品都喜欢讨论的古老命题：人有没有力量违背自己的命运？你与谁恋爱，与谁结婚，以什么样的方式度过一生，到底是冥冥中自有天注定，还是你可以按照自己的自由意志挣扎一下？

很多作品中最有趣的情节都是围绕这个话题展开的，比如《黑客帝国》，女主崔妮蒂从先知那里获知了救世主的存在，先知还预言她会爱上救世主。而在第一部结尾尼奥死亡后，崔妮蒂流着泪把这个预言讲给尼奥听，说你不可能死，因为我已经爱上你，所以你就是救世主……再然后，尼奥就活了。

这个剧情细想之下就很有意思——到头来，到底因为尼奥是救世主，崔妮蒂才爱上了他，还是因为崔妮蒂确信自己爱上了他，所以尼奥成了"三位一体"（Trinity，崔妮蒂）所选定的救世主，因而可以死而复生呢？没准是后者。

而在《沙丘》中，其实可以看到《黑客帝国》这个故事的原版（美国科幻有"万物皆抄《沙丘》"的传统）——保罗喝下剧毒的沙虫之血假死后，他母亲告诉契妮，你也在预言中啊！你绰号不是叫"沙漠之泉"么？预言中说只有沙漠之泉的水才能让救世主复活。契妮就把自己的眼泪涂在保罗的嘴上，然后保罗就苏醒了，成为预言中的救世主。

这两个故事其实是一样的。

这里有一个很有戏剧张力的情节——假如契妮发觉自己不爱保罗了，此时转身离去，那么保罗是否就并非预言中的那个救世主，从而不能复活，像常人一样死掉？

也许爱情本身就是一次预言的自我实现——所爱之人并非特殊，只是我们用泪与吻钦点了对方，才成为我们的救世主。

以这个视角去看，保罗在成为先知、预见到自己命运之后，最终选择抛弃契妮与帝国公主结婚，确实是一种很渣、更屈从于命运的举动——至少，他远没有虚与委蛇。

《沙丘》能成为一代科幻经典的原因，不仅仅因为作者弗兰克·赫伯特在作品中融入了诸多巧思，更重要的是他所写的并非单纯的主角"复仇爽剧"，而是一个与命运抗争和妥协的悲喜剧。保罗所爱的契妮，代表的是他性格中不屈从于命运、要与命运抗争的那一面，所以我们可以看到电影《沙丘2》中，保罗曾一直在契妮的鼓励下拒绝成为"预言中的那个人"——你就是你，凭什么非得活成预言剧本里说的那个样子？这是契妮在反复告诉保罗的事情，也是她所爱的保罗的那一面——一个不屈命运的自由人。

可是最终，在大势威逼下，保罗还是屈从了，他喝下沙虫之血，看到命定的未来，并选择接受它。所以当契妮看到保罗最终选择与帝国公主结婚以获得皇位时，她的感觉其实是失望大于伤心，因为她所爱的、那个不屈从于命运的自由人（弗雷曼人）已经消失。那么这个人还有什么值得留恋的呢？

由此你会想到他们之前的那段对话。

契妮说：弗雷曼人只会爱弗雷曼人（只有自由人与自由人才会彼此相爱）。

保罗说：我就是弗雷曼人（我是自由的，你可以爱我）。

契妮回答：从灵魂上讲，你是，但从血脉上讲，你不是（你的确在精神上向往自由，但因为你的家庭、你的命运，你没办法获得真正的自由）。

这段对白很妙，表面上看，他们在谈风俗、谈现实、谈恋爱，但实际上，他们在探讨一个古老的命题——人到底是不是自由的，怎样才算自由。

"我会永远爱你，直到生命的最后一息。"保罗对契妮的最后一句话以及他之后所做的事，给了这个问题一个最后的解答。一个人灵魂上也许永远热爱并追求着自由，"直到生命的最后一息"，就像保罗爱契妮，可在现实中，他们很多时候不得不屈从于命运，就像他必须娶公主。

所以电影中保罗的选择并非一个单纯的渣男故事，它暗喻了我们在现实中的选择。面对绝对自由的召唤与现实的威逼，大多数人的选择不也如此么？

从灵魂上讲，我们都是自由人，但落于现实的尘埃中，我们并不是。

爱情权谋术

弗兰克·赫伯特是个饱读史书的人，他给保罗做的这个剧情安排，其实充满了历史梗。在欧洲历史上，战场上兵戎相见的双方最终结亲，通过政治婚姻的方式完成产权相对平和的继承，确实是一个通例。

公元1485年，让英国创痛甚巨的玫瑰战争的最后一战博斯沃思战役终于打响，受到法国国王资助的亨利·都铎，在这场关键战役中击败了约克王朝的末代国王理查德三世的军队，一举奠定了都铎王朝的江山。但你知道，对这场战役结果等得最着急的人是谁么？就是约克王朝名君爱德华四世的亲女儿伊丽莎白公主。

伊丽莎白公主对这场两个家族之间的最终决斗的态度，跟《沙丘》中帝国公主伊勒琅看厄崔迪家族和哈克南家族之间最终决斗时的那个态度一模一样——你俩赶紧打，打出一个你死我活来，我才好决定到底和谁结婚。

最终亨利·都铎赢得战争，伊丽莎白公主犹豫都没犹豫，就嫁给了她这位既沾了远亲又有家族血仇的亲戚。两人的结合将约克和兰开斯特两大家族合二为一，把红白玫瑰交织在一起，这场折腾了几十年、死人无数的英国内战才终于消停。

欧洲贵族当时就是这么结婚的，爱不爱的不重要，重要的是家族和私产的延续。

欧洲中世纪的贵族战争之所以经常以这样一场政治婚姻做结，是因为他们确实很讲究"继承权"。你兵强马壮，能打下一片"大大的疆土"，这在当时的欧洲并不足够，如果你不能从血脉上跟这片土地的老领主攀一个曲里拐弯的亲，说明自己拥有该领土的继承权，那周边的各大家族是不会同意你控制该领土的，你会成为"恶名从爱尔兰到契丹无人不晓"的僭主，陷入"贵族战争的汪洋大海"当中。就像玫瑰战争中的约克家族，因为始终没有完全解决法统问题而不得安生一样。所以最终的解决办法，往往就是简单粗暴的新国王与老国王的女儿结婚，仇家变亲家，双方的家族都融在一起，产权就不用争得那么细了。

欧洲人这种习以为常的王权更迭方式，跟我们所熟悉的"天子宁有种耶，兵强马壮者为之尔"的古代中国王朝更迭逻辑很不一样。

若一定要说出个所以然，应该是中欧之间不同的地理环境所决定的。

古代中国的核心地域是宽广的华北大平原，这里是绝对核心的粮食和战马产区，所以中国自古就有"逐鹿中原"

一说，只要你控制了中原地区，在压倒性的生产力和军事力量面前，什么法统、九叶天子、继承权宣称，那都是虚的。一个帝国一旦在这片土地上失势，就只有偏安江南、上表称臣，或者败亡逐北、一根弓弦勒死末代皇帝这两个选择了。而同时代欧洲则不一样，阿尔卑斯山系的存在、欧洲河流总体东西走向、大不列颠这样的大型岛屿，决定了欧洲始终存在着若干个被地理相对隔离又互相连通的核心区块，这些区块的人口、资源、生产力相对平衡，一个"雄主"固然可以在一个区域内骤然崛起，但他无法通过"马踏中原"这样的模式迅速获得制霸整个欧洲的压倒性力量，于是欧洲打到最后，总会形成一个多方相互制衡的格局。在这种时候，单纯的强力，或者随便扯一句"奉天承运"之类就不太好使了，你必须得有个至少说得过去的继承权来源，否则真会遭遇"天下诸侯共讨之"。

欧洲的地理环境，最终意外萌发了"尊重私有产权"这个概念，它从欧洲中世纪的贵族战争中萌发，直到近代成为资本主义大发展的基石。这就是特殊地缘环境结出的"意外之果"。

回到《沙丘》故事中，弗兰克·赫伯特为了在小说中塑造一个"未来中世纪"舞台，把人工智能的科技树给锁死，从而导致星际远航在小说世界观中变得异常艰难而昂贵，于是故事中的宇宙帝国不得不玩起跟欧洲中世纪非常酷似的分封制，各大家族都有自己的行星（领地）和势力范围，帝国皇帝也没法说灭谁就灭谁。随之而来的，就也是欧洲中世纪的贵族私权概念，于是保罗想要登基称帝，就算捏着鼻子也必须娶前王朝的公主为妻，认弑父仇人老皇帝当岳父。

其实《沙丘》也有一个写穿帮了的地方，在电影《沙丘2》中可以看得很明显。保罗前脚刚和帝国公主订了婚，后脚手下来报，说你称帝各大家族不服啊，保罗一声令下"那就送他们去天堂"，然后其手下的弗雷曼人就在宗教信仰和香料贸易控制权加持下展开"圣战"，如同大征服时代的阿拉伯帝国一样，统一了全宇宙。但这就有问题了，如果你真有"物理说服"全宇宙各诸侯的绝对实力，那你还为照顾他们的心情，跟前帝国公主搞政治联姻干什么？直接把旧帝国一脚踢翻，重建新帝国，愿娶谁就娶谁，岂不美哉？

只能说，赫伯特虽然借了阿拉伯帝国大征服的故事，但他到底还是个西方人，骨子里不理解东方古代王朝政权更迭的逻辑规则。

与西方中世纪不同，东方式的古代皇权，反而最忌讳与博弈对手搞联姻，比如汉宣帝"故剑情深"那个例子。

汉宣帝被权倾朝野的大将军霍光迎立为皇帝之后，霍光就对他提了一个"小要求"：能不能把自己的小女儿霍成君立为皇后？汉宣帝于是下了史上最"莫名其妙"的一道诏书："在我贫微之时，很喜欢一把古剑，现在我是十分地想念它啊，众位爱卿有没有办法帮我把它找回来呢？"大臣们揣测上意，很快便知道了汉宣帝想要表达的意思，于是合奏，请立汉宣帝结发妻子、当时被封为婕妤的许平君为皇后，霍光之女霍成君则成了婕妤。

你看人家汉宣帝这深情男主的人设，是不是狂甩《沙丘》里的渣男保罗十几条街？

可是，真要理性分析一下，这个故事背后也有权谋。汉宣帝之所以要"故剑情深"，对许平君的感情也许是一方面，但绝对不是关键诱因，更重要的考量，是汉朝的皇权不能与霍光这样的权臣分享，所以他需要通过故剑情深这个动作，与霍家完成切割，挫败霍家通过成为外戚进而与刘家"合资控股"汉王朝的尝试——也正因为他此时拒绝了，后来对霍家抄家灭族时才下得去手。

皇权的不断扩大、拒绝分享，并先后击败外戚、宦官、权臣、朋党的分权尝试，就是贯穿整个二十四史的一条主线。而这样的故事，是《沙丘》这种以西方人所熟悉的历史为蓝本构架的小说所想象不到的，虽然故事中的保罗最终力量非常强大，说出一句话就可以知未来、使人服从甚至征服整个宇宙，可弗兰克·赫伯特所幻想的，依然是一个有着浓厚欧洲历史味的有限王权。像汉宣帝那样的权谋，是在他的想象之外的。

归根结底，人无法想象自己从未见过的东西，《沙丘》名为科幻，但所用的元素、遵循的逻辑，其实还是西方历史。而真正的科幻，其实不在遥远的星际之间，而存在于不同文明、不同世界观的巨大差异之间。终有一天，你会发现自己和一个与你世界观决然不同的人,才真正生活在彼此的"科幻世界"里,你们的世界观,你们的追求,你们对命运的理解,彼此之间的距离,大于宇宙星辰。所以,像影片落幕时的契妮那样,驾上沙海之王,走吧。

你与他已多说无益。

这种生物造就了这个星球

虽然初看起来,《沙丘》非常像"软科幻"太空歌剧,但真正奠定其科幻史上不朽名著地位的,在于它其实是一部相当硬核的硬科幻小说。

《沙丘》之"硬",就硬在它的生态学构思。

弗兰克·赫伯特最初是在研究美国俄勒冈沙漠时萌发写这部小说的想法的,他把自己研究沙漠生态的心得,全部化用了小说里,并在扉页写下"谨以此书献给生态学"的句子。

"献给生态学"?怎么可能?整本书不就是几大家族打来打去的"太空版《权力的游戏》"么?

事实上,赫伯特在本书中所表达的生态学观点,堪称神预言。

《沙丘》原著小说中有一个关键配角,列特·凯恩斯博士。电影中基于西方眼下的"政治正确",将其黑人化、女性化，也边缘化了，其实在小说中，这人的出场堪称草蛇灰线、伏延千里。

厄崔迪、哈克南等几个家族打得跟热窑一样时，列特·凯恩斯却一直潜下心来搞自己的研究：他想知道沙丘星球厄拉科斯是怎么变成现在这个样子的。这似乎是个蠢问题，因为小说中的其他人都觉得沙丘星球本来如此，是一片缺水的干旱沙漠，所以才演化出沙虫这样的奇葩生物。但列特·凯恩斯博士越研究越觉得这不对：厄拉科斯如果本来便如此干旱，条件如此恶劣，那它就不应该诞生生命，不应该有氧气，更不可能产生沙虫和香料这些东西。小说特意写道，厄拉科斯星上其实布满了大量的盐矿床，这是典型的海洋干涸后的标志。大量证据表明，厄拉科斯星本来是有水的，甚至本来是一个水资源异常充沛的水之星球。

可是这些水，都到哪儿去了呢？

在小说的中后部，列特·凯恩斯终于隐隐约约猜到了答案，他告诉主角保罗："现象往往会蒙蔽我们，使我们忽略极其简单的事实。而这个事实是：我们正在跟造就这一切的东西打交道，也就是在户外正生存着的那些植物和动物。"

是的，列特·凯恩斯指的就是沙虫。

小说的最惊人真相是：不是沙丘厄拉科斯造就了沙虫这种独特的生物，而是沙虫这种奇特的生物，把厄拉科斯星改造成了人类所见的这个样子。

原来，厄拉科斯星的真相是这样的：亿万年以前，这里本来是一个水资源非常充沛的星球，可是有一天，沙虫作为一种"外星入侵物种"到来——具体怎么来的，未知，也许是原住民口中的"造物主"（异星人）有意移植过来的。

这些外星生物的生命分成截然不同的两个阶段。

孵化后，它首先会成长为幼体的"沙鳟"，沙鳟是亲水的，通过游动滤食微生物获得营养长大，同时在长大的过程中，能够利用体内的储水细胞吸收大量的水分，然后将自己身体代谢的废物与水混合，在体内发酵后产生一种叫作"早期香料"的物质，这种物质经由消化系统被排出体外，不过通常都在极深的沙层之下。"早期香料"在地底积聚到一定数量后，由于其挥发的气体无处排逸，压力会造成一次大规模喷发，被称为"香料爆炸"。这种爆炸将地底的大量"早期香料"带到地面上，经过阳光的炙烤和风干，最终形成"香料"。

就这样，沙鳟不断地吸收水分、滤食微生物，排出早期香料。在这个过程中消耗掉大量的水，让其所生存的环境逐渐干涸，成为沙漠。

等干涸到一定程度，其他生命都因缺水而基本消失后，沙鳟进入它生命中的第二阶段：一部分沙鳟会变态发育为沙虫，这些沙虫改变习性，从亲水变为疏水，甚至只要碰到水就会痛苦地死去。沙虫转而在沙中滤食微生物，并继续长大，成长到相当程度之后，它们才会死亡。在死亡的过程中，他们会把生前细胞所吸收的水还给自然界，但是从沙虫体内流出的这些"生命之水"（你可以把它理解为沙虫之血）对普通生物是有剧毒的。小说中的贝尼·杰瑟里特姐妹会甚至用这种毒水来训练她们的成员，只有喝下这种毒剂却依然存活的姐妹会成员才有资格成为圣母，而喝下生命之水却依然活着的男人，则是预言中的救世主——电影《沙丘2》中保罗的母亲杰西卡，在喝下"生命之水"后一跃而成为圣母。

只有两类生物可以在"生命之水"中正常存活：沙虫所滤食的微生物，以及沙虫的幼体沙鳟。

好了，现在请你回顾一下沙虫的一生，问自己一个问题：这种幻想中的生物，用它这一辈子，究竟干了一件什么事？

准确的回答是：沙虫用自己这一生，打造了一个其他生物都无法"准入"，只有自己和自己的食物才能存在的生态环境。

沙虫的幼体沙鳟吸收水，把其他生命甚至大部分同类都渴死，换得成年沙虫可以肆意横行的干旱环境，而成年沙虫死后又释放生命之水，只让自己的后代和自己的食物可以在其中生存。在这个循环往复的过程中，沙虫得以淘汰掉了那些和它同生态位的竞争者，在把星球变成沙丘的过程中，也在残酷的自然演化中得胜。

就像弗雷曼人精准描述的，沙虫才是真正的沙海之主——是这种生物造就了这个星球的一切。

由此我们可以理解一个《沙丘》中看似很不"硬科幻"的设计，沙虫这种看起来这么"弱鸡"的生物，为什么能够制霸厄拉科斯星？

别看电影里的沙虫体形巨大，张牙舞爪，但从生物学的角度讲，这种生物其实进化得很不成功：它既没有尖牙，也没有利爪，没有脊椎动物用以咬碎猎物的下颌，甚至连大型生物在生存竞争中几乎必备的器官——眼睛都没有，或者退化掉了。体形巨大是沙虫唯一的生存优势，可是生物巨大化这一点的先决条件，首先是你必须成为优势物种。

那么，这样一种生物，究竟是怎样在厄拉科斯星上击败其他物种成为优势物种，还把自己长得如此巨大的呢？回答就是，沙虫虽然没有尖牙、利爪、下颌、眼睛这些现实自然界中大型生命几乎必备的生存利器，却有一种更大的生存利器，它能改造环境，制造干旱，形成一个其他生物都挤不进去的"生态闭环"。

把其他竞争者在干旱中渴死，让自己在干旱中独存，这就是沙虫的生存策略。这种生存策略，在小说虚构的厄拉科斯星获得了令人恐怖的成功——它改变了整个星球。

最恐怖的生物没有尖牙利爪，它只是制造环境，用以杀灭对手。

"海干了，鱼儿就要向水洼聚集，水洼也将要干涸，所有的鱼终将消失。把海弄干的鱼却不在这里，他们弄干了海，然后在海干之前上了岸，从一片黑暗森林奔向另一片黑暗森林。"若干年后，中国科幻作家刘慈欣在其小说《三体》中描述他幻想的宇宙黑暗森林法则下的降维打击时，写了这样一段话。

可以肯定的是，大刘在《三体》中那个"生命通过改变环境来杀灭竞争者"的思路，与《沙丘》是如出一辙的。只不过大刘所设想的生命通过改造环境互相残杀的舞台变得更加宏大，已经不再是一颗星球，而是整个宇宙。

地球也是"沙丘"

弗兰克·赫伯特这个点子的伟大，在于它并非一个只在科幻小说中才存在的点子。《沙丘》成书很久之后，人们才突然发现，原来书中所讲的这个生态故事，在地球上其实也发生过无数遍了，我们的地球，其实就是一个现实版的"沙丘"。

2007年美国天文学年会上，微生物学家谢尔·达萨玛提出了一个惊世骇俗的地球演化假说"紫色地球假说"。

紫色地球假说的提出，最初是为回答长久困扰生物学界的两大根本难题——

第一，地球为什么是绿色的？或者说植物为什么要使用叶绿素来进行光合作用？研究表明，其实在太阳所发射的光谱当中，我们眼睛所定义的绿光，本来是能量最充沛的一种电磁波，换而言之，它是阳光中不可多得的"优质能量"。可是植物所选择的叶绿素却偏偏反射了这种波长的光线，两种叶绿素反而选择用紫光和红光来完成光合作用，这就像你进了一家自助烤肉店，却说我不吃烤肉只挑一些素菜一样别扭。而地球的诡异之处在于，这家由太阳来提供能量的"自助烤肉店"里，主要食客（优势物种）居然全是这么"别扭"的家伙。

是生物不容易合成用绿光来光合作用的物质么？非也。比如厌氧的古菌所使用的视黄醛，就是一种能够高效吸收绿光来产生能量的物质，所以古菌是一种真正"去烤肉店吃烤肉"的生物。理论上讲，地球充斥着古菌这类用视黄醛来光合作用的生物，呈现出紫色，那才是正常的。

而说到古菌的厌氧特性，这又是生物学上的一个未解之谜：为什么地球上会充斥氧气，大部分生物都用氧气来完成代谢？

须知，氧气其实是一种非常活泼的气体，氧化作用可以损伤细胞，让其加速衰老，甚至死亡。而氧气在远古地球上是不存在的，是植物通过亿万年的光合作用才产生。那么远古植物为什么要排出这种"有毒气体"，来毒害自己所生存的环境呢？

把这两个疑问连在一起，再结合一些分子生物学和考古证据，达萨玛最终提出"紫色地球假说"，并获得了学界的认同。

原来，地球上其实也存在着一个彻底改造环境的"沙虫"，就是最古老的植物——蓝藻。

达萨玛猜测，在生命起源之初的远古地球上，遍布着利用视黄醛高效进行光合作用，并且将氧气视为剧毒物质的古菌。它们利用视黄醛的类光合作用，不断生成有机物，不断扩张，形成厚厚的菌毯，最终遍布整个海洋、河床、滩涂，将地球染成一颗紫色的星球。这个地球的"紫色王朝"整整持续了十一亿年（三十五亿至二十四亿年前），也就是说，比之后的整个显生宙还要长。那个时候如果有一个外星观察者，会认为这颗没有氧气的紫星就是地球的常态。

可是演化之手最终让那个"破局者"出现了，就是蓝藻（蓝细菌）。

它们因为竞争不过古菌，无法从最充沛的绿色光线里分到一杯羹，不得不退而求其次，吸收古菌"吃剩下"的红光和紫光，在古菌的菌毯下苟延残喘。但在这种苟延残喘中，有一些蓝藻却在偶然的突变中，意外进化出了一种"大杀器"，通过光合作用排出的废气氧气来杀死那些厌氧的古菌甚至自己的蓝藻同类，以扩张自己的生存空间。

一开始，大部分氧气源源不断地与海洋中的铁进行反应，形成暗红色的铁锈沉积在海底，这就是二十五亿到二十三亿年前的"成铁纪"。而当所有的自由铁接近耗竭后，一场史无前例的残酷杀戮就开始了，厌氧的古菌和大部分蓝藻都被越来越多的氧气所毒杀，成批死亡。

最终，只有那些能够氧气下生存，甚至在其中完成呼吸代谢的蓝藻才存活下来，成为新世界的制霸物种。

因为它们通过叶绿素捡拾古菌残羹剩饭的习性已经在基因的底层代码中被确定下来，无法更改了，所以之后地球生命的颜色意外成了绿色，而氧气成了呼吸的必需品——虽然这两点在"紫色地球"结束前那漫长到近乎永恒的远古世界中，是匪夷所思、无法想象的，就像曾经的"水之星球"厄拉科斯，无法想象自己变为沙丘一样。

植物，就是我们这个世界中的"沙虫"。就像沙虫把厄拉科斯星从汪洋一片改造成大漠漫天一样，植物制造了氧气，并把生命的颜色定义为绿色——而它们改造环境的初衷，只是为杀灭自己的竞争者。

"现象往往会蒙蔽我们，使我们忽略极其简单的事实。而这个事实是：我们正在跟造就这一切的东西打交道，也就是在户外正生存着的那些植物和动物。"二十世纪中叶写就的《沙丘》，借列特·凯恩斯博士之口说的这段话，堪称神预言。

我们的地球，居然真的是现实中的"沙丘"。其中最恐怖的生物，会主动制造环境，用以杀灭对手。

原来，生命在残酷演化竞争中击败对手的大杀器，从来不是眼睛、下颌、尖牙和利爪，而是环境。

改变环境、降维打击，让其他的竞争者都活不下来，而自己却能在自己造就的环境中独存，这才是生命为求存所能做的最狠杀招。

这种现象,在今天的生态圈里也经常会发生。比如澳大利亚经常发生山火,除了气候原因,一个很重要的因素是澳大利亚特产的桉树非常易燃。据统计,澳大利亚的森林有大约百分之八十是桉树,研究表明,桉树的枝叶中富含一种具有挥发性的芳香油,也被称为桉树油,这种物质非常易燃,其燃点只有五十摄氏度左右,并且其热值比我们常用的汽油还要高,曾经有研究者试图利用桉树油来制造生物燃油。

桉树的生长速度很快,在生长过程中,枯枝败叶会不断在地面上累积,用不了多久,就会形成一层厚厚的易燃物。在澳大利亚炎热、干燥或是多风的环境中,这些易燃物只需要一道闪电、一点火星,甚至只是烈日的炙烤,就可能会引发一场熊熊燃烧的大火。

那么,本来就气候干燥的澳大利亚,为什么会进化出桉树这种"坑爹"的树种,动不动来一场无法遏制的山火呢?

答案其实还是那个——它在通过操控环境来完成物种竞争。

想象一下,作为一种植物,桉树的"死敌"是很多的,不仅有动物吃它,其他树木也会和它争抢阳光和雨露。那没有尖牙利齿的桉树,如何对付这些敌人呢?办法就是时不时地来一场山火,把自己和天敌们都一起烧焦。而在山火过后,桉树又可以凭借自己生长极快的特点,趁着其他植物和植食性动物没缓过劲来之前,先完成一波大繁盛。等到其他对手跟上来了，它就再点一波山火，完成"清场"。

所以，桉树其实也是个"沙虫"，它不断利用改变环境的"降维打击"，来杀戮对手，让自己独存。

这种生存策略，很不幸，人类最终也学会了。

"这里埋葬着罗伯斯庇尔，路过的人啊，请不要替我悲伤，如果我活着，你们谁都不可能活。"据说这是法国大革命中雅各宾派头子罗伯斯庇尔的墓志铭。其实法国大革命跟所有后世的类似风潮中都存在一个谜：像罗伯斯庇尔这样的人，为什么鼓吹极端和不宽容？一定要借自由为名，把法国杀得断头台林立、人头乱滚？他难道预见不到以革命的名义杀人杀多了，自己早晚也会被送上断头台么？

答案可能还是那个——极端和不宽容的思想，其实也是一只"沙虫"，它可以通过改变环境，确保自己的独存。

在一个宽容、中立的环境当中，极端和不极端、宽容和不宽容的思想，是可以百花齐放、百家争鸣的。可是当环境一旦也变得极端和不宽容，能够存在的，就只剩下极端和不宽容的声音。所以你会发现，就像沙虫要制造干旱、桉树要招引山火一样，那些极端的声音，在正常社会中争论不过他人的时候，最喜欢搞的就是"大召唤术"，通过呼唤把环境变得极端和不宽容，来杀灭自己的论敌，从而完成制霸。

诚然，在这个过程当中，持有极端理论者自身作为耗材也在不断被杀灭掉，之前鼓吹某种极端论的人又会被"后起之秀"批判为还不够极端从而身名俱裂，死在自己曾经动过的刀下，但问题在于，极端和不宽容作为一种"模因"，就在这个过程中长存，并不断繁衍壮大。

因为它的对手——宽容，已经在越发干涸的环境中消失了。

最终，曾经一片汪洋的舆论场，会像厄拉科斯星一样日渐干涸，成为一片沙丘，只有巨大而盲目的沙虫，可以在这漫漫黄沙中游荡。而即便它们衰亡了，其死后流出的毒血，也只能滋养下一代沙鳟。

这真是一种让人绝望的循环。

相比他们，我宁愿遇到那些自然界里的"沙虫"。

仿像的光晕

董 舒

"光晕"消失之处,就是人工智能的天下。

2023年,好莱坞爆发了一场史无前例的罢工运动。罢工的发起方美国编剧工会姿态不可谓不决绝,他们抱着"让整个美国影视行业停摆"的决心,甚至喊出"大不了回去做端盘子的服务生"的口号,就长期以来编剧遭受的不公正待遇,跟资方行业协会——电影电视制片人联盟——展开了漫长的拉锯战,最终迫使联盟与之达成多项协议。

除提升编剧在影视作品中的基础报酬、票房分成和其他平台播放的长尾收益之外,协议中还针对一项可以大大提升编剧工作效率的新技术,设置了严苛的使用限制性条款。

好莱坞的编剧们,为何会畏惧一项看起来能"帮助"自己的技术?因为这个2023年的大热门,正在危及整个行业的饭碗,它的名字,叫生成式人工智能。

生成式人工智能(Generative Artificial Intelligence,以下

简称GAI），是基于深度神经网络的转换模型，可以通过输入日常语言（而非专业代码和术语）的关键词，产出相应的文字、图片和其他媒体形式的技术。其中最具代表性的应用，就是人尽皆知的ChatGPT。

尽管在此前，人工智能界就诞生过不少"高手"，如二十世纪末战胜了国际象棋界顶尖选手卡斯帕罗夫的"深蓝"，以及DeepMind研发的人工智能AlphaGO，它在围棋盘上战胜了当时世界排名第一的选手柯洁。但2023年初OpenAI公司研发的ChatGPT，还是带给人类一种横空出世感。因为在以往，人们普遍认知中的人工智能，只是个机械执行人类命令的冷程序，而现在，GAI的思维、联想和表达方式，已经和人类本身几无二致，而且它更快、更强。

正在与卡斯帕罗夫对弈的"深蓝"。

或许是觉察到了GAI的巨大潜力，OpenAI的投资方、世界互联网和软件巨头微软，迅速将ChatGPT的功能整合进了自家的搜索引擎Bing，之后又让公司的王牌产品Office搭载了Copilot智能辅助，使得GAI成为这款全球市场占有率最高的办公软件的助理。只需按照使用者给出的简单指令，它就能归纳整理现有的数据信息，并生成内容翔实、有理有据的报告、文章、表格和演示文稿等，而这些工作，原本都需要一个具备相关工作经验和软件使用基础的人甚至团队来撰写完成。

面对如此强大的"助手"，编剧们摆出如临大敌的态势也并不让人惊讶。不过瑟瑟发抖的可不只他们，影视行业其他制作部门的成员也感受到了源自GAI的阵阵寒意。另一家在这一波GAI浪潮中大放异彩的公司，是许多设计师和后期制作人员非常熟悉的软件公司奥多比（Adobe）推出的GAI软件Adobe Firefly：它不仅可以通过输入文字生成图片，而且还能用文字命令对图片进行抠像、元素移动、画面扩充、动态化、虚拟背景合成等操作。

人工智能是许多科幻电影作品的灵感源泉，从《2001太空漫游》到《终结者》系列，再到《复仇者联盟》中钢铁侠的得力助手贾维斯，或是《流浪地球》系列里的MOSS……它们在银幕上被塑造出来的梦魇形象正逐渐成为现实。只不过，梦魇是以一种更温和的方式进行的——在无声无息中，替代大多数电影从业者的工作。

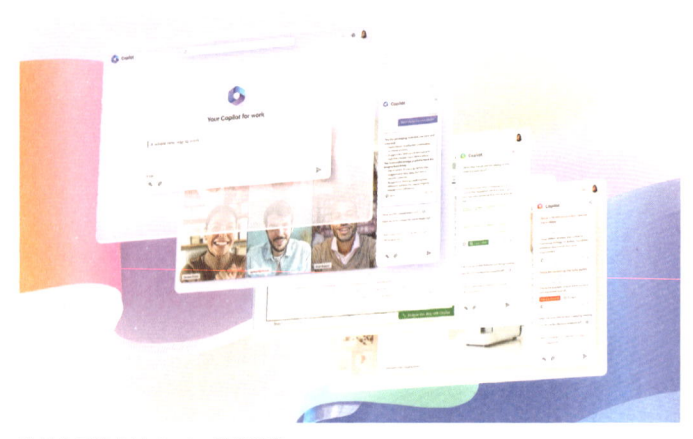

微软公司推出的 Copilot 智能助理。

《2001 太空漫游》中的恐怖人工智能 HAL9000 的存储机房。

电影,特别是高度工业化的好莱坞商业类型电影,一直以来都试图通过艺术家的集体创意,为大众制造娱乐奇观。好莱坞影视行业内的成员也一直致力于传播这样的理念:艺术创作,只存在于艺术家的脑海中,它不可复制,更无法批量化生产。而如今GAI的出现,似乎让好莱坞背后的资本大佬觉察到了这种创作理念被打破的可能性:或许,人工智能也可以拥有自主创造力,电影以后也不需要艺术家了?

未来会如何,当下的断言为时过早,不过看下目前的GAI在电影制作过程中可以替代人类完成哪些艺术创作上的工序,却是一种具有启迪意义的梳理。这个过程,也可以帮助我们去重新发现和定义,那个熟悉又陌生的东西:电影。

文字

"写一个剧本只要三十分钟。"这是阿里影业2015年推出剧本写作机器人"阿里编编"时的公关说辞,也是惹来当时一众国内编剧喊出"阿里影业,走好,不送"的揶揄口号,并宣布与该影视公司终止合作的间接导火索。当年,阿里影业副总裁徐远翔表示,电影制作公司将来"不需要专业编剧",他认为:"只要拥有一个IP,完全可以让贴吧吧主和无数的同人小说作者组队PK,胜出的作品再找专业编剧润色即可。"

这个在当年被各路媒体冷嘲热讽的言论,如今却成了一个十足黑色幽默的预言。阿里集团在2023年适时推出了它们旗下的大语言模型"通义千问"。有媒体曾玩笑似的做了个演示，让它撰写了一个《流浪地球3》的剧本，全文如下：

第一幕

字幕 2023年，地球遇到了危机。太阳即将毁灭，人类必须寻找新的家园。

场景 地球表面

字幕 空间站船员正在紧急磋商，制定新的逃生计划。

船员1：我们必须尽快行动，否则就来不及了。

船员2：我们已经尽力了，但是我们的引擎已经到达极限。

船长：我们必须寻找新的家园，这是我们唯一的希望。

* 画面切换到地球上的各个角落，展示着严峻的环境和危机。

场景 南极洲

字幕 人类正在南极洲建造一个新的据点，以便在太阳毁灭之前寻找到新的生存空间。

工程师：我们必须加快速度，否则我们就来不及完成了。

建筑工人：我们会努力的，我们必须要为人类的未来而战斗。

画面切换到其他地球上的角落，展示着人类为了生存而做出的努力。

场景 北极

字幕 人类正在北极周围建造巨大的冰盾，以保护地球免受太阳辐射的影响。

科学家：我们正在研究新的能源技术，这将是我们新的生命线。

船员：我们必须相信人类的智慧和勇气，我们一定能够渡过这个难关。

画面切换到地球上的其他地方，展示着人类的不屈不挠和对未来的希望。

场景 大气层外

字幕 人类最终成功地建造了能够逃离太阳系的太空船，并发射了它。

船长：我们成功了！我们将在外太空中寻找新的家园。

画面切换到太空中，展示着人类的新家园。

场景 外太空

字幕 人类在外太空中探索着新的星球，并开始建立新的文明。

太空人：我们已经找到了一个新的星球，我们将在那里建立新的家园。

船员：这是我们新的历程，我们将永远不忘我们所经历的一切。

字幕 《流浪地球3》结束，人类将继续前行，寻找新的生存空间。

尽管通篇内容依然残留着机械式的生搬硬套，让通义千问的剧本写作能力看上去像极了一个"阿里编编"的升级版，但来自媒体和编剧界的质疑声显然变少了很多。因为谁也不知道，将来它是否会写出一个成熟的电影剧本；也没有谁能保证，职业编剧会不会成为阿里高管口中的那场"剧本杀鱿鱼游戏"中的参与者。

电影是一门以视听语言为表达媒介的艺术，但毋庸置疑的是，它的起点是一个文学性质的剧本。故事，永远是电影的基石。现在，GAI试图在这块基石上，对编剧的主导地位发起冲击。正是基于这方面的威胁，美国编剧工会才先行一步，锁死GAI的技术发展路径。

在与电影电视制片人联盟签订的协议中，编剧工会明确规定，不能用编剧工会成员的现有作品，作为GAI的训练和学习源材料。这就相当于，GAI是一名刚入学的大学生，但

阿里公司推出的"通义千问"大语言模型。

编剧工会的规定,让他无法从图书馆中借阅到任何提升专业知识的书籍。这的确会大大阻碍这名大学生学习这项专业技能,但对编剧们来说,真的就一劳永逸、高枕无忧了么?

在协议中,我们也看到了这样的条款:制片方不能强迫编剧使用GAI,但编剧们可自行决定是否使用GAI来帮助自己撰写剧本。有些GAI软件,可以完成很多剧本上的细节创意。比如一部奇幻电影的剧本,需要创造一个架空的大陆,GAI可以根据编剧预设的条件,生成一张中古世界的大陆地图,上面有海洋、陆地和岛屿,且每块地形都可以被赋予一个符合该世界观设定的名称,如龟裂半岛、黑石洋、公羊大陆等;假如编剧需要撰写的是一部武侠小说,GAI就可以帮助他为各种江湖人物和武器进行命名,从李寻欢到李莫愁,从屠龙刀到斩龙刀,不一而足。这些以往需要编剧花时间构思的细枝末节性质的创意,现如今只要偷个懒,给GAI输入一些指令和关键信息,就能轻松搞定。

不过,人在什么地方偷懒,GAI就会在什么地方进步。这些人物、地点、道具之类的命名工作,等于在为GAI提供源源不断的训练和学习机会,且你无法预知,某些编剧会不会把更多的创作内容移交给GAI来完成。

更有甚者,不仅不排斥,还会主动用GAI来创作故事。来自英国的导演奥斯卡·夏普(Oscar Sharp),就曾经为参与一个伦敦科幻电影节的竞赛单元,联合了自己的合作伙伴、纽约大学人工智能专家罗斯·古德温(Ross Goodwin),共同制作了一部叫《日泉》(*Sunspring*)的短片,讲述未来世界名叫H、H2、C的三人之间的三角恋故事。短片的编剧是古德温研发的一名叫本杰明(Benjamin)的GAI,两位主

短片《日泉》由美剧《硅谷》男主角托马斯·米德蒂奇出演H。

创给本杰明提供了数百份二十世纪八十和九十年代的科幻片剧本作为前期的训练和学习源材料，之后本杰明就写出了这个短片的场景和对话内容。夏普又在故事雏形的基础上进行润色，随后制作成电影，并入围了该竞赛单元的前十名。

之后俩人趁热打铁，在2017年让本杰明写了一部叫《这不是游戏》（*It's No Game*）的电影，讲述美国编剧工会举行了一场抗议人工智能的罢工运动。这个剧情是不是听着很耳熟？似乎在冥冥之中，本杰明这位GAI，早就预判了六年后的这场针对自己的抵抗风暴。

现如今，GAI已经可以在拥有一定训练和学习积累的基础上，自动生成学习和训练材料了。假如一个"学习—生产—再学习—再生产"的闭环形成，就没有东西可以阻止GAI在自我进化的道路上飞奔了。尽管现在的GAI尚未具备创作完成度很高的长片剧本的能力，但谁又知道，它们反客为主的那天，会不会突然到来呢？

图形

2023年初，中文互联网上流传着一张颇让人浮想联翩的海报。海报上写着，在当年的2月25日，会在苏州金鸡湖上举办一次游艇派对，参与者只需要交纳三千元人民币，便可

Stable Diffusion 生成的亚洲美女图片范例。

与多位美女共度美好的夜晚,下面还附上了多位女性的"自拍"照片。

可是经过专业人士的分析,人们发现这些照片中很多女性的手部姿势非常怪异,甚至手指的位置和数量都有不同程度的畸形存在。之后有关部门发布公告称,这场香艳派对从头到尾都是一场利用GAI制造的骗局,照片中的女性,全是通过一款名为Stable Diffusion的图片GAI软件制作生成的:使用者在这款软件中输入相应的关键词(prompt),就能短时间内快速产出数张人工智能创作的图片。海报中出现的那些美女,就是诈骗者在软件中输入了"亚洲女性、泳装、自拍"等关键词后的产物。

与Stable Diffusion同时期出现的另一款图片GAI，名为Midjourney。使用者同样可以通过输入文字关键词，产出质量精美的图片作品，并且不需要使用者具备任何绘画专业基础，就能借助这些软件制造出完美复刻绘画名家风格的"数字原创赝品"来。只要使用者拥有足够的文学想象力，这些软件也能为他们创造出各种奇异的生物、星球和机械机关等。细心的读者如果留意下2024年《读库》扉页的插画，不难发现也是应用了类似的GAI技术来进行创作。

电影从文字形态的剧本转换成影像之前，多数情况下，还有一道静态图片的中间处理环节。在涉及奇幻、科幻等类型的电影制作过程中，根据剧本文字的描述，让艺术家创作概念草图（concept art）是个非常重要的创作工序，许多我们熟知的经典电影作品，都有大量的概念草图作为影片的美

Midjourney 生成的敌托邦科幻片风格的概念图。

术创作基础。从庞大的星球、地貌、建筑，到飞船、载具和装潢，再到武器、配饰等等，都是概念艺术家展示个人创意能力的领域。可一旦有了图片GAI，原先需要艺术家们花费数天时间创作的概念艺术画作，现在只需对着软件输入几个剧本当中的关键词，就能在数小时甚至数秒内，交付制片人和电影主创们所需要的视觉参考图了。

如果使用Adobe Firefly，不仅可以快速生成视觉参考图，还能通过文字命令对画面进行扩充和局部调整。比如影片的主创觉得某个局部的概念设计很棒，就可以用Firefly将其扩充为包含更多场景元素的全景画面；如果对某个人物形象的服装式样比较认可，但觉得颜色需要替换，也只需在Firefly中输入自己想要的颜色，就能让服装瞬间变色成功。这种可以反复修改的高效、高灵活度的概念图创作模式，在"时间就是金钱"的商业类型电影制作过程中，无疑具有非

Adobe Firefly 演示图。

常大的吸引力。

只不过，目前的图片GAI只能凭借已学习过的源材料，来产出相应风格的图片，比如你可以让它创作梵·高风格的宇宙飞船、宫崎骏电影风格的海底世界，但所有这些图片，都得依附于现存的某种作品风格，GAI并不具备原创一种视觉风格的能力。并且生成的这些图片，在透视和解剖学方面有很多不精准的地方，因此最终的交付作品，还得经过概念艺术家的进一步加工才能过关。但比起原先的创作流程来，这样的工序已经可以节省大量的时间了。

另一个GAI可以大展身手的前期创作领域，就是分镜头脚本（storyboard）。顾名思义，分镜头脚本指的是把剧本上的文字，分解成供拍摄时参考的一系列草图。以往需要具

AI软件绘制的分镜头脚本示意图。

有美术基础的分镜师创作的内容，现在也只需一个人把剧本当中的文字，逐句输入图片GAI，让它生成一系列图片，再从中挑选出最符合剧本原意的那张，组合起来，就能得到影片主创们可以用来做参考的分镜头脚本了。

如果我们畅想下未来的话，由于图片GAI是让文学家插上了画家的翅膀，那么将来创作出美轮美奂的视觉艺术作品和影视作品的主导者，会不会是一个专攻文学领域的人呢？这可能是一个影视行业的美术工作者和艺术家必须要思考的问题了。

影像

过去几年，许多成人网站上出现了一种新的影片类型，影片标题中写着主演是某某当红明星，但视频内容实际上是一部其他人主演的成人电影，只不过将头部替换成了明星的样貌。这种技术叫deepfake，它可以通过学习某个明星的面部表情素材，从而将这个人的表情拟合到任何一个其他人身上，达到以假乱真的效果。

演员面部的后期处理，一直是电影后期制作中非常重要的环节，比如为演员"减龄"，就是让他在银幕上看着比现实中更年轻些。以往的做法有两种，一种是通过在演员脸部设置若干定位点，然后用摄影机拍下演员的各种面部表情，最后通过CGI做出的演员脸部动画,替换原始的脸部画面;第二种是把演员的所有脸部表演画面素材通通挑选出来,逐帧进行磨皮、消皱等人工调整,就像我们日常使用美颜软件一般。在《星球大战:侠盗一号》(*Star Wars: Rogue One*)中出现的莱娅公主,就是用了第一种技术实现的减龄效果。不过这两种技术都不是特别理想的方案,第一种CGI生成的脸部,会形成比较强烈的"恐怖谷"效果,让演员面部形成一种"似人非人的怪异感";第二种则会留下很重的人工修补的痕迹。

现在,有了类似deepfake的GAI的帮助,只需把演员年轻时期的影像素材导入,就能把老年演员的脸部画面拟合成年轻时的样貌,且最终效果比起以往的两种来好出不少。

比如前几年的影片《爱尔兰人》(*The Irishman*),片中角色年龄跨度从青年到老年,主创就通过特效公司工业光魔(Industrial Light & Magic)的减龄技术,将两名高龄主演阿尔·帕西诺和罗伯特·德尼罗的面部变成了他们年轻时的样子。在最新一集的《夺宝奇兵》(*Indiana Jones and the Dial of Destiny*)中,这项技术又应用在了老年哈里森·福特身上,让这名年逾耄耋的老者成功演绎了壮年时期的琼斯博士。

对国人来说,再熟悉不过的减龄技术应用,是电影《流浪地球2》中吴京的年轻化处理。导演郭帆和主创用了deepfake的技术,将吴京年轻时期的电视剧《功夫小子闯情关》《太极宗师》等作为学习源材料,然后在吴京执行太空

《爱尔兰人》中，利用 AI 减龄技术处理的罗伯特·德尼罗面部效果对比。

任务的戏份当中，将他的脸部还原成了年轻时的样子。

非但对电影剧本的GAI应用虎视眈眈，在电影表演领域，阿里巴巴也有了新的收获。研究人员发明了一种叫EMO的技术，只需一张人物肖像，便能让这个人物模拟任何一段说话、演唱的声音，头部和脸部也会随着音乐和说话的语气语调做相应的运动和表情，比原先的技术看起来自然不少。如何解决那些偶像派"只有脸蛋、没有表演"，似乎成了阿里接下来的课题。

GAI也逐渐让绿幕技术（Green Screen）成为历史。以往拍摄奇幻场景时，需要让真人演员先在绿幕前表演并拍摄下画面，再在后期软件中将背景素材和一些特效模型（如生物、外星人等）合成进去。这样的弊病是：演员在表演的时候其实没有背景参照，只能对着空气"尬演"；后期制作的

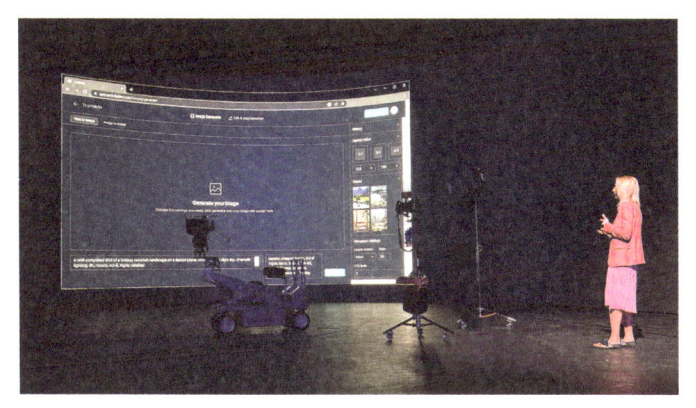

Cuebric 的人工智能动态背景技术。

数码背景和真人演员在合成过程中，往往会造成光影效果不匹配，真人拍摄素材和特效素材拟合时的不自然过渡等。

如今Seyhan Lee公司研发出一款叫Cuebric的新工具，包含LED背景生成系统，通过GAI生成的背景图片，可以匹配演员的走位和摄影机取景的角度，投影到一个最高可达8K高清的弧形背景板上，这样可以让演员直接在背景面前进行表演，再通过摄影机拍摄下画面，就能自动跟背景画面合成可以使用的原始素材。

在一些复杂的动作场景中，好莱坞电影还会运用一种叫动态分镜（previs）的技术，通过简单的三维动画，逐帧模拟即将拍摄的场景，作为开拍前的影像参考。GAI也能提升动态分镜的制作效率和视觉精度，从而更加准确地反映出后续拍摄的视觉效果。Orbital和Narwhal工作室就跟漫威合作，制作了《蚁人和黄蜂女：量子狂潮》（*Ant-Man and the Wasp: Quantumania*）的动态分镜，以及后期特效当中的很多数字模型。

如果说以上这些技术只能算GAI在影像领域的辅助功能，那么Runway这家公司带来的，就是革命性的GAI产品。在该公司的演示视频里，你可以发现这个软件支持文字输入后即时生成动态影像，而且可以通过文字命令，让影像的形式在真人和动画之间无缝切换，甚至可以通过文字命令，让影像中的某些物体消失，让某个人物变成机器人等等。如果你拥有一张图片，也可以通过动态笔刷功能，让图片中的某些元素动起来。

同样在这个领域颇有建树的，是一家中国人创办的工作室Pika，这个GAI也可以在文字生成图片的基础上，实现持续数秒的动画效果。

漫威剧集《秘密入侵》片头。

不过这两家的GAI视频技术，又迅速被OpenAI后来者居上给超越了。OpenAI最新演示的Sora技术中，可以通过一段描述的文字，生成相当复杂绚丽的动态影像，时间长度达一分钟。该公司的科学家在社交媒体评价说，这还只是等同于GPT2.0的阶段性产物，难以想象，等同于GPT4.0阶段的GAI视频会让多少普通观众惊掉下巴。

海外社交媒体的艺术家们，已经开始利用这类软件制作自己的动画短片。甚至在好莱坞，这类技术也应用在了一些主流影视作品中，比如漫威在2023年推出的剧集《秘密入侵》（*Secret Invasion*），其片头动画就是用GAI生成的。Björk和Rosalía去年底推出的MV作品*Oral*，据传也是用GAI技术，将俩人的面部合成到虚拟人物身上制作而成。

Runway甚至在目前的技术基础上更进一步，即将推出一个名为Runway Live的虚拟电视台。这个电视台里有各种类

Runway Live 主页。

型的频道，比如电影频道、新闻频道、纪录片频道和MV频道等，唯一的共同点是，所有的内容都是GAI制作完成。人们可以在这个如梦似幻的内容海洋里肆意遨游，反正都是花时间看视频，刷短视频和看这些个东西又有什么区别呢？

声音

在2023年的中文网络GAI狂欢中，音乐其实是最抢风头的那一个。网友们利用GAI"张冠李戴"，让一众华语流行歌手来演唱他们现实中未曾演唱过的歌曲，从而形成一种奇异的混搭效果。最著名的便是AI孙燕姿，不仅可以轻松搞定周杰伦，连韩磊的《向天再借五百年》唱起来都不在话下，甚至连儿歌《勇气大爆发》都演绎得有声有色。AI孙燕姿现象，甚至惊动到了孙燕姿本人来回应。

前段时间，Beyond的乐迷又用AI黄家驹的声音演唱了粤语版的《灌篮高手》主题曲《直到世界的尽头》，更是将广大粤语歌迷的情绪点燃。粤语曲最火的AI歌手原唱尹光，还跟自己的AI分身Wan K.合作了一首 *Dear Myself*，成功跻身今年香港流行金曲榜评选，且在网络上的得奖呼声极高。

除了对知名人士的声音和唱腔模拟，音乐类GAI可以直接用文字输入乐器、音乐风格的关键词，生成一段完整的AI音乐，还能让指定的歌手来演唱。国外知名视频网站

Youtube 推出的 Dream Track。

YouTube最近就发布了名为"Dream Track"的新功能，网友可以使用知名歌手的声音创建AI生成的音乐。到目前为止，包括Charlie Puth、Sia、John Legend在内的多位流行音乐歌手，都签署了让该网站使用自己声音制作这类歌曲的授权书。

数字化声音在电影制作中的应用，本身就已经有着比较高的普及度，比如恐龙的吼叫声、激光枪的发射声，便是经由不同自然声音的数字合成创造出来的。而现在，你只需在声音GAI中输入所需声音的关键词，就可以马上生成一个音效了。

此外，以往需要作曲家构思创作、音乐家演奏、录音师录制的电影原声音乐，现在也只需在前期输入几个涉及音乐动机和影片风格的关键词,就能在几分钟之内做完以往数月的工作,生成一系列音乐素材,从而让影片在粗剪阶段甚至开拍前,就可以拥有相对完整的音乐小样。影片的主题曲也可以如法炮制。

对于那些全球发行的好莱坞大片来说,配音和字幕问题一直以来都是影响影片传播的重要因素。GAI除了在音效、音乐和歌曲创作方面拥有强大功能之外,还可以让任何人轻松"学会"任何外语。经过相关技术处理,郭德纲可以用一口流利的西海岸英语说相声,泰勒·斯威夫特可以在采访时用流利的东北方言谈笑风生。如果将这种技术应用于演员对白的话,以后译制环节就可以直接取消了,因为所有好莱坞巨星,都可以操着流利的法语、德语、日语、汉语演戏,从而让世界各地的观众无任何语言门槛地欣赏这些作品。

在已经接受虚拟歌手打榜、元宇宙偶像连麦的年代,"真实性"可能是大家最不关心的一个因素。只要声音动听或有亲和力,没有人会在乎歌曲是谁唱的,以及这句话是不是本人说的。跟着耳朵的感觉走,没人关心眼睛看到了什么。

肖像的危机

在编剧工会罢工的中后期,另一个在好莱坞影响力很大的工会——美国演员工会也加入了进来。他们在GAI方面的权益诉求，跟编剧工会异曲同工。在谈判条款中，他们要求电影电视制片人联盟不能一次性买断演员的肖像权。同时，通过GAI对任何演员的肖像处理后产生的任何收益，必须让提供肖像的演员也享有一定比例的报酬。

在好莱坞的电影收益体系中，其实存在着一个长尾效应。很多经典影片会通过录像带、网络流媒体等新兴平台，被人反复欣赏，产生独立于电影票房之外的额外收益，而这部分收益，制片方必须按照所有参与演职人员的贡献度，按比例分配下去。打个比方，某位在《黑客帝国》中客串了一名打手的龙套，依然可以在影片后续的播放分成中获得报酬，虽然这笔钱不一定很多，但积沙成塔，也足够让众多参与者跟着优秀影片一起获益。同时这个规则也传递了一个业内默认的信条：好电影，是集体创作的结晶，大家理应共享成果。

对于制片方来说，如果可以创造出专属于自己的肖像，就像那些片库里的影片拷贝一样，能够源源不断地为自己带来收益，而不需要再付出额外的成本，岂不是更好？这成了他们试图通过GAI去获得那些当红明星、传奇偶像的肖像权，并一次性买断普通演员的肖像权，从而用来定制专属作品的原动力。

试想一下，制片方拥有了汤姆·克鲁斯的肖像权，就可以让他在GAI的帮助下，永远在银幕上活在当打之年，专门为其定制《碟中谍》（*Mission Impossible*）系列电影。可能本人百年之后，这个系列还在利用他的数字替身，不断地拍摄新的续集，汤姆·克鲁斯本人的银幕形象，也可以永远定格在那个帅气的青年特工身上。

所以对于制片方来说，理想的情况是，他们可以复活任何时代的任何明星，然后让他们不断拍摄出新的作品，去满足影迷和观众的需求。奥黛丽·赫本可以跟美队克里斯·埃文斯联袂出演超级英雄电影，成龙和说一口流利中文的伊丽莎白·泰勒主演一部功夫喜剧，只要大数据模型里拉出观众最喜欢观看的内容，然后安排相应的热门明星做排列组合出演，就等于让制片人有了一台会永远运作下去的印钞机。

只是，这个新技术带来的缺憾，似乎是我们只能看到"老"的东西，无法看到"新"的东西了。

我们永远沉溺在对那些曾经辉煌的明星的爱慕中，而失去了期待下一个巨星升起的那份憧憬。

如果说这种肖像处理方式，还是会让制片方牺牲一部分肖像采购成本的话，那么接下来这种方式，才是真人演员最应该害怕的撒手锏：假如GAI学习了足够多的明星肖像数据，最终它有可能会自己建立一个生成"明星脸"的模型。这时候出现在银幕上的，是一个完完全全的新人，但是其具备所有明星都具备的精致五官和迷人气质，专门为其量身定制的电影加深了其魅力，甚至还有专门为其打造的专辑。这样的GAI流水线一旦出现，真人演员可能就会变成一个历史名词。

到底电影是不是一门需要人的行业？如果是，人的价值到底体现在何处呢？这就是我们接下来要讨论的一个问题：电影，究竟是什么？

仿像的光晕

德国哲学家本雅明在论述摄影术（照相）时，曾提出过一个叫作"光晕"（aura）的概念。他认为，在摄影术出现之前的艺术作品，都是作为创作者的艺术家亲手绘制、雕刻或制作的，它们大多数时候就只有一件。他把这种凝结在每件作品中的艺术家脑力劳动和体力劳动，称为"光晕"。

可是，摄影术出现了，一张底片可以洗印出成千上万张照片，且每张都一模一样。艺术家只需按下快门，其余剩下的均可交由机器完成。那么，作品中似乎只凝结了艺术家的部分脑力劳动，体力劳动被剥除了，与之相伴的改良、修正过程也随之消失，"光晕"也就部分消失了。

随着机械复制时代的到来，我们还可以把作品"光晕"的定义，外延到作品中凝结的艺术创意。而这，有助于我们分析电影艺术面临的困境。

电影跟摄影术，同属机械复制时代的艺术，天生就与机械和工业脱不开干系。原先艺术家可以一手包办的创作工序，在电影这里是不存在的，因为没有一个电影的主创可以包揽所有的工作。他可以是一名编剧、一名导演、一名摄影师，但他永远无法身兼所有职位，无法让成片的所有创作环节都处于自己掌控中。这是电影一直强调其集体创作性的原因，也是电影会不断被技术蚕食创作主导性的根源。

GAI在电影领域的渗透和冲击，带领我们首先要思考的一个问题，是大量的分工明确、流水线化的商业类型作品，到底具备不具备"光晕"？奈飞明目张胆地利用其所谓的用户点播大数据，将观众喜闻乐见的演员卡司组合打包，再配上一个似曾相识的经典类型剧本，批量输出流水线制成品的电影内容到它的点播平台上，并带来可观的回报。从这种做法，我们不难觉得，这种套路化的创作，其实并不能发挥多少艺术家的创造性。人写的剧本和GAI写的剧本，能让最终成品有本质区别么？至少在这类作品中，我们很难感受到。那么，人被取代，是必然。

但有另一家叫A24的制片公司，虽然也专注于一些热门类型电影的制作，每部作品的品质也有参差，但观众永远不会觉得这些电影是可以通过模块化复制就能生产出来的。

许多电影大师创作的优秀作品，如宫崎骏、希区柯克等人的电影，往往是GAI在生成作品时首要的视觉参考，但它们只能被GAI模仿，无法被GAI超越。根据这一现象，我们似乎可以下这么一个初步结论：艺术家的"光晕"能够照射到的地方，人工智能还无法染指，但在"光晕"消失之处，就是人工智能的天下了。

此处，我们提到了GAI强大的模仿能力。在法国哲学家让·鲍德里亚的理论体系中，曾提出过两个概念：仿像（simulacrum）与拟像（simulacra）。仿像就像目前的GAI，它可以根据现有的形象、现有的风格，生成一种复合形态的作品，但所有元素其实都是模仿的，能在现实中已有人类艺术家的作品里溯源的。拟像，更像是GAI未来的发展方向，它们不需要依赖人类现有的任何媒介作品作为参考，便可自己创造出全新的作品来。打个简单的比方，现在人类创作的外星人和鬼魂，虽然都是幻想，但还是带有人类或者已知物种的辨识度，倘若某一天，GAI创作出一个毫无人类经验形象可参照的外星人来，那便是拟像时代的到来。

未来可能还远，但也可能不远。从目前GAI在创作上的亮眼表现来看，编剧和演员工会的努力，在巨大的时间洪流下，也许只是一次历史后视镜中的徒劳。该取代的终究要被取代，就跟工人们砸碎了纺织机，也无法阻挡工业革命的到来，让大量的手工业者成了无产阶级的工人一样。

摄影术虽然将绘画艺术之前一直追求的"写实记录"功能完全取代了，但正是这种鸠占鹊巢，让画家们找到了绘画的意义。印象派追求光影，抽象派追求形状和线条，立体主义追求不同视角的组合，各种流派你方唱罢我登场，用各自的作品回答着"美术是什么"这个问题。假使没有摄影术的"野蛮人入侵"，美术界的自我觉醒和革新，或许会大大晚于现在的时间到来，甚至不会到来。

电影经历了无声到有声、黑白到彩色、胶片到数字、现实到虚拟的一次又一次的技术迭代，但我们至今都没有觉得，如今的电影跟百多年前的电影有何本质不同。电影行业的从业者也随着技术的进步，接受了DV，接受了CG，如今行业中的一部分人，也在积极拥抱GAI。只是我们无法确定，这一次，GAI是否心甘情愿地做一个人类的工具或者助理。

假若我们用艺术圈经常使用的一套话术，将具备赋予作品"光晕"能力的人，称为"艺术家"（artist），而将另一部分只能用临摹其他伟大作品的"光晕"来丰富作品的人，称为"艺术工匠"（artisan），那么，GAI的出现，便是将电影创作过程中的这部分艺术工匠的劳动，变成了一套智能化的程序取而代之，它们会像汽车生产线上的机械臂机器人一样，让原先的操作工人只有站在旁边看的份儿。

但对于那些艺术家来说，GAI这个仿像制造者，会不会成为他们下一支创作用的笔呢？他们跟GAI之间，可以不是互相取代的关系，可以更像是逐渐找到对话语言的关系，他们可以用GAI永远无法理解和学习的方式提供灵感，引导GAI去生产仿像，同时赋予这些仿像以"光晕"。

而那些坚守传统电影的创作者，则可以去反思电影的媒介本质，去发掘原先那些被人忽视、被人搁置的电影魅力。尽管我们不知道那是什么，但真正的艺术家，肯定有能力去发现和知道，那是什么。

无论我们拥抱时代，还是回避时代，时代都会对每个人、每件事一视同仁。真正会被时代淘汰的，永远是模仿者，不是创造者。相信广大影迷乐于在有生之年，见证拟像大行其道的时代到来，但也衷心希望，人类，也能发现自己独立于机器和技术的价值所在。

"觉醒"是非常罕见的

克 韩

在一个事实已经无关紧要的世界里。

2024年,美国再度进入大选年,很多美国人对这次大选的结果忧心忡忡,因为特朗普可能卷土重来。实际上,不仅是受到直接影响的美国民众,全世界有很多人也都一样担心。

对于这部分人的直观感受来说,"前度特郎今又来"可能比八年前还要糟糕:2016年特朗普以"政治素人"的身份获胜,确实是一颗震撼弹,但系统偶尔出现偏差,倒还可以容忍;可这一次,如果特朗普还能选上,那么对于这些人来说,可能真的需要重新理解这个世界,以及审视自己用来理解世界的方法论。

毕竟,这个总统在2021年制造(至少是参与制造)了美国总统交接历史上罕见的"1月6日冲击国会山事件",执政四年间更是多次威胁退出北约,直接退出"跨太平洋伙伴关系协定（TPP）"。对至少一半的美国人来说，这些行为威胁到美国自身的利益，这样的人，怎么可以、怎么可能再度当选呢？退一万步，如果最终就算以微弱差距败选，也说明特朗普还是得到了美国将近一半人的支持，那这个世界又到底该咋理解呢？

或许，我们可以从几年前出版的一本书里去寻找答案，就是斯科特·亚当斯（Scott Adams）的 *Win Bigly*。

光说斯科特·亚当斯，恐怕很多人并不熟悉，毕竟这名字就像中文语境里的"张三"一样，无论是斯科特还是亚当斯，都很大路货。但如果你知道他的作品，可能会恍然大悟：原来是他！这部作品，就是家喻户晓的职场漫画《呆伯特》（*Dilbert*）。

亚当斯自己曾在克罗克国民银行（1986年已并入富国银行）和太平洋贝尔等公司工作，一度为拓展自己的职业道路，每天凌晨四点起床打多份工。最终，由于对办公室日常的透彻了解，《呆伯特》漫画大红特红，亚当斯也走上专职漫画家的道路。全盛时期，他的漫画在全球五十七个国家和地区的两千家报纸连载。

除了画漫画，他也出过一些书。最成功的应该是从漫画中衍生出来的畅销书 *The Dilbert Principle*（《呆伯特法则》），此书1996年出版后风行一时，售出逾一百万册，在《纽约时报》畅销书排行榜上逗留了四十三周，成为现象级图书。

当然，亚当斯也出一些和《呆伯特》漫画完全无关的书，比如2001年的 *God's Debris: A Thought Experiment*（《上帝的残屑》）、2004年的 *The Religion War*（《宗教战争》）、2007年的 *Stick to Drawing Comics, Monkey Brain!*（《你还是回去画漫画吧，笨猴！》）和2013年的 *How to Fail at Almost Everything and Still Win Big*（《我的人生样样稀松照样赢》）。

Win Bigly 这本出版于2017年的书，和上面这些书籍一样，与漫画无关。它其实延续的是《我的人生样样稀松照样赢》的书名，只不过把Win Big改成了更浮夸、更特朗普式语法的Win Bigly——尽管作者本人在书中说明，他明确知道特朗普在2016年大选中经常说的口头禅，其实可能不是win bigly，而是win big league。

此书书名因此可粗略翻成《赢麻了》。国内在2021年底出了中译本，书名翻成《以大制胜》。由于我并没有看过中文译本，所以以下讨论还是基于英文原版的 *Win Bigly*，译文为我自译。

从上述描述就可看出，斯科特·亚当斯这书的主角是特朗普。似乎怕暗示还不够，英文原版的封面还有一个神似大统领的金发男性漫画像。

近年来，斯科特·亚当斯的很多时事评论观点，尤其是有关种族问题的发言，相当"非主流"，也因此招致了时髦的Cancel抵制，《呆伯特》漫画被几乎所有媒体取消，只能在付费订阅平台上自行出版。但至少在2016年大选前后的那个时间点，斯科特·亚当斯还可以算一个主流文化人物。也正因为如此，2015年8月13日，他在自己的博客中言之凿凿说特朗普有98%的机会赢得大选时，还引发了震惊——毕竟当时美国最著名的选举民调网站"538"（FiveThirtyEight.com）专家认为，特朗普赢得大选的可能性只有2%。

"认为特朗普会赢"和"是特朗普粉丝"这两者之间，其实并不能画等号：前者是对选举结果的一个理性判断，后者是某种情感联结。我完全可以不是特朗普的粉丝，但我的理性预测特朗普会赢；我也可以是特朗普的粉丝，但理性判断他选举赢不了。但在当时的气氛中，亚当斯的预测还是引发了周围人的巨大不满，用他自己在书中的话说，"至少一半朋友"和他绝交了。

其实，按照亚当斯的自述，他自己是一个"极端自由主义者"，意思就是，"自由主义对我来说似乎有点太保守了"。比如在美国的语境里，保守派（右翼）反对堕胎，而自由派（左翼）支持合法堕胎，而亚当斯说，在这个问题上他认为男性根本没有资格发表意见，应该让女性共同体自己决定。比如在平等问题上，保守派认为美国已经平等了，而自由派认为美国还应该做更多，亚当斯则比左翼更进一步，认为美国应该还历史欠账，给所有非裔美国人免费大学教育和免费职业训练，作为对历史上黑奴制的赔偿，资金来源则是对前百分之一的富翁征收二十五年的税。

既然如此，身为"极端自由主义者"的亚当斯，为何认定特朗普会赢得2016年大选呢?

他在书中说,其实"特朗普98%会赢"这个判断中耸人听闻的百分数,是他刻意为之,目的就是引起大家的注意。这是一个劝服传播的技巧。

什么叫"劝服传播"(Persuasive Communication)呢?亚当斯在书中给了一个自己的定义:"劝服就是改变人们思想——不管是有事实和说理,还是没有事实和说理——的所有工具和技巧的总和。"比如广告,就是一种常见的商业劝服。

亚当斯说,提出98%这个百分数的这种传播技巧,叫作"卖个破绽法"(the intentional wrongness persuasion play),其流程如下:

首先是做出一个声明,声明的大方向是正确的,只是极致夸张或者有点事实性错误;

等待别人发现夸张或错误的部分,然后花费很长时间来讨论这些错误;

当你在一个观念上投入注意力和精力时,你就会记住它;

而对你精神形成冲击的观念,你会下意识地把它放在较高的优先顺序,觉得它比较重要,哪怕事实根本不是如此。

要理解这个劝服传播技巧,需要理解"理性人"框架。新加坡南洋理工大学经济学副教授包特曾在自己的微博上说:"今天的严肃专业经济学者很多都对理性人框架不以为然的。人们觉得理性人或者弗里德曼那套老芝加哥理论是经济学'主流',完全是因为经济学(特别在华语圈)大众流传的内容都是起码过时三四十年的东西。"

"理性人",或者叫"理性经济人",就是一种经济学的假定:人思考和行为都是目标理性的,会根据成本收益最优来做出相关选择。我发表于《读库2105》的旧文《犯错是常态,而不是例外》里谈到过,卡尼曼和特沃斯基的研究已经表明,人在日常生活中会大量使用"思维捷径",因此人们的犯错或者叫"非理性",是系统性的、内生的、可预测的缺陷。

那篇文章提到的众多"思维捷径"中,就有一个捷径叫"可得性捷径"(Availability Heuristic)。简单说就是,人们在判断一项事物并做出决策时,脑海中越容易想起来的东西(唾手可得的东西)往往会占据不应有的重大比例,也就是说,容易回忆起来的东西被认为更具可能性。比如当我们开车经过车祸现场时,会立即把车速放慢。为什么呢?因为车祸一下子占据我们的脑海,看上去车祸的可能性增加了,而事实上车祸的概率当然并不会一下子变化。经济学家也观察到,当最近有大地震发生时,地震房屋保险的销售就会有大量提升,然而地震的概率并没有实质改变,改变的是人们对地震可能性的猜测。当你看过一部描绘原子弹战争的电影时,就会更担心世界发生核战争,因为核战争的可能性"看起来"增加了。

"卖个破绽法",正是利用人类容易使用"可得性捷径"的非理性思维惯性，来完成劝服。互联网上著名的"坎宁安定律"（Cunningham's Law）说："在互联网上获得正确答案的最佳方法并不是去提问，而是去发布一个错误答案。"这一定律被无数流量博主用在吸引流量上：故意卖个破绽，你去留言指正或者骂他，都是在增加他的流量，在他的算计之中。而"卖个破绽法"通过埋下错误的伏笔，让你与它宣传的观念形成一种能留下深刻印迹的互动（互动越多，你对这种观点印象越深刻），从而抬升这种观念在你心目中的重要性。此后再出现类似刺激时，"可得性捷径"就会让你迅速想到自己曾经试图纠正细节的这个观点。

2012年，普林斯顿大学认知心理学家丹尼尔·奥本海默的研究表明，一个字体比较难读的文章，反而会让学生记忆更加深刻。他认为，这是因为当字体比较难读时，会让人们放慢阅读速度，努力集中注意力，这额外的注意力导致了更持久的记忆。

我们的大脑天生会忘掉很多日常。比如是否锁门这个事情，之所以很难回忆起来，是因为这动作太日常了，很容易被大脑下意识忘记。毕竟，如果把我们所有的感官信息都存储下来，那工作量太惊人了，大脑为节省能量，肯定得选择忘掉很多重复性的日常生活细节，或者把它们"合并同类项"。相反，反常的事情，才会让我们更容易记得。

亚当斯说，特朗普在总统大选中，就是反复使用这一技巧，而且屡试不爽。当你对特朗普的说法进行事实核查时，很容易投入更多的精力，从而致使你更容易记得他的观点。人们最终似乎忘掉了其细节错误，而只记得他想宣扬的观念，或者，虽然没有被特朗普说服，但在心中给了特朗普的观点以不应有的高度和重要性。

这一切都足以说明，特朗普是一位拥有"武器级技巧"的劝服大师。斯科特·亚当斯把劝服者分成几个等级，他认为自己属于"商业级别"劝服者，比他更厉害的一层是"认知科学家"，再往上就是"劝服大师"（Master Persuaders）。这个层级里面包括特朗普，也包括苹果前老板乔布斯、歌手麦当娜和多位美国总统。特朗普是劝服大师，这是亚当斯认为他会赢的最重要原因。

这当然不是说，特朗普因为有了"武器级劝服技巧"，所以做啥都可以。重要的是，特朗普在大方向上和支持他的那些选民是一致的：希望有很强的国家安全机制、可以负担的健保体系、个人自由等等。亚当斯说："特朗普能够匹配他这些铁粉层的情感需求，也能匹配他们的优先级考虑。"至于细节，这些铁粉相信，特朗普当选后能和自己的政策顾问搞掂的。

特朗普也不是只有说服力技巧，他还掌握了商业谈判的最常见技巧：把初始报价抬很高，然后再慢慢往下砍。比如，在大规模遣返移民这个问题上，正因为一开始就把话说得很绝，所以最终他从初始位置开始做出一些让步时，人们会觉得他的移民政策还算理性。人们会把特朗普的初始报价作为一个基准,这就是"框架效应","取法乎上,得乎其中"。

"卖个破绽法"当然也不是特朗普说服力的全部招式。在书中,亚当斯总结了一共三十一条有助于我们劝服别人的"小贴士",在这里可以简单罗列一下:

一、当你自我认同为某个群体的一部分时,你的观点会倾向于趋向这个群体的共识,所以重要的是让你要说服的对象意识到他属于哪个群体。

二、人的底层硬核逻辑是互利互惠,如果你希望某个人未来(在观点上)合作,今天就为他做一点事情,销售一般非常懂这个定律,他们会请客户吃饭或者解决某个麻烦。

三、哪怕你试图说服的对象知道你在使用技巧,也不会影响劝服的有效性,人人都知道9.99元这样的标价是因为显得比10.00元少很多,这一技巧依然有效。

四、你会非理性地抬升自己脑海中那些想得最多的事情的重要性;特朗普不断地谈边境移民问题,抬升了这个问题的重要性,而抬升这个问题重要性有利于他的选情,不利于他的对手;特朗普并不希望他的批评者噤声,相反,批评声浪越高(比如在美墨边境建墙有多么不现实)越好。

五、上面介绍过的"卖个破绽法"。

六、如果你不是一个在竞选总统的劝服大师,如果没有厚脸皮和冒险能力,那么你必须在以下两者之间找到一个甜点(最佳平衡点)——一端是标志着缺乏自信的道歉太多,另一端是像个反社会人格的从不道歉；但如果你是特朗普这样的劝服大师，不道歉也没关系，因为道歉是示弱，道歉会让人们记得他哪里错了。

七、一个已观测到的事实可以完美符合多个完全不同的解释，最典型的例子就是法庭上，控辩双方基于同样的事实，可以说出同样有说服力的，但截然相反的解释。

八、会让人们受到影响的是事情的方向，而不是事情的现有状态。

九、展现自信——不管是真的还是装出来的——有助于提高你的说服力，为说服别人你必须相信自己，或者至少装着相信自己；这方面还包括穿着、精力旺盛等信息，比如特朗普就比大他几岁的拜登更有活力。

十、当信息传递者有信誉时，劝服力最强。

十一、猜测别人在想什么，然后在他们正在想这个的时候说出来，如果你猜对了，那么被说服对象会认为你和他想法一致，而和你产生某种纽带，算命先生对此就非常精通。

十二、如果你希望受众拥抱你的内容，那就砍掉所有不重要且会让人们有理由思考的细节，给你的内容设计足够多的留白，人们可以用让他们感到最快乐的方式来补白这件事情，从而和你发生联结，也因而更容易被你说服，没有什么说服能胜过被说服者自己的补白。

十三、要把自己摆在一个高姿态的位置，要像一个愿意解决问题的成年人，这会让其他人要么加入你，要么就要冒着成为小心眼的风险。

十四、如果你攻击某个人的信仰，受攻击者最有可能的是强化自己的信仰而不是放弃它，哪怕你的理由无懈可击。

十五、研究显示，比起可预测的回报，人们更容易因为不可预测的回报而上瘾。

十六、说服一个相信你有说服力的人，会更加容易。

十七、人们宁要错误的确定性，也不要不确定性。

十八、在所有其余条件都相等的情况下，视觉劝服远强于非视觉劝服，两者差异十分之大。

十九、如果你能成功地让你的劝服对象自己想象出场景，那么你甚至不需要实际的图像。

二十、比起事实和说理来，人们更容易被对比说服，所以要小心选择你的对比对象。

二十一、如果你成功地把两种观念或图像联结起来，那么人们对它们的情绪反应会渐渐重合。

二十二、给定足够多的时间，人们最终会对一切小麻烦习以为常，人们会适应一切不会杀死他们的东西，人类的底层硬核逻辑就是只要风险不大，就会接受"那就这么着吧"。

二十三、你说什么固然重要，但比不上人们认为你在想什么重要。

二十四、如果你能把你的战略描绘成不管怎样都算赢两次，没有任何可能会输，那么没有人会反对你提议的战略道路，比如特朗普，就把自己的政策包装成"如果败选就能提高人们对边境移民的重视，如果胜选自然就能解决这个问题"，所以人们被他说服了。

二十五、如果你在销售某种东西，直接要求你潜在的买家买单，直接的要求是有说服力的，比如特朗普就经常在演讲中说"相信我"。

二十六、重复就是说服，重复就是说服，重复就是说服。

二十七、让你的说话风格与受众相匹配，一旦他们把你视为他们中的一员，引领他们会变得更容易；这条可以参见第一条。

二十八、简单的解释比复杂的解释更可信。

二十九、简洁让你的理念更容易被理解、更容易被记住、更容易被传播，只有最容易被记住，你才最有说服力。

三十、战略模糊就是刻意选择字句，排除掉人们会反对的东西，让人们在你的字里行间读到他们想读到的意思，人们会用自己的想象填补空白，他们自己的想象会比你的话语更有说服力。

三十一、如果你需要一个正在骑墙但倾向于你观点的人做出决定，给他一个"假的理由"，好让他们同意你；你给出的理由不需要很棒，任何"假理由"都足以让一个正在寻找借口跑到你这边的人行动起来。

亚当斯说，特朗普意识到人们并不是用事实和说理来做出决策，一个富有手段的劝服者可以肆无忌惮地忽略事实和政策细节，只要他的劝服是充满技巧的。在亚当斯的劝服模型中，"事实与说理"的排位非常低，低于"个人认同""恐惧""抱负""习惯""类比"，仅仅高于"指责别人双重标准（你不也这么做）"和"偷换概念"。

"个人认同"在说服力上之所以排位这么高，是因为这是人类的底层基因：从远古时代起，我们就发现跟自己的部族在一起更安全。而今天，这个"部族"可以是国籍、地区、种族、民族——尽管这些都可能是"想象的共同体"。"部族"也可以是性别，比如男性和女性在性别话题上的抱团。

"恐惧"也是很有劝服效果的。一个巨大的恐惧比微小的恐惧更有说服力，一个非常个人的恐惧比一般泛泛而谈的恐惧更有说服力，一个你经常想到的恐惧会比你很少想起的恐惧更有说服力；带有视觉图像的恐惧比没有视觉效果的更有说服力；你有过第一手体验的恐惧会比统计数据更有说服力。

"抱负"的典型例子，是苹果手机告诉你：拥有了它，会让你更有创造力。而如果你想要某人尝试某种新产品，最好把这种产品和他已经形成"习惯"的行为联系在一起。"类比"通常是没有逻辑的：仅仅因为两样东西具有某种相似的地方，这两样东西肯定其他地方也有很多相同点。但所有这些，说服力都排名在"事实与说理"之上。

亚当斯说："如果你尝试过用提供事实的方式说服人们

改变政治观点，你一定知道这通常都不灵。因为人们都觉得自己拥有事实，比对手更好的事实。即使他们发现了自己并不拥有更好的事实，多半也只会转移话题。人们不会轻易地从一种政治观点跳到另一种政治观点，而事实是说服力非常弱的。"

人们更容易被视觉图像、情绪、重复、简洁、充满活力的身姿等要素说服，而不是细节和事实。也正因为如此，*Win Bigly* 的书名副标题是"Persuasion in a World Where Facts Don't Matter"（劝服，在一个事实已经无关紧要的世界里）。

为什么事实在劝服别人方面基本没什么作用？根本的原因在于，人类在百分之九十的决策中是不理性的。丹·艾瑞里在《怪诞行为学：可预测的非理性》（*Predictably Irrational*）里证明了：尽管人们声称自己依靠事实和说理做出决断，但实际上非常容易被偏见带跑。罗伯特·西奥迪尼也在他的《影响力》（*Influence*）和《先发影响力》（*Pre-Suasion*）中对人类决策的非理性有深刻的洞察。甚至在一般人认为肯定大家都会保持理性的金融市场——毕竟一秒钟就有几亿元的出入——大部分普通投资者甚至部分职业投资者也是非理性的。马尔基尔的《漫步华尔街》（*A Random Walk Down Wall Street*）和塔勒布的《黑天鹅》（*The Black Swan*）都认为，人类在解释他们所观察到的世界时，经常有错误，而且有持续错误的倾向。

人是怎么认识世界的？我们脑海中的"现实"，实际上是大脑在分析了五种感觉器官通过神经传递过来的信号后，做出的一个大脑认为最合理的推测版本。我们都像柏拉图所说的"洞穴人"，通过观察外界事物的影子，来串联、理解这个世界。

斯科特·亚当斯说，我们每个人都有自己理解这个世界的滤镜，面对同一个世界（如果真有这样的客观世界），我们却得出了不同的，有时候甚至是截然相反的阐释版本。然而，很多人却坚持认为，只有自己了解的才是真实世界。

我在《那些最奇怪的大脑》（见《读库2003》）里写过，普通人类的极端情况——精神分裂症患者——或者是内部计时机制未同步，或者是信号传输有问题，导致他们无法把自己的行为与大脑的预判联系起来，这样大脑就要构想出另外一种"现实"，才能解释认知的失调。也正因为如此，会催生非常疯狂的滤镜和非常狂野的解释版本。

亚当斯说，大多数人通常认为，存在一个客观现实，人类可以通过勤勉地获悉事实和说理过程而理解这个现实。在这种世界观中，有些人已经根据事实做出了符合科学和逻辑的结论，他们试图启蒙周边的人，帮助我们以"正确的方式"来看待这个世界。这个理论的唯一麻烦是，"我们都认为自己是启蒙者，我们总是假设那些不同意我们观点的人只是因为没有掌握更准确的事实，或者没有更好的脑袋，所以才不同意我们"。这种对现实的滤镜让我们快乐，因为在这个滤镜里我们是聪明人，而且看起来在预测未来这方面做得不错。

但是，且慢，我们真的在预测未来方面做得不错吗？还是掉入了"确认偏差"以修正认知失调的陷阱？

什么叫"认知失调"（Cognitive Dissonance）？指的是人们的实际行为与理念发生了冲突。比如我认为减肥是好事，但我的嘴巴却仍在吃眼前这块蛋糕，这就产生了认知失调。我们的大脑会有一种倾向，就是让自己的认知失调合理化，这是因为认知失调是让人很不舒服的一种状态，大脑始终想要修正这种不舒服的状态。不这么做的替代方案，就是承认自己言行不一，这个大多数正常人其实无法接受，这是底层基因写就的、人类无能为力的。

比如吃蛋糕这个事情，可以用很多种方法来修正这个失调。我可以说，我没有吃很多啊，就一块而已，蛋糕也是很有营养的，明天再减，吃饱了才有力量减肥啊。或者：人生苦短啊，减肥真的那么重要吗？或者：没有任何科学证明，吃蛋糕会导致肥胖，至少我没有看到过。或者：是弟弟送过来的蛋糕呢，拒绝这块蛋糕可能是拒绝他的兄弟情，也是在浪费粮食，不是吗？或者：我本来就没有想要减肥嘛……总而言之，我们的大脑会像个合格的渣男一样，想出各种借口来弥合这种失调。

那么，什么是"确认偏差"（Confirmation Bias）？这是人类的一种倾向，就是只看到能支撑自己信念的证据，忽略所有不能支撑自己信念的证据。不是只有特朗普的支持者才会有这种认知失调和确认偏差,古今中外,左中右,人类几乎都无法摆脱这两个非理性的思维缺陷。于是,面对同样的事实,特朗普的支持者和反对者就看到了两个截然不同的世界。最妙的是,人人都说自己是理性的,而论敌是不理性的,自己不会用确认偏差来修正认知失调,而恰恰是对手被确认偏差骗了,掉入了信息茧房。观察大部分的网络争吵,我们都能看到上述场景反复出现:多数人都相信自己掌握的才是常识,而对方辩友居然"连常识都不知道"。

所以,当我们对现实观照的滤镜出现错误时,多半不会意识到这种错误,而是用大脑生成的让自己舒服的幻觉,来合理化这种认知失调,用确认偏差来强化自己的信念,所以这个预测模型不可能不准。这样下来,除非特别剧烈的系统性震荡,我们是无法从这种思维陷阱中自己走出来的。

在某种意义上,确认偏差或许正是人类进化的必然结果。在漫长的进化过程中,人类的底层设计缺省值,就是要用新出现的信息支撑既有的观点和理论,否则每次一旦出现新的信息,整个底层观念内核都要重新洗牌一遍,那肯定会让大脑消耗过多的能量,也没有任何好处。更好的办法,显然是让人类拥有确认偏差。直到这种偏差积累过多导致系统性震荡,才重新把观念体系洗牌一遍。我们可以把这种情况叫"觉醒"。然而事实上,"觉醒"是非常罕见的。

集体也未必能比个人更理性,回顾过去一个世纪的人类经历,成千上万的人可以分享同一个跟事实毫不相干的幻象，被一种解释说服，并且并不觉得违和。斯科特·亚当斯说："大众幻觉是人性的常态，而不是例外。"至少在一定时间内，这一点是成立的。

如果说认知失调和确认偏差是人类与生俱来的本能，那么，现代信息技术正在进一步让我们向非理性的道路上狂奔。首先，是海量的信息冲刷，这是往前一个世纪甚至半个世纪的人类都没有经历过的——须知，人类的进化以万年计，而过去几个世纪甚至过去半个世纪的社会变化都堪称神速。比如今天有很多人存储了远比远古时代更多的能量，变成了胖子，是因为我们的基因还根本没有适应这个物质丰富充裕的时代。

特朗普对于自己阐述中的事实性错误，从不道歉或解释，他只是抛出一个又一个的观点，让受众应接不暇。我们的大脑仍然在缓慢地进化过程中，普通的政治新闻消费者依然只能记住一小部分事情，当特朗普用这种信息过载的方式轰炸他们的大脑时，几乎所有人都不得不选择把他的一些错误抛出记忆之外。长此以往，人们能记得的只有：特朗普提供了一个观点，他也提供了自己的说理，他没有为此道歉，他的对手说他撒谎，但这些对手一直在这么做，所以也不稀奇了……这就是为什么特朗普可以方便地忽略很多事实，因为人们没有这个能力去处理这么多信息，人类善忘。

事实根本不重要，重要的是情绪（能影响情绪的事实才重要），是持续说（累死对手），反复说（烦死对手），打一枪转移一个阵地（让对手疲于奔命，无法核证），绝对不能认错（保持人设，让信众确认偏差）。

我曾阐述过一个自己的暴论：在信息过载时代，"真理越辩越明""言论的自由市场真理胜出"已经不一定成立了。在人类很长一段时间的发展过程中，信息是短缺的，所以掌握信息的祭司、国王、知识分子，有地位有权力。在并不久远的过去，信息还依然是短缺的，每天要消化的信息量没有那么多，一个普通人可以轻松或努力完成。在信息短缺的情况下，"言论的自由市场真理胜出"是可以成立的，因为需要参与理性思考的要么只是贵族阶层，人数不多，利益可以妥协统一；要么信息也不多，大家可以充分讨论。但在新信息技术时代，海量信息冲刷，过去的公理很难成立了：人很难看到完整的两面信息（人很懒、人有确认偏差），完整的信息都看不到或者不愿意看到（看到与自己三观相反的观点并思考论证是很累的），择善而从就更做不到了。这就是为什么各国最终都要走上对网络谣言严打的道路，因为海量信息时代没有别的选择，指望网络"自净"是太理想主义了。

《经济学人》总编辑詹尼·明顿·贝多斯和副总编爱德华·卡尔在该杂志网站2023年年终回顾视频中表达了一种担忧：当今世界大众媒体越来越失去大众的信任，"广播媒体"正在日益成为"窄播媒体"。

大众媒体失去信任这一块，盖洛普（Gallup）有从1972

年观察到2023年的美国民调记录。数据显示,"非常信任和相当信任"大众媒体的人群从1976年的最高点(72%)下降到了2023年的32%,"不怎么信任"的人群目前是29%,"完全不信任"的人群则从1976年的最低点(4%)剧增到了今天的39%。换句话说,今天"完全不信任"大众媒体的群众,已经彻底压倒了"非常信任和相当信任"的人群,后者已经只占全体人群的不到三分之一。

与此同时,媒体以及新兴的自媒体还有另外一个趋势,那就是"广播"变"窄播"。这同样令人担忧。什么叫"广播"?就是在大众媒体时代,同一批信息通过媒体抵达最广大的受众,我们虽然可能观点不同,但是大家讨论基于的"元事实"还是一样的。那什么又叫"窄播"?就是一堆人只听某甲的解读,另一堆人则只听某乙的阐释,分别扎堆,各有山门,仿佛不是生活在同一个世界。比如说,如果你是常年流连于微博的,那么对于抖音、快手千万粉丝级别的网红可能听都没有听说过,但这不妨碍他们在那个世界里呼风唤雨。

世界上当然不是只有某甲和某乙,不是只有两堆人,人群无限可分,可以有无数个信息茧房小团体。我们都活在各自对现实阐释的"小电影"里,而且很多都活得还挺开心自洽的。用斯科特·亚当斯的话说,这其实也算是人性的常态。记得吗?"大众幻觉是人性的常态,而不是例外。"

2023年蓬勃兴起的大语言模型人工智能,将帮助有心人生产更多"符合我们滤镜"的现实阐释小电影：deepfake（深度伪造）技术，如今已经完全可以让一个视频里的名人说出任何语言、任何口音、任何内容的话，而且与画面高度吻合，毫不违和。如果过去说"耳听为虚眼见为实"，那么这一点在未来可能也将不适用了：你看到的，未必是真的。这无疑将更有助于"确认偏差"：凡是我相信的，看到的都是真的；凡是我不相信的，看到的都是deepfake。

长此以往，大家都公认成立的"元事实"会越来越少。我们分别拥有符合自己确认偏差的"事实"，然后根据这个"事实"来形成和加强自己的三观，任何理性辩论都将逐渐失去共识的基础。这或许就是为什么，在经过特朗普四年的折腾后，相信特朗普的核心群体依然在相信他。而在经过拜登四年的折腾后，相信拜登的铁粉也依然在相信他。

怎么办？或许，我们至少首先要提醒自己：大家都有类似的短处，而不是辩论对手才有。要时刻提醒自己：我是不是"认知失调"后产生的幻觉？我有没有"确认偏差"？都有这个意识，人类才会集思广益去想办法克服它。重要的从来不是特朗普为何还有信众，而是为何我们认为他不应该还有信众。

※ 本文选自"克韩冷知识笔记"的直播笔录。

"袁大头"诞生记

杨津涛

"准备库中成大隐,更从何处觅袁头。"

中国很多城市都有一条"中山路",天津也不例外。天津的中山路原名大经路,是袁世凯任直隶总督时新建城区的主干道。中山路旁现存一座仿若城门的建筑,欧式壁柱配以中式女儿墙,加上两侧向左右延伸的漩涡雕刻,构成非常典型的中西合璧。大门匾额上写着四个字:造币总厂。

历史上,匾额上的名字一直在变,从清朝的北洋铸造银元总局、北洋银元总局、户部造币总厂、度支部造币总厂,一直到民国初年的天津造币总厂,不变的是其中国机制币产研中心的地位。早在任直隶总督兼北洋大臣的时候,李鸿章就在天津北洋机器局原有设备基础上,从英国格林冶铁厂购置铸币机器,开设机器铸钱局(又称"宝津局"),率先生产机制的"光绪通宝"方孔钱。其后几十年间,天津造币总厂创造了不少辉煌。

很少有人知道，一百多年前，世上第一枚"袁大头"就诞生在这里。

银元之前：钱银并用

清朝同治八年（1869年），美国人何天爵（Chester Holcombe）来到中国，他发现这里的人"不管在做多大或者多小的交易买卖之前，首要的事情便是双方协议应该使用哪种成色标准的银子来支付和收取货款"，所幸"中国的生意人能够根据每种银锭的铸造方式，异常精准地判断出它们的成色和纯度"，比如"波纹越多，孔眼越细密，那么就说明银锭的品级越高"。

之所以出现这种让外国人迷惑不解的现象，是因为在白银流通越来越广泛的背景下，清廷并没有对白银铸造做出过任何规定，形状、大小、重量、成色等，都由各省、各府、各县，乃至各钱庄依习惯自定。我们如果穿越回清朝，不难看到几百上千种银锭，彼此间换算极为繁复。

清朝前期，中国提炼技术落后，作为标准银的"十足银"，纯度也仅有93.5374%，这种银子因上面有细密的水波纹，故称"纹银"。后来提炼技术进步，纹银因纯度过低不再铸造，只在算账时使用。各地"宝银"纯度普遍高于纹银，比如天津"化宝银"含银99.2%、长沙"龟宝银"

含银98.7%，它们在和纹银换算时必须"申水"（又称"升水"），即提高比价，五十两纹银通常等值于四十七到四十八两的各地"宝银"。

白银的单位"两"，在各地也不统一。清代重量标准称为"平"，全国的"平"可能超过两百种。交税给国库时用"库平"，一两约37.301克；对外贸易中通行"关平"，一两约37.7994克；地方上，如天津"行平"一两约36.18克，长沙"长平"一两约35.95克。假设一个天津商人带着一百行平两的化宝银，到长沙去做生意，那他手里的银子等值于多少两纹银，又可以兑换多少长平两的龟宝银？虽说有公式可套用，但具体称重量、验成色，都不得不出钱请官方鉴定机构"公估局"来做，推高了交易成本。

白银之外，铜钱也还在使用。清朝规定一千文铜钱兑换一两白银，可市面上铜钱大小、轻重不一，银价又时时波动，导致铜钱与白银的比价变幻莫测，每两白银能兑换的铜钱，从八百文到一千六百文都有可能。因此对初来乍到的外国人来说，在中国"花钱"的确是既伤神，又费力。

外国钱竞入中国

在以民国为背景的影视剧里，"大洋"是很常见的一种道具，剧中人物到饭馆吃饭，会随手拍出几块大洋付账；要买凶杀人，就掏出一袋子大洋扔给刺客。我们虽然有时看不清道具的细节，但都知道那些大洋就是"袁大头"——它们正面刻着袁世凯头像，每枚面值"壹圆"，当年被称为"袁头币"。

很少有人知道，袁头币只是中国流通过的众多银元里的一种，既不空前，也不绝后。如果有人拍晚明题材的影视剧，让剧中人拿银元上赌桌，那都要算尊重史实。

明朝万历年间张燮著《东西洋考》，已记有"吕宋·物产·银钱"，说大者七钱五分"夷名黄币峙"。吕宋即现在的菲律宾，明清时期是西班牙对华贸易的中转站，中国商人把丝绸、瓷器、茶叶等商品运到吕宋，西班牙人拿银元购买。早期银元还是西方传统的"打制币"，就是把切割好的币胚放入上下两块模具之间，通过人力反复捶打，让图案印上钱币，最后大致修剪为圆形。十六世纪借助技术进步，西班牙等国启用水力或马力带动的铣机、拉丝机、切割机、捶打机，生产出了"机制币"。

中国习惯把外来新鲜事物前加个"洋"字，比如称火柴为"洋火"、称蜡烛为"洋蜡"、称肥皂为"洋皂"，同样外来的银元，就有了"洋银""银洋"，乃至"大洋""现大洋"的称呼。

自十六世纪始，西班牙在其美洲殖民地控制了多个大型银矿——其中就有当时世界储量第一的波托西银矿（今属玻利维亚），还有墨西哥的萨卡特卡斯矿脉（如今世界白银产量最大的绍西托银矿所在）——有能力源源不断地铸造银元。这种银元正面是西班牙国王半身像，背面有西方神话中"赫居里斯之柱"等图案，在中国被称为"本洋"，又有"佛头""双柱"等俗称。"双柱"的单位即《东西洋考》所说的"黄币峙"，西班牙语peso的音译，现在通译为"比索"，一比索的银元大多重七钱二分（约合二十七克），含银量基本在百分之九十三左右。与此同时，二分之一比索、五分之一比索等小面额辅币也随之流入中国。

1821年，墨西哥从西班牙独立，改铸新银元，因为币面上有雄鹰展翅的图案，被中国人称为"鹰洋"。鹰洋很快

西班牙"本洋"（上）与墨西哥"鹰洋"（下）。图片来源：Numista

取代了本洋，成为中国境内流通量最大的外国银元。此外，像英属香港的"站洋"、日本的"龙洋"、法属印度支那（安南）的"坐洋"、美国的"贸易洋"等，都能在市场上见到。

银元西来之初，中国人习惯把银元熔掉后重铸为银锭，或者由商家打上戳记后与银锭一样称重使用。后来人们逐渐发现，机制银元外观精美，成色、重量、大小一致，可以按枚计值，省去验成色、称重量等烦琐环节，相比之下，称重的银两使用起来就太不方便了。

张之洞开铸龙洋

嘉庆四年（1799年），和珅被抄家，在他那富可敌国的家产中，有一项颇为不同寻常："洋钱五万八千元（估银四万零六百两）"，说明可能有官员是拿西班牙在墨西哥铸的本洋向和珅行贿。这并不奇怪，因为银元在乾隆、嘉庆年间已建立起很好的口碑，它们的成色本不及纹银，但在实际流通中会"升水"，一枚银元能兑换等重量的七钱二分，甚至八钱以上纹银。

银元先在广东、福建等沿海地区流通，后来深入内地，以致远在北京的道光帝都知道了。事情到这一步，清廷不得不严肃讨论外国银元流入的问题，那时摆在清朝君臣面前的选项有两个：一、禁止银元流通，恢复白银、铜钱双轨制；二、自行铸造银元,把外国银元赶出市场。两江总督陶澍、江苏巡抚林则徐赞同商人们的意见,上书说"欲抑洋钱,莫如官局先铸银钱"。他们主张朝廷开铸银币,其上如铜钱一样铸"道光通宝"四字。针对此类建议,道光帝批示"太变成法,不成事体",又说"洋钱方禁之不暇,岂有内地亦铸银钱之理",不仅反对铸造银币,还要禁绝外国银元的流通。

朝廷把路堵死了,一些地方官府只能偷偷私铸。林则徐就不顾道光帝阻挠,在江苏任上铸了一批"银饼";台湾仿制西班牙本洋,把币面图像由国王换为寿星,上书"道光年铸"。但这些银币都是土法打制而成,工艺粗糙,成色也无法保证,很快以失败告终。

中国复杂的货币体系,让外国商人十分头疼。光绪六年(1880年),美国驻华公使熙华德(George Frederick Seward)在呈递给国会的备忘录中,希望美国政府呼吁中国政府"认清事实:想要满足公共需求,应建立政府监控下的贵金属制币厂,除此之外,别无他法"。

光绪十三年(1887年),在大多数省份相信铸造银币利大于弊,以及外国人不断抗议的情况下,朝廷终于松口,准许两广总督张之洞"先吃螃蟹"。

之所以选广东,是因为那里身处中外贸易的最前沿,银元早已广泛流通,半个多世纪前的道光年间,粤东就是"大商小贩,无不以洋银交易"。到光绪年间,广东百姓更是连买柴米油盐等日用品都用起了银元。

然而，生产机制币并不是一件简单的事。银元、铜元铸造之前，要先刻模具，亦即"祖模"，其设计水平和雕刻技艺直接影响钱币精美度。祖模多以钢或铜制成，其上下两部分各以阳文正刻钱币正反面图案。祖模不能直接用于铸币，还要翻制为阴文反刻的"工作模"，才能开启生产。广东银元的祖模由英国伯明翰希登公司（Ralph Heaton Birmingham England，通常又称"喜敦厂"）代制，其他厂房建设、员工培训，以及全套设备采购，都由该公司经手。广东铸币厂所用印花机等颇为先进，即便放在欧洲也毫不逊色，每小时能铸银元一万枚。

广东开始试铸的银元上，英文环绕"光绪元宝"四字，被认为有损天朝威仪。最终确定的银元样式，正面中间铸满汉双语"光绪元宝"，其上标明铸地"广东省造"，其下显示面值"库平七钱二分"；背面主体是精致蟠龙纹，四周环绕着英文"KWANG-TUNG PROVINCE"（广东省）、

广东省造光绪元宝库平七钱二分银币。图片来源：Numista

"7 MACE AND 2 CANDAREENS"（七钱二分），满足了对外贸易的需要。此种银元除含银量百分之九十的主币外，还配有四种辅币，分别重三钱六分、一钱四分四厘、七分二厘和三分六厘，含银量依次降低，甚至不足百分之八十。

光绪元宝银元因上有龙纹，被民间称为"龙洋"。光绪十五年（1889年），张之洞调任湖广总督，继续在湖北铸造龙洋。福建、浙江、四川、山东、江南、奉天、吉林等地紧随其后，自铸银元。

周学熙赴日考察

天津的北洋机器局于光绪二十二年（1896年）开铸龙洋，即今日藏家俗称的"北洋造"。此后几年，北洋机器局下属铸币厂生产了多种图案、多种面值的银元，总量超过三千二百万枚。可惜的是，八国联军侵入天津的时候，铸币厂设备大多毁于战火，生产被迫停顿。

光绪二十八年（1902年），袁世凯以直隶总督兼北洋大臣身份代表清廷，从八国联军手中收回天津占领区的行政权。袁世凯想把天津打造为实行"北洋新政"的范本，而发展工商业，尤其恢复铸币，是非常重要的一环。他把手下能用的人才想了一遍，决定把这件事交给周学熙来办。

周学熙当过开平矿务局总办，时为天津候补道，比较熟悉工商业。命令周学熙筹办北洋铸造银元总局（通称北洋银元局）后，袁世凯要从天津回保定，临行前，他实实在在地给周学熙出了一道难题：一百天为限，到时候你把铸造好的制钱交到我手里。

那时周学熙手上能动用的资源很有限，一是劫后残存的部分机器和零件，二是当年北洋铸币厂的技术人员。李祥光、杨秀龙等老工人拍胸脯对他说："我们能造枪造炮，还不能造制钱吗？你发工资吧！"周学熙拿出盖了章的字条，上面写着凭字条领面粉一袋，这就是他发的工资了。

北洋银元局衙门在大经路宇纬路口，工厂在大悲院原淮军护卫营营地。老工人们不负众望，把机器重新组装，仅仅三个多月就生产出了铜元。起初每月生产各类铜元三十三万枚，添置新机器后，产量更是增加了几倍，天津市场因之稳定下来。袁世凯惊讶地称许周学熙是"当代奇才"。

周学熙赤手空拳，从废墟中重建铸币厂已属不易，想要再进一步，就不能不向外借鉴了。光绪二十九年（1903年）三月，周学熙奉袁世凯之命赴日本考察工商业，研究铸币是重中之重。与他同行的有北洋银元局书记委员刘荫理、机器委员李祥光、匠目（工匠负责人）杨秀龙，以及洋务局、官报局的官员等。周学熙后来在自叙年谱里说，他们在日本"备得工商富强之状，兼访朝野名人"。

途中经过朝鲜半岛，周学熙特意参观了汉城的铸币机构"典圜局"，算是对日本主导下的铸币业有了初步印象。当时的大韩帝国早已自建年号，铸有"光武"纪年的金、银、铜、镍等材质的机制币。一行人在长崎靠岸，正式开启考察，周学熙在神户专程访问正金银行支行，检查中国委托日本雕刻的一两银元祖模。他在《东游日记》中感叹："纹、字精致，远胜华工。"

日本的中央铸币机构位于大阪，即现在的赏樱胜地——大阪造币局，周学熙去参观了至少四次。

第一次由大阪造币局局长谷川为治亲自引导，帮周学熙了解全局架构。总务部、试金部、铸造部分别掌管行政事务、原料配比和钱币铸造，它们各自下设很多小部门。工人们开工前要换上工装，并自带午饭，上班期间不能出厂。接着周学熙到试金部下属试验场，观摩化学方法检验白银纯度。第二天一早，周学熙参观铸造部下的伸铜场，负责人庵地保带他看了熔化、碾片、撞饼和烘摇洗等流程。后面几天，周学熙又两次到访造币局，技师山县修带他考察溶解场、伸延场、极印场，观摩烘洗、过秤、印花等工艺。他提出派工人来日本学习雕刻模具，获得谷川的同意。

周学熙认为，日本铸币工序与北洋银元局基本一致，即先按固定值配比银、铜等原料，放入坩埚充分融化；融化后的金属倒入浇铸模制成"条片"，条片再由碾片机轧制成铸币所需厚度，进入冲饼机，加工为"饼胚"；饼胚这时硬而脆，需要再度软化，然后进行酸洗、烘干和滚光边，使之变得光洁且易于印花；最后，饼胚装进印花机，打上正反面花纹和边齿，再剔除不合格的残次品，就是可以出厂流通的银元了。

在周学熙看来，日本的优势是"惟器较利"——所用机器比中国更为先进。在制作场里，车刨钻、生铁炉等一应俱全，不仅能修理各种进口的铸币机器，还能自行生产"银元小机器"。

为便于回国后改良技术，周学熙把自己的所见所闻详细记录了下来。比如大阪造币局的碾片机操作方便，"只动一轴杆"就能启动机器，连轧三次得到所需的条片，然后从中抽出一片称重，若超过或不足规定重量都要重新轧过。又如印花机旁备有小车床、磨刀石和磨模机，修整有瑕疵的银元。

四月二十九日，周学熙往大阪造币局，与谷川为治道别。谷川向他展示了帮中国代刻的一钱银元模样，并赠送了一幅"熔铜炉图"。大约是这些天聊得很投机，也希望把中国发展为自己的"客户"，谷川最后还传授了两项铸币诀窍："印花模座太高有三弊：一装不稳固。二伤机器力。三多费钢"；"凡钢模溅火不宜太硬，硬则易损"。果然，三十日一早，机械专家作山专吉就送来了一份造币机器的价格清单，游说周学熙采购。

这个时候的周学熙无论如何也不会想到，他主持创立的北洋银元局和从日本学来的经验，后来会被用来制造上刻老领导袁世凯头像的银元。

造币总厂花落天津

率先开铸新币这种荣誉，按理说是轮不到天津的，因为那是中央铸币机构的任务。清朝中央铸币机构原有两个：户部的宝泉局和工部的宝源局，它们下辖的铸币厂都设在北京，负责铸造制钱。

为统一龙洋等机制币，清廷计划建立一个新的中央铸币厂，循例本应建于首都，但考虑到北京"水源多不敷用，且距开平煤矿较远，运费亦必增加"，就把目光转向了汲水、运煤都更方便的天津。

天津老城厢面积狭窄，海河沿岸又大多被划入各国租界，袁世凯主掌天津后，决定在海河北岸开发新区（即今河北区），兴建车站、道路、官衙、学校等公共设施，使之成为其"北洋新政"的试验田。清廷计划开设新厂，而河北新区恰好有一块约一百二十八亩的土地，地势高敞，既挨着火车站（天津北站），方便从唐山开滦煤矿运输燃料，又邻近金钟河，不缺铸币所必需的水源。

耗时两年，至光绪三十一年（1905年），新厂才宣告完工。它初称"铸造银钱总厂"，后改为"户部造币总厂""度支部造币总厂"。北洋银元局继续存在，不过先后改名"直隶户部造币北分厂""度支部造币津厂"，成为造币总厂的分支机构。也就是说，天津一城之内是既有总厂，又有分厂。

度支部造币津厂曾向朝廷汇报家底：熔银铜、烘片、烘饼、烘模等炉八十四座，水柜两具，烟筒四座，引擎六副，锅炉五座，碾片机二十三架，舂饼机十一架，光边机五架，印花机三十九架，点灯机两架。虽然周学熙自回国就创办"北洋劝业铁工厂"，希望中国能像日本那样，实现部分铸币机器的国产化，但短期内仿制成功的不过天平、光边机等少数简单机械，绝大多数依然要从日、德、英、美等国进口。

1912年，南北双方为袁世凯在何处就职争执不休时，天津爆发兵变。时人回忆，造币厂是抢劫的要点，"散乱的军警和变兵，结伙捣毁造币厂大门，冲入厂内，砸开库房，任意抢夺。在变兵抢过之后，也有市民趁机闯入厂内抢夺钱财的"。事后统计，损失的白银、银元、铜元等加在一起，约值白银三十万两。幸运的是，这次被毁的只是度支部造币总厂，造币津厂安然无恙。

兵变过后，南北统一，孙中山将临时大总统之位让于袁世凯，民国首都也由南京迁往北京。南京的江南造币厂在革命期间暂行总厂职权，此时已不合时宜。厂长王兼善曾在天津的度支部造币总厂任总务长，对两厂情况都较为了解，便上书北洋政府财政部，力陈在天津设造币总厂的优势所在。

王兼善说，自己参与建设的度支部造币津厂，一是空间够大，"结构十分宽大坚固，足容机器。以每日工作八小时计算，日出银主、辅币六十余万枚或铜币二百五十余万枚，且尚有余地"；二是用料讲究，"厂中墙壁均以洋灰及大砖造成，屋顶均用铁梁、铁架，屋中四周护以西洋瓷砖，地上均用洋灰，并护以铁板，故虽猛烈之火，亦不能毁之"；三是布局合理，"例如熔化科之后，即接以碾片科，碾片科之后，即接以撞饼科之类是也"。加上革命前天津已向各省造币厂调用机器，并从海外采购新机器，只要能按原计划继续推进，那天津新厂就能成为"全国最新最大之总厂"。

接着，王兼善又列举了江南造币厂不能承担总厂责任的理由，最重要的就是机器陈旧落后，且"印花机均非大号"，"铸银元不甚适宜"，无法满足未来国币"力求精准"的目标。

不知道北洋政府是不是受了王兼善的启发，最终决定把度支部造币总厂与度支部造币津厂合并，命名为"中国财政部天津造币总厂"。原度支部造币总厂简称"东厂"，专铸银元；原度支部造币津厂简称"西厂"，专铸铜元。至于江南造币厂则改称南京造币厂，成为总厂下辖的一家分厂。

《国币条例》统一币制

造币总厂建立之初有名无实，对龙洋的外在图案、内里成色，都没能做出有效规范。各省自行生产的龙洋没有严格品控，导致成品多种多样，非但没有起到统一货币的作用，反而使跨省交易变得更加复杂。

掌故汇编《清稗类钞》记录了中外不同银元的比值，"京师最初通行银圆时，站人式之价值最高。次为有鹰者，而龙圆价格最低，然相差亦仅（铜钱）三四十文耳。至通用龙圆，大率为北洋龙圆，若湖北、江南所铸者，市不通用，偶有收用者，价较北洋差二三十文"。北京市面上最受欢迎的是站洋，其次是鹰洋、北洋造，而湖北、江南等地银元因成色不好，常被商家拒收。

面对这种情况，当时的清廷不得不考虑提高龙洋信誉，不然无法与外国银元竞争，于是就统一币制的两个关键问题开启了大讨论，一是讨论每枚银元的重量，有人主张应重"一两"，符合中国传统用银习惯，彰显货币主权，也有人希望保持七钱二分，以与外国银元一致，方便市场交易；二是讨论采用什么样的货币本位，也就是需要确定一种金属货币的重量、成色，以之作为主币，这关系到未来中国市场主用金币还是银币。当时金本位、金汇兑本位、银本位几种观点共存。

议来议去，宣统二年（1910年）推翻光绪末年通过的方案，公布了全新的《币制则例》，开宗明义第一条就是"大清国币单位，定名为圆[①]"，进而规定主币一圆"重库平七

[①] "圆"最初来自"银圆"——本洋、鹰洋、龙洋等都是银质、圆形货币，统称为"银圆"，"一枚银圆"简称"一圆"，"圆"成了银币单位。清末铜币上使用"元宝"，银币上使用"一圆"，"元"比"圆"好写，久而久之"元"与"圆"通用，"银圆"才成为"银元"。直到今天，"圆"这个单位作为"元"的大写依然被广泛使用。本文为行文方便，在引用晚清、民国档案原文时用"圆"，此外则遵今日习惯用"元"。

钱二分，含纯银九成"。

这个"则例"写得很好，只是还没来得及实施，清朝就灭亡了。至于货币本位问题，直到进入民国才争出一个权宜之计——暂行银本位制。

北洋政府为统一币制，设置了众多专家组成的币制委员会，其中包括司法总长梁启超、天津造币总厂监督吴鼎昌等。1914年，北洋政府公布了从晚清以来数十年币制争论的成果——《国币条例》，规定银币面值有四种：一圆、半圆、二角、一角，其中主币一圆"总重七钱二分"，以"银九铜一"为标准，即百分之九十的银配百分之十的铜。三种银辅币分别重三钱六分、一钱四分四厘、七分二厘，含银量百分之七十，剩下百分之三十是铜。

主币与辅币的适用范围，在《国币条例》中做了严格规定："一圆银币用数无限制；五角银币每次授受以合二十圆以内；二角、一角银币每次授受以合五圆以内；镍币、铜币每次授受以合一圆以内为限。"一圆银币因为面值与含银量一致，只要你拿得出来，一次想用多少都行；银辅币面值高于含银量，对单次使用数量设有上限；镍币、铜币作为零钱，单次使用的总面值必须在一圆以下。

北洋政府还同时公布了《国币条例施行细则》和《国币条例及施行细则理由书》。前一文件安抚人心，说明旧银元在一定期限内，"与国币一圆，有同一之价格"，银角、铜元、铜钱等旧辅币"各照市价行用"，交易和纳税不受影响；银两制度依然没有废除，只是使用时要按照一圆合库平纯银六钱四分八厘的标准，换算为国币单位。后一文件解释了实行银本位、暂许旧币流通的理由。

有了《国币条例》，币制讨论算是告一段落。

1914年3月设立币制局，直属国务院，其职责不再是讨论如何改革币制，而是监督全国造币厂、印刷局，及各银行、官银钱号，落实《国币条例》所定各项目标。

币制局的首任总裁，是刚刚辞去司法总长职务又被袁世凯硬拖出来撑门面的梁启超。这个职务名义上地位颇高，各地但凡有关币制的文件，都要同时发给财政总长和币制局总裁。

币制局给出的改革方案非常务实，总共分三期，每期又分两步。第一期是"统一主币时期"，先统一各省成色不一的银元；再销毁国内外旧银元，改铸新主币。第二期是"统一辅币时期"，先发行新辅币，与旧辅币一起流通；再逐步回收旧辅币，全部改铸。第三期是"改革金本位时期"，先确定金主币重量，以银元为金主币替代品，允许以银元兑换金币或实行金本位国家的货币；再发行金主币和钞票，收回银元，让原先的银豪、铜元变为金主币的辅币。

经过多年争论，中国选择了银本位，但真正建立起来，还要等到十几年后国民政府"废两改元"。

面向世界的招标

林则徐、张之洞、周学熙、梁启超等人在理论与物质方面为铸造全国统一银元打下基础后,还需要一位主理人来最终完成。这个人就是前边已经提过的吴鼎昌。

听过吴鼎昌名字的人,可能大都是因为《大公报》。1926年,吴鼎昌与胡政之、张季鸾一起,以新记公司名义接手《大公报》,确立"不党、不私、不卖、不盲"的"四不原则",使之成为中国北方最知名的报纸。其实在那之前,吴鼎昌已经有很傲人的履历,他1903年留学日本,加入过同盟会,当过大清银行总务长。1911年辛亥革命后,吴鼎昌在南京临时政府筹办中国银行,后入北洋政府农商部任顾问等职。

徐铸成讲过一则八卦,说熊希龄组织"名流内阁"时,总统府秘书长、有"财神"之称的梁士诒曾推荐吴鼎昌任财政次长(总长由熊兼任)。岂知袁世凯一见之下,认为吴鼎昌"脑后见腮,且说话带雌音,不是善良之相"。吴鼎昌没当上财政次长,被改任为天津造币总厂监督。按《造币厂官制》规定,"监督承财政总长之命,厂长承监督之命,管理厂务,并指挥监督各职员"。

吴鼎昌出任此职,倒方便了他与梁启超合作。"二次革命"前,梁启超为在国会对抗国民党,合共和党、民主党、统一党为进步党,吴鼎昌任进步党政务部财政科主任。现在两人一个主持币制局，一个管理造币总厂，正好发挥他们对于金融、财政的热情，推动落实《国币条例》。

造币总厂对全部设备的统计，及从山东、福建、河南三省造币厂调配来的机器列表可知，生产规模已比北洋银元局时期翻了几番。很多同一功能的机器来自不同厂商，比如"双汽缸立式引擎"有英国喜敦厂、英国牛部特牌号、英国利物浦三家供应商；又如"打模大压力机"有美国常生厂造，也有德国、英国的产品。国产机器为数也已不少，天津德泰厂的"双锅心大锅炉""前后汽缸卧式引擎"，山东机器局的"齿轮大碾片机"，湖北铁厂的"摇钱桶"等，都出现在了列表里。

上述机器的购买价格普遍不便宜，少则白银数百两，多则数千两，可是使用了差不多十年后，已经陈旧落伍，于是财政部官员陈锦涛代表造币总厂与机器顾问道格拉斯·考克斯（Sir Douglas Cox）一起，拟定了一份招标清单，列出需要采购的"原动力电器"，包括"锅炉以及一切附件并汽管等项"，"叶子汽机联发电机以及聚汽冷水管一切附件"，还有电动机、电板、冷水塔，每一项下都有详细功能、规格和数量。比如发电机需要三套，具体要求是"交流每秒钟往返五十次，电力四百四十，电机开足为一千八百匹电马力，其能量为百分之七十五"，"该机之动部，须用圆筒式，而无凸极，该部所有铜丝，均藏匿于心槽，包装坚实"，"该机静部之铜丝，分三叉环绕，其三端必须牢装，虽遇短路电流,亦不致受伤,静部必须包裹严密"等等。有能力生产以上机器的中外厂商可以给天津造币总厂投标。

经过细心比对,造币总厂没有继续与美国常生厂、英国喜敦厂合作,1914年8月确定从英国生产冲压机的老牌企业泰来厂(Taylor & Challen, Ltd.,又译"退辣车伦制造厂")采购印花机等主要铸币设备。原计划九个月交货,但受第一次世界大战突然爆发影响,厂商要服从政府指令,优先生产军需物品,对中国订单只能延期交货。

量产国币箭在弦上,当然不能坐等机器到来。吴鼎昌便命人制定《本厂旧有及各省运回机器整理办法》,规定由工务科长姚履亨带着技士袁金本、董其成等以两月为期,把所有机器分为上("规复新厂堪以应用者")、中("堪以备各厂之拨用者")、下("旧废不堪应行销毁者")三等,然后统计它们的使用年限、完整程度、是否有附属零件等情况,编辑成册后交吴鼎昌亲自复核。所幸很多设备尚算先进,可堪使用。

在盘点机器的同时,吴鼎昌奉梁启超之命南下,调查南京、苏州和武昌造币厂。

之所以选这三个地方,或许因为江苏、湖北都曾是革命党人的重要地盘,北洋政府需要确认那里的造币厂在自己的掌控之下。吴鼎昌此行有两项使命:一方面考察币制,了解南方市场上主要流通的银元和铜元是什么,未来要如何统一;另一方面则要摸清这三地铸币厂的具体情况,看看它们实际的生产能力。

有了对江苏、湖北两省三厂的实地考察,吴鼎昌对各地开铸国币的能力大约才算是心中有数。他利用自己总厂监督的职权,把各分厂停撤归并,在天津总厂外,仅留奉天、南京、武昌、成都、广州和昆明六家分厂,以防止铸造机构过多,滥铸银元,损害国币信用。

吴鼎昌在管理上也没有松懈,他主持确立了一系列有关生产、人事的规范,如把工人分为匠目、工匠、艺徒和长夫。匠目必须"熟谙机械、经验较富",工匠要"具有铸造上普通之知识",艺徒需"粗通文理",长夫也得"年力富强",匠目、工匠应聘都要经过严格面试,艺徒可升为工匠,工匠也能升为匠目。另外,对工时、工资、饮食、升迁乃至加班,都有详细规定。因为造币厂性质特殊,工作人员入职前要有人作保,每天上下班还要经过搜身。这些规定与周学熙当年在日本所见几乎相同。

造币总厂的顶头上司梁启超同样没闲着,他命令吴鼎昌编写《天津造币总厂报告书》,总结该厂历史沿革及相关经验。梁启超另以币制局总裁身份,洋洋洒洒地写了一篇《呈大总统为将整理造币厂计划胪举纲要别具说帖文》,提了很多有关严格管理造币厂的建议。他希望未来地方各厂能以天津总厂为模范,完善制度,严格流程,使专业的人做专业的事,量产成色统一的合格国币。

鲁乔奇打造传奇

万事俱备，只欠一股东风。1914年《国币条例》仅规定了新银币的单位、成色、重量，但具体设计方案付之阙如。

这个任务，毫无悬念地落在了意大利雕刻师鲁乔奇（Luigi Giorgi）头上。

鲁乔奇生于佛罗伦萨，原为米兰一家纪念章公司工作。宣统二年（1910年），他与清廷代表吴宗濂在罗马签订《造币厂聘订义大利雕刻师合同》，前往天津造币总厂，负责机制币的设计和雕刻。鲁乔奇的第一件作品是宣统三年（1911年）问世的新龙洋，它正面刻"大清银币""宣统三年"，背面是蟠龙与面值"壹圆"及"ONE DOLLAR"。大清银币还没来得及取代市面上庞杂的各类银元，清朝就灭亡了。

进入民国后，鲁乔奇与天津造币总厂续签合同，他选择继续在此效力的直接原因是：这里工资开得高。鲁乔奇每月

鲁乔奇设计的大清银币（宣统三年），背面蟠龙样式有多个版本，此为反龙。中国钱币博物馆藏

到手七百五十元,对照北洋政府1913年通过的《中央行政官官俸法》,国务总理薪资最高,每月有一千五百元,在他之下的内阁部长每月一千元、次长每月五百到六百元,可知鲁乔奇的工资是总理的一半,且已高过"副部级"官员。除每周日及中国国庆、新年外,在复活节、圣诞节等西方节日,鲁乔奇也可休假。

当然,合同里对鲁乔奇也有诸多限制,如要求他给十二名中国学生教授"刻绘方法",无论多忙也不许旷课不教;在职期间,鲁乔奇不得在外兼职,不可把雕刻内容泄露给媒体;合同期满后,"关于制币上之各种雕刻图案"也不得私自仿制。合同一共十九条,事无巨细地规定了鲁乔奇的权利与义务。

外国人到中国工作不能没有翻译,当时中国懂意大利语的人很少,造币总厂好不容易雇到一名王姓翻译,每月薪资二十八元。此人原是意大利公使馆的杂役,曾在造币总厂任要职的李伯琦(李鸿章的侄孙)说此人品行不端,"更富奴性、崇西人、轻国人",教唆鲁乔奇在接到新任务后索要额外费用。鲁乔奇自己究竟怎么想的,现在已不得而知,或许是故意借技术优势敲中国人的竹杠,或许是把额外得到的钱当作了奖金,但不管怎么说,他工作起来是非常尽职,绝不偷懒的。

鲁乔奇最开始参考照片设计了第一版袁头币,其上袁世凯像呈半侧身状(又称"七分脸"),显得年轻、健壮,

鲁乔奇设计的第一版袁头币（民国三年），袁世凯七分脸像壹圆银币（试铸样币）。中国钱币博物馆藏

能清楚地看到五官。但是这一版银元只有试铸，没有大规模量产。有人说是因为鲁乔奇见到袁世凯后，觉得自己雕刻的"七分像"没有表现出其本人神韵，于是要求重刻。当然更有可能是袁世凯认为该形象与当时的自己有较大差别，所以给否决掉了。

第二版袁头币上，鲁乔奇采用的是袁世凯半身侧像（又称"五分脸"），看上去臃肿、富态，并不如第一版精神。这一版试铸后呈递，获得袁大总统首肯。财政部给予的官方描述是："阳面恭摹大总统五分侧面像，上列'中华民国三年'六字；阴面嘉禾二本，左右交互，下萦结带，中镌'壹圆'二字。"袁头币上"壹圆"两个字笔画较多，让不懂汉字的鲁乔奇来刻，可能难度较大，于是交给当时供职财政部泉币司的罗复堪来写。罗复堪是广东顺德人，康有为的弟子，有"现代章草第一人"之称。

鲁乔奇设计的第二版袁头币（民国三年），袁世凯侧面像壹圆银币（签字版）以及没有签字的壹圆银币工作模。中国钱币博物馆藏

在初铸的袁头币祖模上，鲁乔奇遵循西方传统，留下了一个自己的签名："L.GIORGI"，后来量产时被去掉。袁头币试铸"签字版"存量极少，备受钱币藏家珍视。

1914年12月24日，天津造币总厂率先开铸袁头币，随后南京、武昌、成都、奉天等地分厂陆续从总厂领取祖模翻铸的工具模，铸行国币。

实际铸造中，考虑到鹰洋、龙洋等要么磨损严重，要么成色较低，若袁头币以一比一兑换旧币，损失过大，于是财政部将《国币条例》规定的"壹圆"含银量从百分之九十降为百分之八十九，同时要求各厂，所铸袁头币的公差不得超过千分之三。

因为工具模不可能完全一致，就使得各地制造的袁头币在头发、衣领、肩章、文字等处有细微差别，产生了藏家口中的"版别"。不同版别的钱币存量不一，在收藏市场上价格也相差甚大。

可惜的是，未见任何材料披露，袁世凯看到袁头币时，内心究竟是满怀喜悦，还是略感不足。

"袁大头"风行十几年

1915年2月，财政部通电全国，说新币发行在即，未来其"与旧日所有官铸银圆，一律通用，不折不扣"。中国银行、交通银行与上海钱业公所协商，要求从当年8月起，仅允许袁头币与鹰洋在市面流通，淘汰成色不一的清朝龙洋。民众手里的龙洋可以在银行、钱庄兑换为等额袁头币。

袁头币成色佳、分量足、规格一致，非常好用，自此之后越来越少见交易不便的抱怨。

吴鼎昌1917年在给财政部的报告中说，其时北方已是袁头币的天下，外国银元已不多见，不过在南方"鹰洋及外国各种杂洋,尚有充斥之区域"。袁头币没有占领南方市场只是暂时的,再过几年,袁头币、袁世凯就完全成了银元的代名词。民国医学史家陈邦贤回忆,晚清"有墨西哥的洋钱出来,每元七钱二分……到了清末,便有宣统的银洋出世,到了民国初年袁世凯的洋银出世,所以后来有称洋钱叫作'袁世凯'"。

很多对袁世凯不满的人,也干脆把怒气撒在了袁头币上。刘成禺《洪宪纪事诗本事簿注》里就有一个故事,说是1915年袁世凯过生日,请名伶到家中唱堂会。散戏后,袁世凯赏了每人二百块银元。京剧老生孙菊仙不以为然,后来回忆:"我自内廷供奉老佛爷以来,只见过银两,没见过银元。"又讽刺袁世凯"真是程咬金坐瓦岗寨,大叫一声,大风到了,暴发富小子,不值一笑"。那天离开时,孙菊仙一边走着路,一边丢银元,走到新华门恰好全部丢完。他大声说:"袁头银洋,皆落地矣!"此事真假存疑,不过"袁头落地"倒是一语成谶。

可能让孙菊仙失望的是,袁头币并未随着袁世凯1916年的败亡而消失。他取消帝制后,依然自居为民国大总统,并获得北洋政府后续执政者的认可。标示"中华民国三年"的袁头币铸了五年,紧接着又稍改祖模,铸行了标示"中华民国八年""中华民国九年"和"中华民国十年"的袁头币。

全国银元既已统一,因此事聚起的人们也星散四方。

周学熙1915年复出，在徐世昌内阁任财政总长，不久辞职回天津，自此退出政坛，专心经营华新纺织公司、中国实业银行等企业。他没有因袁世凯帝制自为就与之划清界限，在自叙年谱里恭敬地写道："袁大总统薨于位。"

梁启超1917年襄助段祺瑞讨平张勋，随后在新内阁出掌财政部，继续其与金融、币制的缘分。他计划通过缓付庚子赔款和争取币制借款，筹集现金统一硬币、纸币，实现改银本位为金汇兑本位制的理想，最终一无所成。几年后，梁启超在《五十年中国进化概论》中慨叹："革命成功将近十年，所希望的件件都落空。"

不同于周学熙、梁启超，吴鼎昌事业一帆风顺。张伯驹年轻时混迹金融界，当过盐业银行经理，听过不少有关吴鼎昌的传闻。他说吴鼎昌因"铸造袁头银币和袁僭称洪宪皇帝金币"，改变了袁世凯对他的不良印象。袁世凯被迫取消帝制，回任大总统后，曾任命吴做农商部次长，而吴知道袁败亡在即，没有去北京就职，后来常向人夸口，"袁世凯为一世枭雄，但也怕他三分"。段祺瑞时期，吴鼎昌历任盐业银行总经理等职，做上了当年错失的财政部次长。

鲁乔奇与政治最远，命运却较为曲折。袁头币投产后的次月，财政部就呈文北洋政府政事堂（即原国务院），给鲁乔奇请功，说他"在厂四年，颇著成绩"，此次为赶制国币祖模，更是"漏夜加工，不辞劳瘁"。因为当初合同上没有给予红利的规定，不方便在年终发放奖金，所以请大总统为鲁乔奇颁授勋章，以示奖励。1915年1月，袁世凯批准授鲁乔奇六等嘉禾勋章。

后来，鲁乔奇还为造币总厂雕刻民国五年一分及五厘铜币、洪宪纪元金币等币章的祖模。这期间，他在王翻译的"配合"下，为自己争取合同之外的奖金，或许发了一笔小财。

1919年，天津造币总厂忍无可忍，决定不再与鲁乔奇续聘。银元收藏家孙浩在《北洋外交部鲁乔奇（L. Giorgi）档案纪要》一文中披露，意大利驻华公使嘎贝娑（Carlo Garbasso）曾出面为鲁乔奇说情，希望中国方面继续留任此人，财政部回复"现时工作情形，委无留用之必要"，毫不留情地解聘了鲁乔奇。按照合同规定，鲁乔奇自行辞职或期满辞退时，造币总厂会给其一千五百法郎作为回国路费，如果带有家人则给三千法郎。鲁乔奇的那位王姓翻译想必也随之失业了。

不过意大利雕刻师的高超技艺因鲁乔奇而深入人心，此后无论北洋政府还是国民政府，在有雕刻钱币祖模需求时，往往还会优先委托给意大利籍技师。鲁乔奇离职之时，他在造币总厂培养的六名中国徒弟都已能承担手工雕刻祖模的工作，其中技艺最好的周志钧1933年往上海中央造币厂任"雕刻技正"，可惜的是，那时钱币模具大多依靠进口，没有留给他太多亲自操刀的机会。

银元退而复出

1927年国民政府建立后,上海恢复设立造币厂,并取代天津造币总厂,成为中央造币厂。被国民党人目为窃国大盗的袁世凯肯定也不能继续出现在钱币上,袁头币遂宣告停铸。有些人为表现"革命",更主张把旧币一概销毁。南京特别市代表严抡魁即在第一次全国财政会议上,递交了一份名为"拟议销毁袁头与大清国币以利革命前途"提案。他认为,铸有孙中山像的钱币象征了"革命",而袁头币和龙洋代表着"反革命的思想",对它们必须予以彻底销毁,才能"于此细微末节中增长革命前途的便利"。

银元收藏家寇尚民统计各厂铸币数据,认为袁头币十几年间的总发行量约在十一亿枚左右。这与清朝百余年间流入的外国银元数量基本一致,使中国在币制统一的道路上迈出了一大步。不过梁启超领导币制局当初订下的三期计划,也仅仅勉强完成了以"统一主币"为目标的第一期。

国民政府取代北洋政府后,不及设计新币,只能对辛亥革命期间铸行的"开国纪念币"略做改造。该币上刻有孙中山头像,民间将其与袁大头类比,俗称为"孙小头"。1933年,国民政府"废两改元",启用一种新国币,正面是孙中山侧像,背面是一艘帆船,此即中国最后一种法定银元——船洋。

船洋的生命只有两年,1935年国民政府实行币制改革,规定中央、中国、交通三家银行发行的钞票为法币,旧有袁头币、孙头币、船洋、鹰洋等一切银元停止流通,持有者可在银行把银元兑换为法币,比值为一比一。因为法币价格对标外汇,其实是将银本位制改为了金汇兑本位制。

当年有个署名"邋遢和尚"的人写了一首打油诗,叫作《送别袁头也》:"源源不绝外洋流,国有从教一网收。准备库中成大隐,更从何处觅袁头。"

但这个"再见"说得有点太早了。

1948年,法币与金圆券相继崩溃,通货膨胀日益加剧,人们不得不把侥幸没被熔化、压箱底的袁头币又拿了出来。政府这边严令取缔袁头币,媒体那边大写《袁头无罪》,一时间吵得不亦乐乎。当然,这就是属于袁头币的另外一段历史了。

图书在版编目(CIP)数据

读库.2403 / 张立宪主编. —— 北京：新星出版社，2024.5
ISBN 978-7-5133-3341-2

Ⅰ.①读… Ⅱ.①张… Ⅲ.①中国文学－当代文学－作品综合集 Ⅳ.①I217.61

中国国家版本馆CIP数据核字(2024)第092062号

读库2403

主　　编	张立宪
责任编辑	汪　欣
责任印制	李珊珊
出 版 人	马汝军
出版发行	新星出版社
	（北京市西城区车公庄大街丙3号楼8001　100044）
网　　址	www.newstarpress.com
法律顾问	北京市岳成律师事务所
印　　刷	北京雅昌艺术印刷有限公司
开　　本	787mm×1092mm　1/32
印　　张	11
字　　数	220千字
版　　次	2024年5月第1版　2024年5月第1次印刷
书　　号	ISBN 978-7-5133-3341-2
定　　价	42.00元

版权专有，侵权必究。读者服务：010-57268861　　315@duku.cn

我们把书做好　等待您来发现

读库微信　读库天猫店　读库App

读库微博：@读库
读库官网：www.duku.cn
投稿邮箱：666@duku.cn
客服邮箱：315@duku.cn